하루의
인생

김 현 영 소 설 집

하루의
인생

자음과모음

차
례

1

달은

해가 꾸는

꿈

해와 달은 조롱 속의 새이고
하늘과 땅은 물 위의 부평초여라
— 두보

이것은 어쩌면 지난여름 지구로 투신한 어떤 유성이 꾸었던 꿈인지도 모른다.

야나체크가 잠 못 드는 건 그가 아직 단 한 곡도 완성해본 적 없는 아마추어 작곡가이기 때문만은 아니었다. 별들의 음악 소리를 듣기 위해, 그는 깨어 있었다. 지구는 엄청난 굉음을 내며 자전하지만 그 소리를 들을 수 있는 지구인은 없다. 너무 큰 소리는 너무 작은 소리와 마찬가지로 가청 주파수 밖에 있기 때문이다. 야나체크의 비좁은 작업실 창 너머로 흐르고 있는 저 블타바 강을 찻잔 속에 모두 담을 수 없듯 소리라는 존재는 광대하고 인간의 귀는 협소했다. 찻잔 속에 담긴 소리만으로도 충분했다면 야나체크는 벌써 수많은 곡을 썼을지도 모른다. 그가 정말 들려주고 싶은 소리는 그러나, 들리지 않는 소리였다.

깊은 밤, 창공에 별이 돋아나는 순서 그대로 오선보 같은 블타바 강 물결 위에도 별들이 내려앉는다. 야나체크도 서둘러 오선보 앞에 앉는다. 펜에 잉크를 묻힌다. 그는 아무 소리도 내지 않고 움직인다. 들리지 않는 소리를 듣기 위해 숨소리도 절제한다. 그의 귀가 우주를 향해 활짝 벌어진다.

야나체크의 실내화를 타고 올라와 이제 막 그의 아킬레스건으로 진입하려던 벼룩 한 마리, 우주를 향해 야나체크의 귀가 열리던 순간의 굉음에 놀라 추락한다. 낡은 나무 바닥재, 미세하게 벌어져 있던 비좁은 틈새로.

지구인에겐 들리지 않는 소리가 벼룩에게는 잘도 들렸다.

틈새를 빠져나오면, 드넓은 창공이다. 벼룩은 전속력으로 날고 있다. 뛰어봤자 벼룩이라는 소리를 듣던 시절부터 그것은 벼룩의 꿈이었다. 뛰어봤자 벼룩이라니 맞는 말이지만 만약 뛰지 않고 날 수 있다면 더 이상 벼룩이 아닐 테니까.

기습적인 철퍼덕 소리에 진성은 하마터면 속도를 높일 뻔했다. 한라산 영실코스 쪽에서 내려오는 1100도로 내리막길에서였다. 담배를 피우려고 차창을 열자마자 말벌 한 마리가 왼쪽 사이드미러로 달려들었다. 초고속 인터넷 광케이블이 머쓱해질 만큼 빠른 속도였다. 전속력으로 날아온 말벌은 그대로 사이드미러와 충돌했다. 철퍼덕. 완숙 토마토를 패대기치기라도 한 듯 찰진 소리가 선명하게 울렸다. 동시에 말벌의 육즙이 진성의 광대뼈께로 튀었다. 사이드미러에도 말벌의 잔해가 얼룩으로 남았다.

그러나, 말벌이 충돌하던 순간은 선명히 남아 있었지만 말벌은 어디에도 없었다. 거울 위의 얼룩은 다이빙 선수가 입수한 직후 물 위로 번져가던 파장을 닮아 있었다. 어쩌면 말벌은 거울을 향해 정말로 다이빙을 한 것인지도 모른다. 거울에 비친 모습을 자기 동료로 착각했든, 지상을 달리는 자동차 따위보다 느리게 날 수는 없다며 날것으로서의 자존심을 발동했든, 어쨌든 거울을 통과할 수 있다고 믿었을 것이다. 죽자고 달려들지는 않았을 것이다. 진성은 그렇게 생각했다. 그렇게 생각하고 싶었다. 그럼에도 어쩐지 자기가 말벌을 친 것만 같아 손이 떨렸다.

어림짐작으로 광대뼈께에 묻은 육즙을 닦아내는데 농축된 과일 향기 같은 것이 났다. 그것은 말벌이 일생에 걸쳐 축적한 기억이었다.

백만 송이 장미에게 구애를 했던 시간. 밀감나무와 석류나무, 포도나무 응달에서 맡았던 각기 다른 냄새들. 다리털을 적시던 아카시아 꿀. 그리고 버찌, 본능적인 벚꽃의 꿈.

벌들의 기억 속에서 꽃들은 열매를 꿈꾸는 중이다.

부르고뉴의 처녀들이 포도주를 빚기 위해 포도를 밟고 있다. 슈거파우더 같은 햇살이 처녀들의 머리 위로 쏟아져 내린다. 처녀들의 몸은 수플레인 양 부풀어 오르고 목소리는 타르트처럼 바삭거린다. 모두가 햇살 탓이다. 공기조차도 밀크티만큼이나 부드럽고 따뜻하다. 여기는 어쩌면 누군가의 풍요로운 디저트 식탁.

오크통 속에는 포도 꽃이 꾸었던 꿈인 포도송이가 한가득이고 그 꿈을 짓밟으며 처녀들은 또 다른 꿈을 꾼다. 포도 밟기는 이걸로 끝이야, 난 파리로 갈 거니까. 안나가 말한다. 겨우 파리? 소피는 코웃음 친다. 파리는 더 이상 중심이 아니야. 해 뜨는 곳에서 시작해 해지는 곳까지 갈 거야, 나는. 네가 무슨 해바라기니? 소피의 말을 들은 처녀들은 발밑에서 물컹하게 밟히는 포도 과육처럼 탱글탱글 웃어댄다. 안나처럼 언젠가는 파리에 가고 싶은 쥴리만 웃지 않는다. 파리에 가게 되면 쥴리는 본격적으로 그림만 그릴 생각이다. 간밤에도 그녀는 그림을 그리느라 밤을 꼬박 밝혔다. 다른 건 몰라도 발목에 물든 포도 빛깔만큼은 누구보다 잘 표현할 수 있을 것 같았다.

포도를 밟으면서도 쥴리는 깜빡깜빡 졸고 있다. 잠이 깊어지면 꿈속에서 포도를 밟는 기분이었고 화들짝 깨어나면 역시 현실에서 졸아가며 포도를 밟고 있던 게 확실했다. 꿈의 입구에서 포도알은 가끔 어떤 짐승, 혹은 모든 짐승의 눈알이 되었다. 꿈으로 깊이 들어갈수록 포도알은 단지 눈알이 아니라 이목구비를 모두 갖춘 어떤 여자의 얼굴로 변모했다. 그리하여 지금 쥴리가 짓밟는 건 어떤 여자의 얼굴. 어느새 백일몽에 빠져버린 쥴리는 거기서 벗어나기 위해 더욱 세게 발을 놀린다. 꿈에서 낭떠러지가 나타나면 뛰어내려야 하고 맹수를 만났다면 물려야 한다. 칼이 있으면 찔려야 마땅하다. 그것이 꿈에서 깨어날 수 있는 유일한 방법이니까.

한쪽 발을 그냥 얹었을 뿐인데도 마이의 갈비뼈는 과자처럼 부서졌다. 뭐야, 뭐가 이래. 조금 전 갈비뼈에 닿았던 발을 떼어 정강이께로 들어 올린 채 재복이 중얼거렸다. 이 여자는, 이상했다. 뺨에다 손바닥을 댔을 뿐인데 누가 벗어버린 옷가지처럼 몸뚱어리 전체가 방바닥 위로 널브러졌다. 재복의 주먹이 코와 마주치자 기다렸다는 듯 코피를 쏟아내기도 했다. 재복은 몸에

힘을 싣지 않았다. 않았다고 생각했다. 그런데도 마이는 왜 저렇게 자꾸 구겨지고 터지고 부서지는 것일까. 꿈일까. 그래, 꿈일 거야. 재복은 들어 올렸던 발을 다시 갈비뼈에다 내리꽂았다. 마이는 들릴락 말락 작은 소리로 메, 메, 메 울었다. 재복의 두 다리는 떡메처럼 마이의 갈비뼈를 계속해서 찧어댔다. 오른발로 왼쪽 갈비뼈를 수십 번, 왼쪽발로 오른쪽 갈비뼈를 또 수십 번. 꿈에서 깰 방법은 그것밖에 없다는 듯이.

발길질은 때때로 빗나가 이미 곤죽이 된 마이의 얼굴을 몇 차례 더 건드리기도 했다. 터무니없게도 그때마다 포도주를 빚기 위해 맨발로 포도를 짓이기고 있는 이국의 처자들이 떠올랐다. 그녀들 중 누군가가 눈부시게 찬란한 햇살 속에서 포도를 밟는 와중에 낮잠을 자고 있는 건 아닐까. 잠을 자면서도 여전히 포도를 밟아대는 바람에 꿈에서조차 웬 여자의 얼굴을 짓밟고 있는 건 아닐까. 재복은 발길질에 제법 힘을 싣기 시작했다. 어차피 꿈이니까 화끈하게 꾸고 한시라도 빨리 깨어나고 싶었다.

언제부터인가 마이의 입에서는 더 이상 아무 소리도 흘러나오지 않았다. 재복은 발길질을 멈추었다. 바짓단이 과즙 같은 핏물로 흥건하게 젖어 있었다. 마이는 정말로 껍질이 벗겨지고 속살까지 짓이겨진 포도송이처럼 장판 위에 고여 있었다. 누군가가 사람 형태로 게워놓은 토사물 같기도 했다. 마이는 더 이상 재복이 알고 있던 그 여자가 아니었다. 재복은 방구석에 뭉쳐 있던 이불을 가져다 여자를 덮어버렸다. 마침내 마이의 존재가 눈앞에서 사라졌지만 재복을 둘러싼 풍경은 그대로였다.

다섯 평짜리 반지하 원룸, 주워 온 철제 침대, 중고품 가게에서 산 행어, 행어에 걸려 있는 마이와 재복의 옷가지, 함께 라면을 끓여 먹기도 했던 양은냄비, 냄비가 처박힌 개수대, 개수대에 뚫린 구멍을 타고 올라오는 장마철의 하수구 냄새, 악취마저 덮어버린 피 냄새, 피, 핏물, 여자의 피. 그제야 오한이라도 든 것처럼 재복의 온몸이 걷잡을 수 없이 떨리기 시작했다. 찬란한 햇살, 포도가 담긴 오크통, 포도를 밟는 처자들의 웃음소리 같은 건 어디에도 없었다. 꿈이 아니었다. 꿈이라 해도 죽기 전에는 깨어날 수 없는 꿈이었다.

재복은 피로 물든 옷가지를 새것으로 갈아입었다. 코끝에서 희미하게 맡아지는 새물내가 생경하기만 했다. 아무런 의식 없이 오십 년 가까이 옷을 갈아입어왔음에도 불구하고 재복은 번번이 앞뒤를 둘러 입었고 다리를 제대로 꿰지 못했다. 지금껏 살아온 시간보다 더 오랜 시간이 흘렀다고 여겨졌을 때 재복은 그제야 옷 입기를 끝낼 수 있었다.

마지막으로 재복은 모자를 눌러썼다. LA다저스의 파란색 야구모자였다. 아주 오랫동안 써왔던 것이지만 언제부터 쓰기 시작했는지는 기억나지 않았다. 박찬호에 열광한 수많은 사람들이 그 모자를 쓰고 다녔던 시절이 있었고 그 끄트머리에서 누군가에게 얻어 쓴 것 같기는 했다. 그러나 정확히 언제인지는 알수 없었다. 언제 적 일인가를 따진다는 건 무의미했다. 이십대때나 삼십대 때나 구리에 머물 적에도 창원에 머물 적에도 재복의 하루는 언제나 막노동과 외로움, 그리고 또 막노동과 외로움, 뿐이었다. 매일매일 똑같았던 날들을 마치 다른 날인 양 구분해줄 수 있는 건 어디에도 없었다. 하지만 이제 다시는 늘 한결같았던 그날들로 돌아갈 수 없다는 사실을 재복은 깨달았다. 포도주가 포도로 되돌아가는 일이 결코 일어나지 않듯.

폭우가 쏟아지는 밤이었다. 아침부터 내리기 시작한 비는 밤이 깊을수록 점점 거세어졌다. 비 때문에 낮에도 해가 뜨지 않았던 하루가 끝나가고 있었다. 비 때문에 별조차 뜨지 않아 그밤은 유난히 어두웠다. 그럴 수밖에 없어서 집을 나오긴 했지만 재복에게 딱히 갈 만한 곳이 있는 것도 아니었다. 살아온 시간만큼이나 길고 고독했던 옷 갈아입기를 해낸 보람도 없이 그의 바짓단이 급속도로 젖어들었다. 발밑이 질척댔다. 여전히 마이를 짓이기고 있는 듯한 기분이었다. 현실을 잊으려고 애써 잠을 청했다가 현실보다 더한 악몽을 꾸고 있는 것만 같았다.

고막을 때리는 빗소리조차 마이의 유언처럼 들렸다. 쩌이어이, 쩌이어이, 또이부온, 또이부온…… 재복의 발길질에 메, 메, 메 울면서 되뇌던 말들. 말인지 비명인지 신음인지 구분이 가지 않던 소리. 정말로 비명이며 신음이었을지도 모를 말들. 재복이 유일하게 알아들었던 마이의 말은 이것뿐이었다.

나, 베트남 가요.

그것은 재복이 영원히 듣지 않기를 바랐던 말이었다.

양철 지붕을 두들기던 빗물, 카페 통유리 창에서 미끄럼을 타던 빗물, 완두콩 이파리에 구멍을 내던 빗물, 피에 젖은 바짓단은 씻어주고 아직도 새물내가 물씬 풍기는 바짓단은 더럽히던 빗물들이 모여 웅덩이를 이룬다. 찰박, 웅덩이를 찍고 간 구두 밑창에 대한 기억을 품은 채 빗물은 하수구로 흘러든다. 설치류의 배설물과 계면활성제, 젖은 휴지와 그림물감…… 잡다한 성분과 한 몸이 된 물의 일부는 죽고 일부는 살아 강으로 바다로 제각각 꿈길을 좇아 흘러간다. 잠든 강을 깨우고자 누군가는 한강에 소주병을 투척한다. 누군가는 현실이란 이름의 꿈에서 깨어나기 위해 기꺼이 템스 강에 몸을 날린다. 토막 난 시체들을 품은 채 서쪽 바다는 악몽을 꾸고 북해는 꿈속에서 청어를 길러낸다. 그리고 청어는 북해 연안의 여느 유리병 안에서 발효되어 암스테르담의 홀스트 씨 입으로 들어간다.

홀스트 씨와 암스테르담, 생물 청어와 발효된 청어는 모두 암스테르담의 운하가 꾼 꿈들이다.

운하에는 암스테르담의 건물과 거주자, 가로수와 행인, 창공과 창공에 균열을 내며 날아가던 비행기, 구름과 구름을 미는 바람, 그 모든 것이 들어 있다. 운하에 비치지 않는 것은 존재하지 않는 것이다. 거울 앞에 선 홀스트 씨의 모습이 거울에 나타나지 않는다면 홀스트 씨는 부재하는 것이다.

꿈이 없다면 실재도 없다.

새벽녘, 낌칸은 요의 때문에 잠에서 깨어났다. 자리에서 일어나 팔을 뻗자마자 문고리가 손에 잡혔다. 밖으로 나오면 발밑이 바로 바다였다. 아직 해를 띄우지 않은 바다는 타르처럼 검었다. 낌칸은 바다 위에 오줌을 누었다. 잔잔하던 수면이 잠꼬대하듯 잠시 요동했다. 마려웠던 것에 비해 소변은 시원치 않았다. 나올 것이 더 있는데도 그냥 고여 있는 느낌이었다. 아무래도 또 방광에 이상이 생긴 것 같았다.

하루 종일 배를 타고 장사를 다니려면 소변 따위는 당연히 참아야 했다. 배와 배에 실을 물건을 사느라 빌린 돈 700만동을 갚으려면 더더욱 그래야 했다. 배라기보다 커다란 대나무 바구니에 가까웠지만 어렵게 마련한 유일한 생계 수단이었다. 700만동을 빌리는 일도 마이가 한국인과 결혼하는 바람에 가능해진 일이었다. 마이가 형편이 좋아지면 어려운 친정을 모른 척하지 않으리란 추측이 담보라면 담보였다. 물론 딸을 한국으로 시집보낸다고 갑자기 형편이 좋아지지 않는다는 것쯤은 돈을 빌려준 사람이나 돈을 빌린 끾칸이나 잘 알고 있었다. 거의 모든 한국 드라마의 배경이었던 화려한 도시가 아니라 농촌에서 살며 고된 노동을 해야 한다거나, 드라마와 달리 한국 남자들이 여자를 거칠게 다룬다는 얘기도 못 들은 건 아니다. 다행히 마이는 도시 남자와 결혼했고 서로에 대한 필요에서 시작된 결혼이지만 애정도 있어 보였다. 무엇보다 믿음직한 건 마이와 한국 남자가 함께 새로운 삶을 꿈꾸고 있다는 사실이었다.

소변을 본 뒤끝이 개운치 않은 탓인지 금방 잠이 올 것 같진 않았다. 끾칸은 공연히 한 번 더 치마를 걷어 올렸다. 아직 해가 뜨지 않아 사위는 온통 흑과 백, 두 가지 색깔뿐이었다. 고군분투 끝에 요도가 몇 방울의 오줌을 내보냈다. 어쩐지 검은색에 가까워 보이는 소변이었다. 언젠가 그랬던 것처럼 혈뇨였는지도 모른다. 날이 밝는 대로 여기서 배로 세 시간 거리에 있는 하롱 만 근처로 후이 노인을 찾아가봐야 할 것 같았다. 하루 종일 유유자적 배를 타고 다니다가 아픈 사람을 만나면 공짜로 약을 지어주는 노인이었다. 전쟁 희생자와 유공자들의 뼈를 묻고 있어 탑골공원이라고 불리는 섬이 노인의 약방이었다. 주된 약재는 온갖 나무뿌리들. 섬에 묻힌 뼈들과 나무뿌리들이 모종의 결탁이라도 맺은 듯 약효는 혀를 내두를 만큼 확실했다. 살아온 내력은 고사하고 나이가 몇인지조차 알 수 없는 노인이었지만 확실한 약효야말로 진정한 그의 신분증이었다.

낌칸이 노인의 존재를 인식하기보다 그저 감각하고 있던 순간, 마이가 나타난 것은 그때였다. 바다의 해 뜨는 방향에서 마이는 빨간색 옷을 입고 나타났다. 아직 해가 뜨지 않은 탓에 흑백사진 같은 풍경 속에서 어떻게 마이에게만 색이 칠해졌는지 모르겠지만 빨간색에 대한 낌칸의 감각은 헛것이 아니었다.

마이, 여긴 어떻게 온 거니? 설마 헤엄이라도 친 게야?

바다에서 막 빠져나와 공중 부양으로 수상 가옥의 현관 앞에 선 마이를 보고 낌칸이 물었다. 이상하다는 생각은 들었지만 말투는 평이하기 이를 데 없었다. 낌칸의 오감이 지극히 현실적으로 작동하고 있는 탓이었다.

교통사고가 났어요.

무슨 소리냐? 넌 방금 바다에서 나오지 않았니?

어머니, 저건 바다가 아니라 자동차 기름인걸요.

그러고 보니 석유 냄새가 진동하고 있었다. 바다가 바다라는 증거는 어디에도 없었다.

어디 다친 덴 없고?

흰옷을 입고 나왔는데 붉게 변했어요. 그게 다예요.

천만다행이구나. 그나저나 편지를 쓰면 될걸 뭐하러 직접 왔느냐?

너무 늦을까 봐서요.

내가 진즉에 뭍으로 갔으면 좋았을걸 그랬다. 형편 되는 대로 전화도 놓을 수 있고.

아직 오지 않은 미래를 후회해서 어쩌겠어요. 전화를 거는 것보다 빨리 올 수 있어서 저는 다행인걸요. 자요, 이 약이 필요하셨죠? 오는 길에 후이 노인에게 들렀어요.

그러나 마이의 손은 비어 있었다. 마이는 빈손으로 킴깐의 아랫배를 어루만졌다. 킴깐은 불현듯 또 요의를 느꼈다.

얘야, 잠깐만…….

그리고, 킴깐은 잠에서 깨어났다. 팔을 뻗자마자 문고리가 손에 잡혔다. 밖으로 나오면 발밑이 바로 바다였다. 바다는 막 해를 띄우는 중이었다. 킴깐은 바다 위에 오줌을 누었다. 소변 줄기는 시원하게 바다로 직행했다. 혈뇨가 아니라 밋트(베트남의 과일 중 하나) 과육과 흡사한 담황색 오줌이었다. 방광이 깨끗하게 비워졌음을 확인한 순간, 킴깐의 눈에서 눈물이 쏟아졌다.

심해에 품고 있던 태양을 하늘로 쏘아 올리기 무섭게 바다는 잠이 들었다. 아침 햇빛을 받은 바다는 거울처럼 투명하게 빛났다. 거울 속에는 낌칸의 초라한 수상 가옥이 들어 있었다. 낌칸의 옆집도 있었다. 탑골공원도, 수천 개에 이르는 하롱 만의 섬과 석회암, 기암들도 모두 그곳에 있었다. 바다가 꾸는 꿈속, 바로 그곳에.

갈비뼈 부러지는 소리가 연속으로 들렸을 때 마이는 달랏의 고원을 떠올렸다. 고원 가득 펼쳐진 발 위에 누워 있던 반짬들이 자연 건조되면서 발과 분리될 때 나는 소리와 비슷했기 때문이다. 라이스페이퍼로 잘 알려진 반짬이 마르는 소리는 열대야를 씻어내는 소나기만큼 청량했다. 갈비뼈가 부러지는 참혹한 상황이었기에 마이는 더더욱 참혹하지 않은 것들을 꿈꾸는 중이었다.

달랏은 재복과 짧은 신혼여행을 떠난 곳이었다. 다른 커플들은 하롱 만에서 크루즈를 즐기는 것으로 신혼여행을 끝냈지만 재복은 달랐다. 베트남에서 꿈의 신혼여행지는 어디인지 알고 싶어 했고 가고 싶어 했다. 너무 먼 곳이라 겨우 하루밖에 묵지 못했지만 장밋빛 미래를 꿈꾸기에는 충분한 시간이었다.

스언흐엉 호수에 고요히 침잠해 있던 소나무 숲. 호숫가에 만발한 재스민꽃. 시의 운율을 맞추듯 삐걱삐걱 소리를 내며 호수

주위를 돌던 마차. 바이크 택시를 타고 찾아간 프랑스풍 카페. 달랏의 고원이 키워낸 커피 원두의 향기. 야시장에서 어린아이처럼 깔깔대며 집어 먹었던 짜조와 딸기.

그러나 그 모든 낭만보다 마이의 가슴을 뻐근하게 만든 것은 한 존재에 대한 전적이고도 무한한 책임감이었다. 베트남도 처음이고 베트남어도 모르는 데다 과묵하기까지 한 재복에게 마이는 절대적인 존재였다. 모든 생명체의 공통 언어인 배고픔을 접점으로 마이는 재복에게 베트남어를 가르쳐주었다. 다행히도 식사 시간은 규칙적으로, 그리고 자주 그들을 찾아왔다.

퍼는 라이스누들, 반쌈은 라이스페이퍼, 느억맘은 피시소스, 고이센은 샐러드, 두두는 파파야, 깜언은 땡큐……. 마이도 한국말을 잘 모르는지라 두 언어 사이를 중계하는 것은 영어였다. 재복은 대체로 알아듣는 눈치였다. 희망적이었다. 어쩌면 재복은 생각보다 빨리 베트남어를 익히게 될지도 몰랐다. 베트남에서 마이가 그랬듯 한국에 가면 재복은 한국이 처음인 데다 한국말도 모르는 마이를 위해 전적이고도 무한한 책임감을 발휘해줄 것이 분명했다.

달랏에서 마이는 새로운 인생을 꿈꾸었다. 그 꿈이 영원히 오지 않을 미래에 존재하리라고는 꿈도 꾸지 않은 채.

재복의 발길질은 무차별적으로 계속되었다. 코뼈가 주저앉을 땐 너무 아파서 잠시라도 코를 감싸 쥐고 싶었지만 팔도 이미 부러졌는지 들어지지가 않았다. 누가 함부로 따서 버린 타인롱(용과와 흡사한 베트남 과일)처럼 마이의 육신은 그녀의 의지와는 상관없이 나뒹굴었다. 베트남에 넘쳐나는 열대과일들 가운데 재복이 유일하게 관심을 보였던 타인롱. 껍질은 자줏빛이고 우유처럼 뽀얀 과육에는 검은 씨가 깨처럼 총총 박힌 선인장 열매. 재복은 그것이 한국의 달랏이라고 할 수 있는 제주도에서 재배된다고 했다. 재복은 낯선 베트남에서 타인롱 덕분에 긴장을 풀었다. 타인롱꽃이 필 때 한 총각이 그 꽃그늘 아래 서 있는 처녀를 보았다면 두 사람은 서로의 운명이 되며 그 사랑은 반드시 이루어진다는 전설을 마이는 알고 있었다. 순서가 전설과 꼭 같지는 않았지만 재복이 마이를 선택하던 순간 그녀의 가슴속에서 타인롱꽃이 만개했다. 재복이 자기를 볼 때마다 마이는 언제나 그 꽃그늘 아래 서 있었다.

그러나 베트남에서와 달리 한국에 돌아온 재복은 더 이상 마이에게 눈길을 주지 않았다. 도시 남자인 줄만 알았던 재복은 여느 도시인과는 다르게 매일 아침 출근과 매일 저녁 퇴근 같은 건 하지 않았다. 일은 있을 때보다 없을 때가 더 많았다. 불규칙적인 일 때문인지 재복은 늘 불안정해 보였다. 일이 있을 땐 피곤에 절어 잠만 잤고 일이 없을 땐 불안감을 달래려 술을 마셨다. 베트남어를 배우기는커녕 친구도 없고 장도 볼 줄 모르는 마이에게 한국말을 가르쳐주지도 않았다. 마이가 만든 음식을 보면 인상을 구겼고 마이가 답답해하면 가슴을 쿵쿵 치고 발을 구르며 악을 썼다.

당신이 왜 그러는지 모르겠어요. 무엇이 당신을 힘들게 하는지 알고 싶어요. 그래야 당신을 도울 수 있으니까요. 결혼이 모든 것을 바꿀 수 있다고는 이제 더 이상 생각하지 않아요. 지금은 아주 많이 노력해야 한다는 것만 생각하지요. 하지만 당신은 어쩐지 당신 옆에 내가 있는 상황 자체를 부정하고 싶은 것처럼 보여요. 사실이 그렇다면 나의 노력도 소용없는 일이겠지요. 당신은 이혼을 원하나요? 이혼은 너무 두려운 말이에요. 나는 그 말만은 할 수 없어요. 정말 당신은 내가 베트남으로 돌아가기를 바라는 건가요?

재복이 알아들을 수 있는 언어로 그렇게 말했다면 무엇이 달라졌을지 모르겠지만 마이가 할 수 있는 일은 노트에 베트남어로 그렇게 적는 것뿐이었다. 하지만 마이의 글을 한 글자도 읽지 못하는 재복에게 그 노트는 이해가 아니라 망상의 원료가 될수밖에 없었다. 본능적으로 마이는 재복의 마음을 읽었다. 그래서 설명하려고 했다. 한국말로 옮길 수 있는 부분은 마지막 문장뿐이었다. 나, 베트남, 간다. 그렇게 세 단어만 가지고도 전달이 가능할 것 같았다. 그러나 재복은 납득하지 못한 눈치였다. 이해를 돕고 싶어 마이는 여권을 꺼내 들었다. 그게 다였다. 발길질은 그렇게 시작되었고 조각난 뼛조각이 마이의 심장 전체를 점령할 때까지 계속되었다.

심장에 처음으로 뼈가 박히던 순간, 마이는 자동차에 들이받혔다고 생각했다. 죽는 방식을 선택할 수 있다면 누구라도 남편의 폭력보다는 교통사고를 택할 것이다. 마이는 그저 평범하게 살고 싶었던 한 여자에 불과했다. 그래서 상상 속에서나마 평범하게 죽기로 했던 것이다. 교통사고가 난 장소도 이왕이면 땅굴 같은 반지하방이 아니라 동화 속 주인공이 살 것 같은 예쁜 동네로 설정했다. 프랑스든 독일이든 네덜란드든 스위스든 그것은 중요하지 않았다. 거기가 어디든, 여기만 아니라면, 그곳은 마이가 꿈에 그리던 바로 그곳일 테니까.

메, 메, 메!

동화의 세계로 되돌아간 아이답게 마이는 맘껏 엄마를 불러보았다. 재복이 알아듣지 못하는 언어라 한들 상관없었다. 더이상 그녀는 재복과 같은 세계에 속해 있지 않았기 때문이다.

갑자기 급커브를 그린 자동차는 가로수 옆구리를 들이받고도 관성이 사라지지 않아 완전히 뒤집어진다. 전복되고도 자동차 네 바퀴는 제자리에서 허공을 질주 중이다. 벨기에와 네덜란드의 경계에서 허공의 레이스를 펼치게 될 줄은 예상도 못한 홀스트 씨, 업무 차 들른 벨기에의 서점에서 발견했던 일러스트 하나를 떠올린다. 사고를 예상하지 못했듯 이런 상황에서 왜 그 그림을 떠올리는지도 그는 알지 못한다.

눈부신 햇살. 찬란한 색채. 부르고뉴 전통 의상을 입은 채 포도 밟기 때 사용하는 오크통에 발을 담근 포도나무. 천진난만한 포도나무. 그 나무가 밟아 으깨는 중인, 포도알 같은 사람 머리통들. 폭소하고 오열하고 찡그리고 냉소하고 무표정하고 식겁하고 화장하고 주름지고 콧물 흘리고 젖병을 입에 문, 각양각색 머리통들. 막 으깨지기 시작한, 똑같은 얼굴들. 문득 떠올렸다기보다는 원래부터 머릿속에 존재하고 있었던 것만 같은 그 그림.

뭔가 뒤집힌 그림을 머릿속에 넣고 다니니 차가 뒤집어지는 것도 당연해.

머리를 땅 쪽에 대고 거꾸로 앉은 채 홀스트 씨는 얼빠진 목소리로 중얼거린다.

그가 갑자기 핸들을 꺾은 것은 갑자기 어떤 여자가 나타났기 때문이다. 찰나적인 느낌이긴 하지만 여자에게 자살 의도는 없어 보였다. 그는 여자를 발견하자마자 본능적으로 방향을 틀었고 동시에 여자와 눈도 마주쳤다. 그 모두를 어떻게 단번에 다

했는지 신기하기 이를 데 없지만 아무튼 여자도 그만큼이나 깜짝 놀라 두 눈을 동그랗게 벌리고 있었다. 여자는 다만 길을 건너려던 것뿐 공교롭게도 제때 자동차를 발견하지 못한 게 확실하다.

그런데 왜 여자가 보이지 않을까.

분명 여자를 치지는 않았다. 당연히 여자는 살아 있어야 한다. 그럼에도, 뒤집힌 자동차를 면전에 두고도 와보지 않는 여자가 홀스트 씨 입장에서는 의아할 따름이다.

그는 천천히 고개를 좌우로 돌려본다. 괜찮다. 자동차가 전복되던 순간에도 기절하지 않은 걸 보면 시각 효과만 대단하고 스토리는 빈약한 블록버스터 영화처럼 하찮은 사고에 불과한지도 모른다. 그는 보다 적극적으로 고개를 돌려가며 여자의 행방을 좇는다. 여자가 눈을 동그랗게 뜨고 이쪽을 바라보던 자리에 웬 손전등 하나가 떨어져 있을 뿐 여자는 어디에도 없다. 그가 애청하는 라디오 방송에 고정해두었던 주파수도 언제 어긋났는지 라디오에서는 지지직대는 소음만 흘러나온다.

정말로 손전등 하나 때문에 이 지경에 이르렀다면 이보다 어처구니없는 일도 없을 것이다. 여기보다 훨씬 복잡한 길이긴 하지만 왕궁 앞 도로에는 트램에 치여 죽은 비둘기 사체가 심심찮게 널려 있었다. 하지만 비둘기를 피하느라 트램이 전복됐다는 얘긴 들어본 적도 없다. 보험회사에는 뭐라고 설명해야 하나. 있을 수 있는 일이 일어났을 경우에만 보상해주는 보험회사에다 대고 있을 수 없는 일이 일어났다고 말할 수는 없지 않은가. 당신들이 보장하는 있을 수 있는 일이란 것이 실은 있을 수 없는 일에 더 가까우니까 이득을 남길 수 있는 것 아니냐고 따져야 할까.

블랙홀에 빠져본 적은 없지만 홀스트 씨는 왠지 그 느낌을 설명할 수도 있을 것 같다. 여자가 사라진 자리에는 손전등이 전구를 밝히고 있고 자동차 바퀴 위로 해가 지고 별이 뜨는 이곳이 절대 블랙홀이 아니라는 증거도 없으니 말이다. 라디오에서 방송 대신 전파 끓는 소리만 새어 나오는 것도 주파수가 잘못 맞춰진 탓이 아니라 이곳이라 생각하는 이곳이 실은 이곳이 아니기 때문인지도 모른다. 같은 방송이라 해도 지역에 따라 주파수가 다른 것은 그야말로 상식이니까.

그래서,
이곳에서 손전등은 손전등이다.
저곳에서는 당연히, 손전등이 아니다.

은진아!

진성은 급브레이크를 밟으며 하나의 고유명사를 토해냈다. 헤드라이트 불빛 속에 고라니 한 마리가 서 있었다. 심야의 1100도로를 건너던 고라니는 걸음을 멈추고 천천히 고개를 돌려 진성을 바라보았다. 간발의 차로 로드킬을 면한 주제에 어찌나 태평스럽던지 모르는 사람이 봤다면 영락없이 그 고라니 이름이 은진인 줄 알았을 것이다. 한술 더 떠 고라니는 한동안 진성을 응시했다. 사랑은 언제 어디서 누구와 어떻게 충돌할지 알 수 없는 교통사고 같은 것이라더니 조금만 더 그러고 있다가는 고라니와 불타는 애정 행각을 벌일 수도 있을 것 같았다.

야, 고라니!

진성은 차에서 내리면서 하나의 보통명사를 토해냈다.

헤드라이트 불빛 속에 은진이, 서 있었다.

기습적으로, 어떤 인과관계도 없이 동물 취급을 당한 주제에도 어찌나 무심하던지 모르는 사람이 봤다면 은진의 이름이 고라니인 줄 알았을 것이다. 한술 더 떠 은진은 진성 주위를 네발로 어슬렁거리며 짐승의 혀를 내밀었다.

연기는, 은진의 천직이었다. 은진은 배역에 따라 웃고 울고 사기치고 운동하고 병에 걸리고 의기소침해졌다가 미쳐버렸다. 물론 작품을 하지 않는 기간도 있었다. 그럴 때도 은진은 은진이란 캐릭터를 연기했다. 은진답게 손톱을 다듬고 은진답게 게을렀으며 은진답게 사랑했다. 그리고, 은진답게 죽어버렸다. 은진에게 연기는 천직이 아니었다. 차라리, 천성이었다.

그날, 심야의 1100도로에서 두 사람은 다투었다. 은진은 은진답게, 차에서 내렸다. 은진답게, 걸어가겠다고 호기를 부렸다. 차라리 자기를 확 치어버리라고 은진답게, 협박했다. 진성은 말리지 않았다. 자신과는 전혀 다른 은진의 일관성 있는 캐릭터와 철두철미한 연기에 질투가 나기도 했고 짜증이 나기도 했다. 고양이가 생선처럼 굴기를 바란다면 터무니없는 일이겠지만 일테면 진성은 그런 것을 꿈꾸었던 것이다.

은진은 진성의 차에서 내리자마자 앞서 달리는 모든 차들을 추월해오던 어떤 차에 치어버렸다. 진성이 꿈꿨던 다른 캐릭터, 일테면 생선처럼 구는 정도로는 진성이 만족하지 않으리라 여겼는지 삶과는 차원이 전혀 다른 죽음으로 월경해버린 것이다. 은진을 친 사람은 물론 진성이 아니었다. 그렇다고 진성이 아닌 것도 아니었다. 그것은 진성이 꾸었던 헛된 꿈의 결과였으니까.

진성은 은진을 발견하고 은진을 치게 될까 봐 급하게 차를 세웠지만 차문을 열고 나왔을 땐 이미 고라니였다.

저쪽 세계의 은진은 어쩌면 이곳에서 고라니였다.

은진아!

두 존재가 겹쳤다 분리되는 순간을 목격한 진성은 천연덕스럽게 고라니에게 말을 걸었다.

땡! 난 은진이 아니야.

천연덕스럽기로는 고라니도 만만치 않았다.

그럼 정말로 고라니?

땡! 어딜 봐서…….

짐승스러운 외모?

이봐, 핫팬츠!

무슨 소리야. 난 그런 건 입지도 않았어.

누가 입었대? 당신 자체가 핫팬츠란 말이지. 아까 낮에 자동차 거울에 뛰어들었던 애, 기억해?

아, 그 말벌.

걘 말벌이 아냐. 말벌 옷을 입은 벼룩일 뿐이라고. 조만간 또 벼룩 옷도 벗어버리겠지만.

무슨 말인지.

아직도 모르겠어? 우린 모두 죽음이 걸쳤던 옷에 불과해. 벼룩처럼 나도 그저 옷을 좀 갈아입었을 뿐이라고. 물론 당신은 아직 핫팬츠고 난 샤넬 투피스지만. 지금처럼, 당신은 그때도, 날 차로 들이받지 않았어. 나를 친 건 나야. 그 누구도 아니야. 그러니 하루 종일, 며칠이고 여기를 왔다 갔다 하는 짓은 이제 그만둬. 그러다가 정말 고라니라도 치면 어쩌려고 그래?

고라니는, 알고 있었다. 그날 이후로 1100도로의 무한궤도에 갇혀버렸던 한 남자를.

좀 치지 뭐. 그래 봤자 옷인데.

진성은 모처럼 농담을 던질 수 있었다.

용서 좀 받았다고 간이 배 밖이야. 그냥 확, 철분보충제로 먹어버리기 전에 냉큼 집어넣고 어서 조명이나 좀 밝혀봐. 이래 봬도 고라니 역할에 꽤나 충실한, 갈 길 먼 고라니란 말이야.

은성도 모처럼, 농담을 받아쳤다.

연인의 마지막 무대를 위해 진성은 기꺼이 조명을 켰다. 고라니가 밤의 숲 속과 하나가 되어 보이지 않게 될 때까지 진성은 오래도록 그 뒷모습을 지켜보았다. 연인이 퇴장하는 장면에는 역시 눈빛 조명이 가장 적절할 테니까.

연인을 떠나보내는 역할을 하고 있는 진성을 위해 하늘도 기꺼이 조명을 밝혀주었다. 어쨌거나 하늘의 별도 괜히 떠 있는 것은 아니었다.

별이 빛나는 밤, 야나체크는 블타바 강에 몸을 담근 채 강심에서 별을 건지고 있다. 그의 하체는 강물에, 상체는 천공에 속해 있다. 그러나 블타바 강의 품속으로 쏙 안겨버린 천공과 그 블타바 강을 품은 지구별을 품고 있는 천공이 하나인 것처럼 어떤 경우에도 그는 분열되지 않는다. 그는 별을 낚는 한밤의 낚시꾼이고 낚싯대에 매달린 지렁이이며 미끼를 문 물고기이다. 한 곡도 쓰지 못한 아마추어 작곡가이고 이미 많은 곡을 만든 대가이기도 하다. 그는 여러 번 다시 태어났고 아직 태어나지 않았으며 이제 막 최초로 탄생하기 직전이다.

지상의 불빛이 모두 꺼진 깊은 밤, 손을 뻗으면 닿을 곳에서 야나체크의 방이 불을 밝히고 있다. 모두가 잠든 밤, 그의 방만 깨어 있다. 그의 방만 길 잃은 별처럼 꿈을 꾼다.

지난여름, 유성이 지구로 투신하는 바람에 우주에서 음계가 하나 사라져버렸다. 덕분에 지구는 새로운 화음을 갖게 되었다. 덕분에 우주에도 새로운 화음 하나가 더해졌다. 지구는 언제나 우주의 한 음계였기 때문이다.

2

얼룩말은

나의 발톱

1

어느 날 밤, 프라하에 사는 블룸펠트는 꿈을 꾸었다.

꿈속에서 그는 마차를 타고 있었다. 뒤통수만 보이는 마부의 머리칼은 빨강에서 주황으로, 주황에서 노랑으로, 초록으로, 파랑으로…… 시시각각 변하는 중이었다. 어디로 가야 좋을지 그는 전혀 갈피를 잡을 수가 없었다.

아무 데나 가요! 아무 데나요!

말에게 채찍질을 해대는 마부의 뒤통수에다 대고 그는 그렇게 외쳐댔다. 그가 처음 내뱉은 아무 데나요!가 채 끝나기도 전에 또 다른 아무 데나요!가 앞서 내뱉은 아무 데나요!의 꼬리를 물고 끝없이 이어졌다. 혼자서 돌림노래를 부르는 형국이었다. 물론 그것은 불가능한 일이었다. 하나의 입으로 꿀과 마늘을 동시에 먹을 수는 있어도 동시에 발음할 수는 없는 노릇이었다. 꿀과 마늘뿐 아니라 밥과 꿈, 너와 나, 어제와 내일, 이성과 광기도 마찬가지였다.

그러나 블룸펠트는 꿈속에 있었다. 게다가 그가 탄 마차는 프라하 시내 한복판을 관통하고 있는 블타바 강을 따라 달리는 중이었다. 물 위로 물이 흐르고 물 아래로도 또 물이 흐르고 있는 강처럼 그의 입속엔 또 다른 입이 있었고 그래서 혼자 돌림노래를 부를 수도 있는 것이었다.

블룸펠트는 틀림없이 꿈을 꾸고 있는 중이었다. 저녁 식사가 끝난 후 오래도록 천천히 산책을 하곤 했던 강변, 강물로 인해 분리된 도시의 동쪽과 서쪽을 이어주는 바늘땀 같은 다리들, 강 서편에 봉긋하게 솟아오른 페테르진 산, 산보다 더 하늘에 가까운 첨탑들. 그가 태어나서 삼십 년 동안 살아온 프라하의 모습 그대로였지만 바로 그렇기 때문에 틀림없이 그건 꿈이었다. 어찌 된 일인지 그는 꿈에서조차 프라하를 벗어난 적이 없었던 것이다. 그리고 또 하나. 꼬리에 꼬리를 물고 이어지는 아무 데나요, 아무 데나요, 아무 데나요. 현실에서라면 불가능했을, 혼자

부르는 돌림노래.

블룸펠트는 분명 꿈을 꾸는 중이었다.

그날 밤, 서울에 사는 이세경도 꿈을 꾸었다.

꿈속에서 그녀는 택시를 타고 있었다. 택시는 끝없이 이어진 터널 속을 통과하는 중이었다. 터널의 아치형 천장에 매달린 녹색 등불들은 금방이라도 절명할 것처럼 창백해 보였다. 창백한 푸른빛 아래로 이따금씩 표지판이 나타났다. 정확히 말하자면 표지판이 아니라 홀로그램처럼 보이는 글자였다. 서쪽을 뜻하는 이니셜, W.

이 양반아, 서쪽이 아니라 우리 고향이라니까!

갑자기 나타나 터널 안을 부유하고 있던 W란 글자가 택시의 앞 유리창으로 스며들 때마다 이세경은 얼굴이 보이지 않는 택시 기사를 향해 발작적으로 소리쳤다. 그녀가 가고 싶은 곳은 서쪽이 아니라 고향이었다. 그녀의 고향은 결코 서쪽이 아니었다. 그녀는 그때마다 달리는 택시에서 그대로 뛰어내렸다. 그러곤 터널의 어디쯤인가에서 다른 택시를 잡아탔다. 그곳이 터널이 시작되는 곳인지 끝나가는 곳인지 한가운데인지는 알 수 없었다. 꿈은 처음부터 끝까지 터널, 터널, 터널……뿐이었기 때문이다.

이세경의 고향은 현실에선 결코 갈 수 없는 곳에 있었다. 꿈에서나마 그녀는 고향에 한번 가보고 싶었다. 실제로는 한 번도 본 적 없는 저명인사가 애인이나 가족이 되어 등장하는 곳이 바로 꿈의 세계였다. 틀림없이 가고 싶은 곳으로 갈 수도 있을 것이었다. 그러나 그녀의 꿈속 터널엔 갈림길이 없었다. 일방으로 뻗은 길 위에선 일방으로 갈 수밖에 없었다. 그녀는 끝없이 이어진 터널 안에서 끝없이 택시를 갈아탔지만 여전히 이니셜 W를 따라 서쪽으로 달리는 중이었다.

끝없는 터널이 등장하는 꿈은 인생만큼이나 무의미했다. 가고 싶은 곳으로 갈 수 없는 꿈은 인생만큼이나 불가항력적이었다. 이세경이 예순이란 나이에도 불구하고 나비처럼 가볍게 택시에서 뛰어내릴 수 있었던 건 꿈이기에 가능한 일이었지만 아무리 그래도 무의미한 건 무의미한 거였고 어쩔 수 없는 건 어쩔 수 없는 것이었다.

꿈속에서조차 꿈을 못 꾸고 현실을 꾸고 있던 그녀는 그날 밤, 셀 수 없이 많은 택시를 갈아탄 채 계속해서 서쪽으로 가고 있었다.

2

끝없이 계속될 것만 같던 터널이 어느 순간 가뭇없이 사라지고 갑자기 미로 같은 골목길이 나타났을 때 이세경이 타고 있던 택시는 마차로 바뀌어 있었고 그녀는 고향으로! 대신 집으로! 를 외치고 있었다. 그녀에게 고향이란 갈 수 없는 곳이었고 집은 갈 수 있는 곳이었다. 갈 수 없는 곳을 가려는 꿈을 꾸다가 꿈에서도 그 꿈을 이룰 수 없음을 알고는 꿈속에서조차 그 꿈을 포기했던 것이다.

택시에서 마차로 바뀐 꿈속의 탈것은 이세경을 꿈속의 집으로 인도했다. 언젠가 딸과 함께 돈가스를 먹으러 갔던 남산 길과 일본어 간판으로 가득 찬 명동, 고향의 밭두렁, 중세 유럽풍의 고풍스러운 벽돌 길, 드문드문 선인장이 자라고 있는 사막, 그리고 현실 속의 그녀가 살고 있는 방배동 아파트 단지 등이 한데 뒤섞인 골목길을 몇 차례 헤맨 끝에 그녀는 마차에서 내릴수 있었다. 휘움하게 흐르고 있는 강이 보이는 장소에서였다. 강 위엔 작은 섬이 하나 떠 있었고 장식이 화려한 돌다리가 강을 가로지르고 있었으며 그녀의 집은 돌다리가 시작되는 곳에 있었다. 소박한 듯하면서도 화려하고 이국적인 듯하면서도 낯익은 이층집이었다. 자신의 진짜 집, 진짜 동네와는 사뭇 달랐지만 어차피 꿈이었으므로 그녀는 개의치 않았다.

　이층으로 올라가는 계단의 중간 참에서 이세경은 계단을 내려오고 있던 한 남자와 부딪쳤다. 계단이 몹시 비좁은 탓에 그들은 서로의 정면을 바라본 채 잠시 포개져서 한 사람은 올라가고 한 사람은 내려가야 했다. 짙은 눈썹, 푹 꺼진 눈, 새의 부리처럼 휘어지긴 했지만 산마루처럼 높은 콧대, 너무 야윈 나머지 조금 튀어나와 보이는 광대뼈, 새카만 머리칼, 키가 크고 마른 체형. 이세경은 그가 프란츠 카프카를 닮았다고 잠시 생각했다. 그런 일은 꿈에서 자주 있었다. 영화 〈태양은 가득히〉에 나왔던 알랭 들롱의 눈빛도 코앞에서 보았고 이미 고인이 된 하길종 감독이 연출하기로 되어 있는 영화의 시나리오를 단숨에 써내기도 하였다. 젊었을 때 독문학을 공부한 탓인지 괴테, 토마스 만, 전혜린, 파스빈더 감독 같은 이는 아주 자주 꿈속에 출현했다. 때때로 이세경 자신이 그들 중 하나가 되어 있을 때도 있었다. 엘프리데 옐리네크가 노벨 문학상을 수상하게 되었다는 소식도 현실보다 꿈에서 먼저 들었을 정도였다. 실제 인물과는 생김새부터가 전혀 다른 사람들이 좌우지간 내가 그 인물이라며 우격다짐으로 등장하는 꿈이 물론 더 많긴 했다. 하지만 바로 그렇게 때문에 그건 진정 꿈이었다. 이세경이 타고 있던 택시가 난데없이 마차로 바뀌고 집이랍시고 내린 곳은 전혀 생뚱

맞은 장소이고 그곳에서 뜬금없이 카프카와 스쳤다고 해서 이상할 건 하나도 없었다. 이건 어차피 꿈이었으니까.

이세경은 계단을 올라가 꿈속에서 자기 집이라고 인식되고 있는 그곳으로 들어갔고 카프카를 닮은 남자는 계단을 내려와 그녀가 타고 왔던 마차를 타고 어디론가 사라졌다. 그리고 꿈속에서 자기 방이라고 인식되고 있는 이층의 방 한 칸에서 그녀는 몸을 눕혔고 곧 잠이 들었다.

꿈속에서 잠이 들었으니 이젠 현실을 꿀 차례였다.

어둑새벽 무렵 블룸펠트는 잠에서 깨어났다. 벽돌 포장된 길 위로 끊임없이 부딪치던 말발굽 소리가 상기도 귓가에 남아 있었다. 엄지로 귓등을 긁어대며 그는 상체를 일으켜 세웠다. 언제나처럼 침대 밑으로 종아리를 늘어뜨리고 실내화를 꿰신으려다가 그는 화들짝 놀라 이부자리 위에서 그대로 직립해버리고 말았다. 그는 침대 아래로 종아리를 늘어뜨릴 수가 없었다. 방금 그가 깨어난 잠자리는 편편한 바닥이었던 것이다.

블룸펠트는 되는 대로 자신의 발밑부터 내려다보았다. 전체 면적의 사분의 일쯤은 분홍색 천, 나머지 부분은 보라색 천으로 이루어진 이불이 그의 발밑에 깔려 있었고 이불 밑엔 흰색 보료가 깔려 있었다. 방금 그곳에서 자신의 머리통을 떼어놓았을 게 분명한 베개도 그에겐 낯설기 짝이 없었다. 그가 애용하던 베개는 등짝만큼 커다란 데다가 거위 털로 속을 채운 것이었다. 그러나 지금 그의 발치에 놓여 있는 것은 대나무를 엮어 만든 탓에 속은 텅 비었으며 크기도 고작 호밀빵 한 덩어리에 불과했다. 그것들은 모두 꿈에서조차 본 적이 없는 물건들이었다.

낯선 물건들의 무단 공습은 계속되었다.

바닥에 깔린 이부자리의 오른편엔 부채처럼 접었다 펼 수 있는 구조로 된 커다란 가리개(이것이 병풍이라는 것을 벨룸펠트는 곧 알게 되었다)가 있었고 머리맡엔 바닥에 주저앉아서 사용하기에 좋은 높이의 가구들(이것들을 반닫이, 구석장, 쾌상이라 부른다는 것도 블룸펠트는 알게 되었다)이 자리를 차지하고 있었다. 가장 이상하게 생긴 것은 방문 옆쯤에 놓인 물체였다. 병풍을 등지고 앉았을 때 정면으로 보이는 곳에 자리 잡은 그것은 직사각형의 검은 상자(이것이 바로 텔레비전이었다)였다.

네 개의 꼭짓점에서 각각 누군가가 그것을 잡아당기고 있기라도 한 것처럼 편편한 그 암흑 덩어리 위로 블룸펠트의 얼굴이 비춰졌다. 짙은 눈썹, 푹 꺼진 눈, 새의 부리처럼 휘어지긴 했지만 산마루처럼 높은 콧대, 너무 야윈 나머지 조금 튀어나와 보이는 광대뼈, 새카만 머리칼, 182센티미터 키에 62킬로그램 몸무게가 틀림없어 보이는 허우대. 텔레비전에 비친 그의 모습은 틀림없이 블룸펠트, 자신이었다. 그러나 그를 둘러싼 모든 것들은 모두가 그의 것이 아니었다.

불룸펠트는 방문을 열고 밖으로 나갔다. 방금 그가 깨어난 방에 있는 것보다 조금 더 큰 텔레비전이 거실에도 놓여 있었다. 조금 더 큰 텔레비전에 비친 사람도 역시나 블룸펠트, 자신이었다. 그는 거실 창에 드리워진 커튼을 옆으로 밀어젖혔다. 밖은 아직 어두웠다. 어렴풋이 나무들이 보였다. 이파리가 무성했다. 어젯밤 그가 잠들었던 도시, 프라하와 마찬가지로 이곳의 계절도 초여름인 모양이었다. 그러나 수종은 프라하에서 본 것과 같은 종류인 것도 같고 아닌 것도 같았다. 이름을 알 수 없는 나무들 사이로 블룸펠트의 실루엣이 미지의 한 그루 나무인 양 함께 어우러졌다. 물론 실제의 그는 실내에 있었고 나무들은 유리창 너머 바깥에 있었다. 그러나 안과 밖의 경계인 유리창 위에서 그가 속한 세계와 수목의 세계는 선명하게 분리되지 않았다. 오히려 하나로 겹쳐지고 있었다. 그는 여기 있지만 저기엔 없었다. 나무들은 여기 없지만 저기엔 있었다. 그도, 나무도, 실내와 바깥이라는 상반된 장소에 동시에 존재할 수는 없었다. 그러나 여기 실내에 있는 동시에 유리창 위에, 저기 바깥에 있는 동시에 유리창 위에, 그렇게 존재할 수는 있었다. 그가 지금 여기에 있기 때문에 그는 유리창 위에도 있을 수 있는 것이었다. 그가 지금 여기 없다면 유리창 위의 그도 있을 수 없는 것이었다.

블룸펠트는 등 뒤로 인기척을 느꼈다. 아직은 희미한 실루엣에 불과했지만 거실 유리창에 비친 자신의 등 뒤로 분명히 무엇인가가 다가오고 있었다. 그가 돌아서려는 찰나 탁, 스위치 켜는 소리와 함께 천장에 매달려 있던 전구가 환하게 밝아졌다. 동시에, 거실 유리창에 비친 나뭇가지에도 등불이 하나 걸렸다. 나무는 밖에 있고 등불은 안에 있고, 등불이 걸린 나무는 유리창 위에 있었다. 등불이 걸린 나무는 오직 유리창 위에서 존재했지만 밖의 나무와 안의 등불이 없다면 존재할 수 없는 세계이기도 했다. 유리창에 비친 블룸펠트는 등불이 걸린 나무 밑에 엉거주춤 서 있었다. 그리고, 그가 서 있는 그 세계 속으로 또 다른 사람이 걸어 들어왔다.

"엄마……."

아직 잠이 덜 깼는지 길고 긴 하품을 하며 그 사람이 말했다. 여자였고 아시아인이었다. 그녀는 아주 밝은 보라색 머리칼을 가지고 있었다. 그것은 일곱 빛깔 무지개의 일곱번째 색이었다. 블룸펠트는 그렇게 머리카락을 물들인 아시아 여자는 지금까지 본 적이 없었다. 동서양, 남녀노소를 막론하고 아주 밝은 보라색 머리카락은 상상조차 해본 일이 없었다. 어젯밤 꿈에 보았던 마부의 머리 색깔이야 꿈이니까 그럴 수도 있었다. 아직도 꿈을 꾸고 있는 게 아니라면 이건 정말 있을 수 없는 일이었다. 게다가 그 여자는 블룸펠트를 보고 '엄마'라고 불렀다. 하품 때문에 심하게 뭉개진 발성이었지만 그는 분명히 알아들었다. 태어나서 처음 들어보는 이국의 언어였음에도 불구하고 그는 알아들었던 것이다.

"누가 노인네 아니랄까 봐 벌써 일어났수?"

엄마만으론 부족했던지 그 여자는 블룸펠트에게 노인네라는 명칭까지 선사해주었다. 하지만 그의 눈엔 그 여자가 자신과 비슷한 연배로 보였다. 엄마도 노인네도, 그에겐 모두 부당한 얘기였다.

"난 당신의 엄마가 아닙니다. 난 아직 서른 살이며 결혼하지 않았습니다. 난 남자입니다. 난 보헤미아 사람입니다. 난 결코 당신의 엄마일 수가 없습니다. 도대체 당신은 누구죠? 왜 내가 여기에 있는 것이죠?"

블룸펠트는 조국의 언어로 또박또박 말했다. 그가 그 여자의 언어를 알아들었듯 그 여자도 자신의 언어를 알아들을 거라 믿었다. 그 여자는, 알아들었다. 그러나 그가 말한 내용과는 전혀 무관했다. 어젯밤 꿈속에서처럼 그의 입속엔 또 다른 입이 들어 있어서 그가 이중으로 말하고 있기라도 한 듯 그 말들이 그 여자의 귀엔 이렇게 들렸던 것이다.

"망할 것, 엄마보고 노인네가 뭐냐. 나두 꼬박꼬박 노처녀라고 불러줄까? 그래? 같이 늙어가는 처지에 좀 사이좋게 지내자, 응?"

그리고 그의 말을 받아 그 여자는 또 이렇게 대꾸했다.

"노인네란 말 듣고 삐치는 거 보니까 우리 엄마 정말 노인넨가 보네. 걱정 마, 엄마. 오늘부터 확실히 내가 엄마 회춘시켜줄 테니까. 짐은 다 쌌지? 공항에 두 시간 전까진 가야 하니까 얼른 준비하자구요."

말을 마치자마자 여자는 욕실로 들어가 이를 닦기 시작했다. 여자의 말에 따르면 그 여자와 그 여자의 엄마는 오늘 함께 어딘가로 떠나게 되어 있는 듯했다. 블룸펠트는 공항이란 말은 알아들었지만 그것이 무엇을 가리키는 것인지는 알지 못했다. 그저 항구 비슷한 것이리라 짐작할 뿐이었다. 그럼에도 블룸펠트는 어쩐지 곧 그것을 알게 되고 금방 익숙해질 것 같은 강한 느낌을 받았다. 병풍과 반닫이, 텔레비전을 처음 보았을 때 그랬던 것처럼.

창밖의 나무. 실내의 등불. 그리고 나뭇가지에 등불이 걸린, 유리창 위의 세계.

그건 꿈에서 깨어났는데 깨어난 그곳에서 또다시 꿈이 계속되고 있는 듯한 지금 상황과 흡사했다. 그럴 경우 어디까지가 꿈이고 어디부터가 현실인지는 모르겠으나 어쨌든 꿈이라고 하기엔 이 모든 것이 블룸펠트에게는 너무나 생생했다. 현실 속에서 프라하 시내를 산책하고 있는 동시에 꿈속에서 현란한 머리 빛깔의 마부에게 아무 데로나 가자고 재촉하기란 물론 불가능했다. 하지만 꿈과 현실 사이에 또 다른 어떤 공간이 존재한다면? 삶을 살고 잠을 자고 꿈을 꾸고, 꿈에서 깨어나고, 또 꿈을 꾸고, 깨어나고…… 그러다 어느 아침, 꿈에서 깨어났는데도 꿈이 계속되고 있다면 그것은 꿈이 아니라 꿈과 현실 사이에 끼워진 얇은 유리창일지도 몰랐다.

3

졸지에 서른 살짜리 아시아 여자의 엄마가 되어버린 블룸펠트의 손에 여권이 쥐어졌다. 여권 표지는 녹색이었고 여권번호는 SC1004404였으며 국적은 대한민국이었다. 자신의 딸이 되어버린 아시아 여자를 보고 막연히 중국 사람일 거라고 추측했던 그에게 대한민국이란 전혀 생소한 나라였다. 여권에 적힌 이름은 이세경. 성별, 여자. 1944년 출생. 여권의 원래 임자인 이세경은 블룸펠트보다 무려 61년이나 늦게 태어났다. 그럼에도 블룸펠트가 이제 서른 살인 것과 달리 그 여자는 이미 예순 살이었다. 말도 안 되는 일이었다. 하지만 프라하의 노동재해보험협회에서 하던 일보다는 오히려 말이 된다는 게 블룸펠트의 솔직한 심정이었다. 그곳에서 사람의 몸이란 정육점에 내걸린 고깃덩어리와 하등 다를 게 없었다. 부위별로 등급이 매겨져 있었고 등급별로 가격이 책정되어 있었던 것이다. 그곳에선 신체 훼손이나 생명의 단절을 대가로 돈을 지급하고 있었으나 웬만해선 지급하지 않도록 노력하는 게 바로 그의 일이었다. 그는 그 일을 해야 했고 그것도 아주 열심히 해야 했으며 그만둘 수도 없었다. 상상조차 해본 적 없는 이상한 상황에 처해서야 블룸펠트는 어제까지의 자신의 삶이 사실은 더더욱 말이 되지 않는다는 걸 깨달았다. 도대체 무엇 때문에 그 일에서 벗어날 수 없다고 생각했던 것인지 블룸펠트는 그런 생각을 했던 자신이 도무지 이해가 되지 않았던 것이다. 낯선 것에 익숙해지고 익숙했던 것을 낯설게 보는 일은 생각보다 어렵지 않았다. 문제는 상상력이었다. 상상할 수 없는 일이 이미 벌어지고 있는 현장에서 더 이상 상상 못 할 일이란 아무것도 없었기 때문이다.

이세경의 여권을 가지고 블룸펠트는 무사히 출국 수속을 마쳤고 자신과는 동갑이나 이세경과는 서른 살 차이가 나는 딸과 함께 여객기에 올랐다. 딸에 의하면 이건 이세경의 환갑 기념 여행이었다. 프라하에 살던 시절 블룸펠트는 기차를 타고 독일과 프랑스에 가본 적이 있었다. 하지만 여객기는 처음이었다. 어제까지 그가 살았던 프라하에서 여객기란 존재하지 않는 물건이었다. 프라하의 블룸펠트는 언젠간 배를 타고 몇 달의 항해를 거친 후 중국이란 곳에 가볼 수는 있을 거라고 생각했었다. 그러나 프라하의 블룸펠트가 중국 밑에 있는 대한민국이란 나라에서 프라하로 여행을 가게 되리라곤 상상하지 않았었다. 그것도 2004년의 프라하로 말이다.

어젯밤 그는 1913년의 프라하에서 잠들었고 오늘 아침 2004년 서울에서 눈을 떴으며 불과 몇 시간 뒤인 지금은 2004년의 프라하로 가는 여객기에 몸을 싣고 있었다. 이세경의 딸에 의하면 서울과 프라하 사이엔 직항로가 개설되었고 그들은 그 길을 처음으로 비행하는 승객들이었다. 그렇게 가면 서울에서 프라하까지 겨우 열두 시간밖에 걸리지 않는다고 했다. 블룸펠트는 자신과 이세경이란 여자 사이에도 직항로를 놓을 수만 있다면 그 여자와 자신이 어쩌면 서로에게 그렇게 멀고 먼 존재가 아닐 수도 있다는 생각이 들었다.

"딸 하나 잘 키운 덕에 그렇게 가고 싶어 하던 프라하에 가게 돼서 되게 좋겠수. 엄마가 좋아하는 작가랑 작곡가들은 죄다 프라하 출신이라며?"

여객기가 이륙하자 이세경의 딸이 말을 걸었다. 물론 블룸펠트에게였다. 그녀의 눈엔 그가 여전히 자신의 어머니인 이세경으로 보이는 모양이었다. 택시 잡는 곳까지 짐을 들어다 주며 잘 다녀오라고 인사를 하던 아파트 경비도 그랬고 여권 심사를 하던 출입국 관리소 직원도 마찬가지였다. 그들은 결코 의심하지 않았다. 이세경으로 보이는 이 사람이 실은 이세경이 아닐 수도 있다는 사실을 말이다. 물론 블룸펠트는 자신이 이세경이 아니라 블룸펠트라고 확신하고 있었지만 그럴 만한 근거는 어디에도 없었다. 이세경의 딸도, 아파트 경비도, 블룸펠트도……. 그들은 모두 자기 눈에 보이는 것을 믿고 있었다. 진실이 누구 눈에 비치고 있는지는 아무도 모르는 일이었다.

　"공교롭게도 그러네. 헌데 좀 억울한 생각도 든다. 직항로까지 생기긴 했다만 그래도 그쪽에서 여기에 대해 얼마나 알고 있을지 의문이다. 중국이라면 몰라도."

　블룸펠트가 대꾸했다. 굳이 그러지 않아도 이세경의 딸은 알아서 이세경의 말투로 알아들으련만 그는 그가 생각하기에 가장 이세경다운 말투를 구사했다. 그는 이세경의 말투에다가 자신의 생각을 탑재하기까지 했다.

　"상상력 문제지 뭐. 중국이 세상의 끝이라고 생각하니까 그런 거야. 끝의 끝을 상상할 수 있어야 하는데 그걸 못 한다니까.

독일이 세상의 끝이라고 믿는 사람이 있다고 쳐봐. 그 옆에 붙어 있는 체코가 그 사람한텐 존재하겠어? 현실에 없어서 상상을 못 하는 게 아니야. 상상하지 않으니까 현실에도 없는 거지. 안 그러우? 엄마가 가고 싶어 한 도시가 그렇게 상상력이 썰렁한 곳이라면 정말 실망인데."

"그곳은 아마도 그렇지 않을 것이다. 나를 이곳으로 보낸 곳이니까."

독백인 듯 대화인 듯 블룸펠트는 말했다. 이세경의 딸이 정말로 자신의 핏줄처럼 느껴졌다. 그의 머릿속에 들어갔다 나오기라도 한 것처럼 그녀 역시 상상력을 문제 삼았던 것이다.

"엄마, 이것 좀 봐. 상상력 죽이지?"

이세경의 딸이 그의 코앞에다 그림책을 들이밀었다. 샴쌍둥이처럼 둔부가 하나로 붙어 있는 것처럼 보이는 두 명의 소녀가 각각 다른 방향으로 몸을 튼 채 잠들어 있고 소녀들 사이엔 탐스러운 보라색 포도송이를 든 아기 조각상이 있었다. 그리고 책장 한편엔 이런 문장이 씌어 있었다.

너의 무의식 속에 갇혀 있는 건 어떤 기분일까?

"이것도 이세경 여사를 위한 회춘 프로그램입니까?"

"물론. 그리고 나도. 상상력 끝내주는 그림 많이 그려서 칠순에는 엄마 고향에도 보내줄 거야. 여전히 못 가게 하면 고향 땅을 다 사버리지 뭐. 땅 주인인데 설마 못 가겠어?"

이세경의 딸이 말했다. 그 말들은 블룸펠트의 의식 속 가장 어두운 곳을 비추는 등불이 되었다. 이세경이란 여자는 고향에 가고 싶어 한다, 그곳은 갈 수 없는 곳이다, 그녀의 딸은 일러스트레이터이다, 요즘엔 잠시 슬럼프이다, 이세경도 그녀의 딸도 프라하에서 무언가를 찾고자 한다……. 그가 모른 채로 알고 있었던 어떤 이야기들이 불빛 속에서 하나씩 모습을 드러냈다. 어쩌면 1913년 프라하의 블룸펠트 안에 이미 씨앗처럼 박혀 있던 어떤 것들. 단지 2004년 서울에서 발화되었을 뿐인 그 모든 것들.

이세경의 딸이 가지고 있는 그림책엔 이런 그림도 있었다. 아직 허벅지 아래쪽이 다 그려지지 않은 소녀가 펜으로 자신의 허벅지 아래쪽을 직접 그리고 있는 그림이었다. 그렇게 무릎을 그리고 종아리를 그리고 복사뼈와 발꿈치와 발가락을 그린 후 소녀는 그림에서 빠져나올 수 있을 것이다. 마침내 그림에서 빠져나온 소녀는 그러나 여전히 그림 속에 존재할 것이다. 삶은, 한 겹이 아니었다.

블룸펠트는 여객기 창문에 희미하게 비치고 있는 자신을 바라보았다. 오늘 아침 그는 이세경의 딸이 골라준 이세경의 옷을 입고 집을 나섰지만 거기 어른거리고 있는 그의 모습은 어젯밤 꿈속의 옷차림 그대로였다. 그는 어쩌면 그동안 이세경의 무의식 속에 갇혀 있던 진짜 이세경일지도 몰랐다. 어떤 옷을 입어도 변하지 않는, 남자도 여자도 아닌.

비행기는 프라하를 향해 점점 마하를 높이기 시작했다. 서울과 프라하 사이의 거리가 프레스토로 지워지고 있었다.

"어쩌자고 나는…… 내가 아닌 것이냐……."

이층에서 창밖을 내려다보며 이세경은 몽유처럼 중얼거렸다. 그녀가 꼼짝없이 그 노릇을 해야만 하는 블룸펠트라는 사내, 바로 그 사내의 친구가 데리고 온 닥스훈트 한 마리가 혀로 복사뼈를 간질이고 있었지만 그녀는 전혀 무감각했다. 어쩌면 당연한 무감각이었다. 그 개가 핥고 있는 복사뼈가 이세경과 블룸펠트, 둘 중 누구의 것인지 불분명했기 때문이다.

창밖으론 블타바 강이 흐르고 있었고 개통한 지 일 년 정도 됐다는 전차가 막 레기 다리 위를 통과하는 중이었다. 이세경 혹은 블룸펠트의 집은 레기 다리 바로 앞이었다. 그곳엔 통행료 납부소가 있었고 제복을 차려입은 세금 징수원이 다리를 건너는 행인들로부터 꼬박꼬박 2헬러씩 거두고 있는 모습이 텔레비전 드라마를 시청하는 것처럼 생생하게 보였다. 인적이 뜸해지면 세금 징수원은 근처에서 손풍금을 연주하고 있던 거리의 악사에게 무어라 말을 걸기도 했다. 언제나 같은 곡만 연주하고 노래하는 눈이 먼 악사였다.

지겹도록 보아온 풍경이었다.

오늘이 어제 같고 내일 또한 오늘 같을 게 분명한 이곳에서 벌써 며칠이 지났는지 몇 달 혹은 몇 년이 흘렀는지 이세경은 가늠할 수 없었다.

어느 밤 꿈속에서 이곳에 몸을 눕히고 다음 날 아침 정말로 이곳에서 눈을 떠버린 이후로 이세경은 블룸펠트란 이름의 서른 살짜리 남자로 불리게 되었고 날마다 아침 여섯시에 일어나 젬멜을 먹고 여덟시까지 포르지치 7번지에 있는 노동재해보험 협회로 출근해 일을 했으며 업무가 끝나면 시민회관 근처에서 저녁을 사먹고 집으로 가는 지름길인 나 프르지코페 거리 대신 젤레즈나 거리로 들어서서 구시가 광장 노천카페에 앉아 헛된 도약에 불과한 비둘기들의 날갯짓을 감상하며 그것들이 제멋 대로 허공에 그려놓은 듯 보이는 호들이 실은 교묘하게 얽히고 설켜 결국엔 비둘기들 자신을 가두는 감옥을 만들었을 뿐이라 는 생각을 하며 차를 마셨고 천천히 자리에서 일어나 파르지주 스카 거리를 따라가다가 길 끝에 이어진 체후브 다리 앞에서부 터 블타바 강을 따라 남하하기 시작해 세 개의 다리를 더 지난 후 마침내 나타난 레기 다리 앞 자신의 숙소로 돌아오곤 했다.

확고부동한 일상의 동선은 아무리 길어도 절대 나누어질 수 없는 하나의 문장과도 같았다. 어디쯤에 마침표를 찍어야 꿈에서 빠져나갈 수 있는 것인지 이세경은 알 수 없었다. 이것이 정말 꿈이라면 회사에서 집 사이에 배치된 길과 지형지물이 제멋대로여야 옳았다. 잘못 편집된 영화 필름처럼 노동재해보험협회 옆에 레기 다리가 있고 젤레즈나 거리로 블타바 강이 흐르며 구시가 광장 한가운데엔 블룸펠트란 사내의 집이, 그리고 프라하 옆엔 서울이, 서울이 있어야 했다.

하지만 그런 일은 일어나지 않았다. 블타바 강은 자연이 만든 길이었고 강 위에 건설된 여러 개의 다리들과 전차 레일은 자연을 가로지르기 위해 만들어진 길이었으나 그 어느 쪽 길로도 2004년의 서울로 갈 수는 없었다. 제아무리 최악의 미로였다고 해도 미노스 궁전을 빠져나오기 위해선 실타래만으로 충분했다. 헨젤과 그레텔도 돌멩이를 따라 집으로 돌아올 수 있었다. 그들이 쉽지 않은 상황에 처했던 건 사실이지만 어쨌든 그들은 모두 왔던 길을 되짚어서 돌아갈 수가 있었다. 그러나 이세경은 아니었다. 그녀가 이곳으로 왔던 길은 이미 사라져버렸다. 어느 날 문득 고향으로 돌아갈 길이 영영 막혀버렸던 것처럼.

"네가 너지, 너 말고 도대체 누구겠어? 넌 때로 상상이 너무 지나쳐. 그래 봤자 힘든 건 너야. 적당히 해, 적당히. 그저 즐거울 정도로만 상상하라고."

무연히 창밖을 바라보고 있던 이세경, 블룸펠트라 불리고 있는 그녀에게 상투적인 촌평을 해주고 있는 사람은 직장 동료인 카프카였다. 그는 여기서 제법 먼 거리에 있는 프라하 성 아래 황금소로에 거주하고 있었다. 언젠가 이세경은 그곳에 가본 적이 있었다. 성은 프라하 시내 어디에서나 아주 가깝게 보였지만 거의 다 왔다고 생각하는 순간, 보이지 않았다. 제대로 가고 있는 것인가 끊임없이 의심이 들었고 가까이 가면 갈수록 점점 더 멀게만 느껴졌다. 카프카의 소설이 상징이나 우화가 아니라 가감 없이 기록된 현실 그 자체였을지도 모른다고 생각한 건 바로 그 길에서였다. 아무리 같은 시간과 공간 속에 있다고 해도 그곳에 있는 존재들의 현실이 다 같을 수는 없었다. 그건 이세경 자신만 보아도 알 수 있는 일이었다. 현실이란, 자기 자신에게만 현실일 뿐 남들에겐 비현실일 수밖에 없는 어떤 것이었다. 각자 다른 현실을 살고 있으면서도 단 하나의 현실만 인정해야 하는 게 비극이라면 비극이었다.

"나는 내가 아니다…… 그게 상상이 아니라 사실이라면 그땐 상상이 지나친 게 아니라 사실이 지나친 것이우? 아니면 내가 미친 게유?"

내내 창문에 붙어 있던 시선을 카프카 쪽으로 돌리고서 이세경이 말했다. 그녀는 애써 블룸펠트스러운 어투를 구사하는 짓은 하지 않았다. 굳이 그러지 않아도 다른 사람들 귀에는 블룸 펠트의 것으로 들렸기 때문이다. 무슨 짓을 해도 그녀는 블룸펠트를 벗어날 수가 없었다.

이세경 혹은 블룸펠트의 복사뼈를 간질이던 닥스훈트는 이제 창문 앞에 놓인 콘솔로 뛰어올라가 그릇에 담긴 물을 먹을 때와 마찬가지로 혀를 놀려대며 유리창을 핥기 시작했다. 그렇게 핥고 또 핥다 보면 그릇의 물이 줄듯 저 유리창도 조금씩 사라져 마침내 없어져버릴지도 모를 일이었다.

"진정해. 누가 미쳤대? 그저 좀 지나치다는 얘기야."

"지나치지만 미치진 않았다? 어허, 지나치지 않고 정상으로 미치는 경우도 있다우."

"말장난 좀 그만둬. 네가 요즘 얼마나 이상한지 알고 있어? 파혼 문제만 해도 그래. 물론 파혼했다고 너더러 미친놈이라고 할 사람은 없어. 하지만 아무 이유도 없었잖아, 아무 이유도. 네 약혼녀도, 네 가족도…… 영문도 모르고 고통 받았어. 가까운 사람들 괴롭히는 게 너의 새로운 취민가 본데, 그게 그렇게 재밌나?"

심장이 석상처럼 굳어버린 듯 이세경은 가슴이 답답했다. 이유가 없다니…… 그렇게 설명을 해주었건만 이유가 없다니…….

이세경이 처음 이곳에서 깨어났을 때 블룸펠트란 사내는 이미 약혼을 한 상태였다. 그의 약혼녀는 주연급은 아니었지만 어쨌든 프라하 국립극장의 전속 배우였다. 이세경이 알게 된 사실에 따르면 블룸펠트는 배우가 되고 싶어 했으나 경제적인 이유로 꿈을 접을 수밖에 없었고 그럼에도 불구하고 남아 있는 미련을 달래기 위해 자주 공연을 보러 다녔다. 자연스레 배우와 가까워졌고 사랑이 싹텄으며 사랑이 지속되는 한 그가 접어야만 했던 꿈도 함께 머물러 있을 거라 믿었다. 그는 비록 꿈을 이루진 못했지만 그렇다고 해서 그 꿈을 영원히 잃어버리고 싶지도 않았던 것이다. 자신에게 덧씌워진 블룸펠트의 심정을 이세경이 모를 리가 없었다. 그러나 남들이 아무리 그녀를 블룸펠트라 여겨도 그녀 눈에 비친 자신의 모습은 환갑 먹은 한국 여자일 뿐이었다. 그녀는 의심할 바 없는 이성애자였지만 설사 아니다 쳐도 동녀 취향은 결코 아니었다. 스물 몇 살짜리 유럽 아가씨와 살을 섞는다는 건 상상조차 할 수 없었고 하고 싶지도 않았다. 블룸펠트라 불리고 있는 이세경의 파혼은, 필연이었다. 카프카가 그걸 이해하지 못한다는 건 정말 유감이었다. 그가 정말로 이세경이 알고 있던 그 카프카가 맞다면 말이다.

카프카는 그러나, 한때 독문학을 공부했던 이세경이 알고 있는 카프카와는 전혀 달랐다. 이십 세기 초반, 프라하, 법학 박사,

황금소로 거주……. 그런 것들은 일치했으나 그는 채식주의자이기는커녕 식탐이 지나쳤고 손해 보는 짓은 절대 하지 않았으며 늘 다리를 떨었고 자기 자신을 인정할 줄 몰랐다. 언젠가 그는 이런 말을 한 적이 있었다. 레기 다리의 눈먼 악사에겐 남들이 보지 못하는 걸 볼 수 있는 특별한 재능이 있는데 악사의 눈에 비친 자신의 모습이 실제 자신의 모습과 사뭇 다르더라는 것이다. 눈먼 악사의 눈에 비친 카프카는 짙은 눈썹, 푹 꺼진 눈, 새의 부리처럼 휘어지긴 했지만 산마루처럼 높은 콧대, 그리고 너무 야윈 나머지 조금 튀어나와 보이는 광대뼈와 새카만 머리칼을 가지고 있었으며 키도 182센티미터나 되었다. 그건 바로 그의 친구인 블룸펠트, 종종 잘생겼단 소리를 듣곤 하는 블룸펠트의 모습이었다. 카프카와 블룸펠트는 실제로는 전혀 닮은 구석이 없었다. 그럼에도 그 얘길 전하며 카프카는 눈먼 악사가 아무래도 진실을 보는 것 같다고 덧붙이는 걸 잊지 않았다. 경박함과 유치함은 차치하고도 결정적으로 그는 소설을 쓰지 않았다. 이세경이 알고 있는 카프카와의 가장 큰 차이는 바로 그것이었다.

처음엔 그래도 혹시나 하는 마음에 이세경은 카프카에게 많은 이야길 해주었다. 전쟁, 체코슬로바키아, 히틀러, 프라하의 봄, 다시 체코, 유로, 아인슈타인, 텔레비전, 코카콜라, 비행기, 지하철, 서울, 신도시, 아파트, 갈 수 없는 고향, 인터넷, 황제의 칙명, 심판, 어느 단식 광대……. 그러나 카프카는 알아듣지 못했다. 그가 정말로 인간을 억압하고 소외시키는 현대 사회의 메커니즘과 제도의 부조리를 본능적으로 알아보았던 카프카라면, 가시화되기 이전의 삶의 진실을 보고 있었던 바로 그 카프카가 맞다면, 그는 몰라도 알아야 했다.

하지만 이세경이 프라하에서 만난 카프카는 정말이지 아무것도 알아보지 못했다. 그녀가 이곳에서 눈을 뜬 첫날 당연하다는 듯 노동재해보험협회로 출근하려고 했던 낯설기 짝이 없는 어떤 관성(이세경은 그것이 자신에게 덧씌워진 블룸펠트의 관성이라고 생각했다)과 맞서느라 이젠 그녀의 가족이 되어버린 블룸펠트의 가족들로부터 벌레 취급을 받았다는 얘길 했을 때도 카프카는 마지못해 이렇게 말했을 뿐이다.

네가 힘든 거 알아. 다 알아. 정말 다 안다고. 하지만 가족을 그런 식으로 얘기하는 건 좀 심하지 않아?

프라하의 블룸펠트라면 어땠을지 모르겠지만 서울의 이세경이 듣기에 그건 결코 카프카의 입에서 나올 만한 소리가 아니었다. 그래도 카프카는 잘도 그런 말만 해대었다. 황금소로에서 레기 다리까지, 카프카는 분명 먼 길을 걸어 여기 와 있었지만 그렇다고 그들 사이에 무슨 대단한 우정이 존재하는 건 아니었다. 모처럼의 휴일, 애견을 동반한 산책이 좀 길어졌을 뿐이었고 어쩌다 보니 여기까지 다다르게 된 것이었으며 겸사겸사 공짜 차나 한잔 얻어 마실 요량이었다. 그게 다였다. 별생각 없이 왔다가 잔뜩 예민해져 있는 친구를 상대해야 했으니 카프카도 기분이 썩 좋지는 않았을 것이다. 똥 밟았다고 생각할 수도, 세상에 공짜는 없다고 생각할 수도 있었다. 이세경이 프라하에서 만난 카프카는 충분히 그러고도 남을 사람이었다.

유일하게 익숙한 존재라 믿었던 카프카마저 낯선 사람이었다는 게 확인되자 이세경은 더 이상 이곳에서의 삶을 유지할 자신이 없어졌다. 블룸펠트란 사내는 아직 서른 살이라지만 블룸펠트라 불리는 그녀의 나이는 이미 환갑이었고 2004년 서울에서도 가지 못한 고향을 이십 세기 초반의 프라하에서 가기란 더더욱 불가능했다. 창밖으로 무심히 흐르고 있는 블타바 강을 내려다볼 때마다 그녀는 강물과 몸을 섞어버리고 싶었다. 레기 다리의 세금 징수원은 그녀의 마지막 모습을 목격할 테고 눈먼 악사는 생의 마지막 음악을 들려줄 것이며 그녀는 강류를 따라 어디든 가게 될 것이다. 그다지 나쁘지는 않은 일이었다.

"질풍노도 사춘기도 아니고 기운 펄펄 나는 장정도 아니고…… 아무 이유 없이 그럴 이유, 나도 없네요. 나도 내가 아니지만 내 보기엔 댁도 댁이 아니야. 근데 어쩜 그렇게 철석같이 나는 나다 믿을 수가 있는지 참말 신기해."

"다른 사람들이 나더러 너는 너, 카프카라고 말해주니까. 아무도 나보고 블룸펠트라거나 까마귀라고 부르지 않아. 아버지는 나를 아들로 불러주고 직장에선 나보고 감독님이라고 하지. 그게 바로 나야. 각종 서류에 이름을 적을 때도 난 아무 망설임 없이 카프카라고 적어. 내가 아는 나는 카프카, 그것뿐이니까. 이 방을 둘러봐. 이건 네 방이야. 저건 네 책상, 저건 네 모자, 그리고 이건…… 그래, 이건 네가 만든 마리오네트야. 이미 잊었는지도 모르겠지만 그걸 만드는 건 네 취미였지. 그건 분명 네가 만들었어. 내가 아니라 네가 만들었단 말이야. 그러니까 너는 너야. 알겠어?"

지금까지 버틴 것만으로도 찻값은 충분히 됐다고 생각했는지 카프카는 이 지긋지긋한 상황에서 벗어나고픈 마음을 전혀 감추지 않은 채 숨 가쁘게 말을 쏟아냈다. 그때까지도 창문을 핥고 있던 닥스훈트는 주인의 불안한 음성에 놀라 일순 동작을 멈추긴 했지만 혀는 여전히 입 밖으로 나와 있었다. 유리창은 조금도, 없어지지 않았다.

카프카는 의자에서 일어서는 것과 탁자에 올려놓았던 모자를 머리에 쓰는 것, 그리고 닥스훈트를 옆구리에 끼는 행동을 거의 동시에 해냈다. 불난 집에서 뛰쳐나가는 사람처럼 그는 거의 뛰다시피 방문 쪽으로 걸음을 떼었다. 그러다가 그는 바닥에 나뒹굴고 있던 마리오네트에 그만 발이 걸리고 말았다. 조금 전 그가 손가락으로 가리키며 이건 분명 블룸펠트, 네가 만든 거라고 지적했던 바로 그것이었다.

마리오네트는 카프카 신장의 절반쯤 되는 크기였고 어릿광 대를 닮은 남자 인형이었다. 하지만 오른쪽 상완이 있어야 할 자리에 왕이, 왼쪽 허벅지가 있어야 할 자리엔 여왕이, 그리고 텅 빈 뱃속엔 한 쌍의 어린아이가 들어 있어서 단순히 남자 인형이라고 부르기엔 다소 모호한 것이었다. 이세경이 찾아낸 블룸펠트의 노트엔 그런 스타일의 마리오네트가 여러 개 스케치되어 있었고 카프카의 발목을 잡은 마리오네트도 그중에 하나였다. 또한 그것은 블룸펠트가 된 이세경이 처음으로 스케치 노트에서 삼차원 공간으로 끌어낸 작품이기도 했다.

난데없이 발목을 잡아버린 그것을 카프카는 반사적으로 내려다보았다. 고개를 숙이고 있었으므로 노려보는지 그윽하게 보는지 무시하는지는 알 수가 없었다. 허나 그가 숨을 고르는 소리만큼은 생생히 들렸다. 잠시 후, 그는 고개도 들지 않은 채 입을 열었다.

"너는 네가 아니라서 좋겠군. 나는…… 내가 너무 많아."

이세경은 끝내 카프카의 표정을 보지 못했다. 고개도 들지 않고 그렇게 말했던 카프카가 역시 고개를 들지 않은 채 돌아가버렸기 때문이다.

어쩐지 모욕당한 기분이었다. 그러나 이세경과 블룸펠트, 둘 중에 누가 느끼고 있는 감정인지 불분명했다. 이세경 혹은 블룸펠트는 카프카가 손가락으로 가리켰던 블룸펠트의 물건들, 블룸펠트가 블룸펠트임을 증명하는 것들이라고 카프카가 주장한 그것들을 하나씩 창밖으로 던져버리기 시작했다. 어떤 것은 바로 담벼락 아래로 떨어졌고 어떤 것은 레기 다리의 통행료 납부소 앞까지 날아갔으며 또 어떤 것은 블타바 강물 속으로 떨어졌다. 카프카 말대로라면 블룸펠트의 물건들이 모두 사라진 자리에서 이세경은 비로소 이세경이 될 수 있을 것이었다. 블룸펠트의 물건뿐 아니라 육신까지 사라져버린다면 더욱 완벽한 이세경이 될 수 있을 것이었다.

4

1913년에 떠났다가 2004년에 다시 돌아온 프라하는 별로 변한 것이 없었다. 마티아스 왕이 만든 프라하 성문, 성 비투스 대성당의 스테인드글라스, 성인상 서른 개가 도열해 있는 카를 다리, 열두시 정각이면 언제나 〈마리아의 노래〉를 연주하는 로레타 종들도 모두 안녕했다. 어쩌면 당연한 일이었다. 이세경이라 불리는 블룸펠트에겐 어제가 1913년이었고 오늘이 2004년이었다. 결국은 어제도 보고 오늘 또 보는 프라하일 뿐이었다.

물론 변한 것도 있었다. 구시가 광장 중앙에 자리 잡은 얀 후스 군상 같은 건 전에 없던 것이었다. 오스트리아-헝가리 이중 제국에서 체코슬로바키아가 되었다가 다시 체코가 된 것도 예상치 못한 일이었다. 가장 의아한 일은 친구 카프카가 유명한 소설가가 되어 있다는 사실이었다. 그렇게 친밀한 관계는 아니었지만 그가 소설 같은 걸 쓰진 않았다는 정도는 알고 있었다. 소설뿐 아니라 그는 예술 자체에 별 관심이 없는 사람이었다. 열심히 연극을 보러 다니고 마리오네트 디자인도 해보고 그나마 일기라도 끼적거린 사람은 카프카가 아니라 블룸펠트, 자신이었다. 믿을 수 없는 일이었지만 골즈 킨스키 궁전 일층엔 카프카의 이름을 딴 서점까지 있었다.

그곳에서 블룸펠트는 카프카의 책들을 보았고 연보를 보았다. 카프카는 지금으로부터 팔십 년 전인 1924년에 이미 사망했다. 아니었다. 카프카는 앞으로 십일 년 뒤에 사망하게 될 것이었다. 카프카의 연보는 보험료 지급 명세서만큼이나 건조하고 분명했지만 블룸펠트에겐 세상에서 가장 가혹한 수수께끼였다. 또한 브룸펠트는 카프카의 작품 목록에서 「나이 든 독신주의자, 블룸펠트」를 발견했다. 어제 약혼녀를 두고 떠나온 그가 오늘은 나이 든 독신주의자가 되어 있었다. 그리고 오늘 독신주의자가 된 그에겐 장성한 딸이 옆에 있었다. 독신주의자의 딸은 스케치에 여념이 없었다. 환갑 기념 여행, 회춘 프로그램……어쩌구 저쩌구 잘도 떠들어대더니 막상 프라하에 도착하자 엄마는 안중에도 없고 오로지 그림뿐이었다. 이렇게 다양하고 선명하며 꿈같은 색깔을 가진 건물들은 처음이라며 혼자 흥분해 있었다. 하여간 요즘 젊은 것들은! 블룸펠트는 저도 모르게 제안에서 그렇게 말하는 소리를 들었다. 어느새 자신이 정말 이세경이 되어버린 것일까? 아니면 여전히 자신은 이세경을 연기하고 있는 것일까? 그렇다면 마침내 배우가 되고 싶었던 그 꿈이 이루어졌단 말인가? 블룸펠트는 알 수 없었다. 그러나 이것 하나만은 분명했다.

프라하는 하루 사이에 달라진 게 별로 없었다. 그러나 그 하루는 모든 것을 변화시키기에 충분한 시간이었다.

이세경 혹은 블룸펠트는 마지막으로 마리오네트를 집어 들었다. 그것은 허공에 길고 긴 호를 그린 후 블타바 강심에 가서 박혔다. 이세경 혹은 블룸펠트는 마리오네트가 떨어진 자리를 동공에 새겨 넣었다. 저것이 떨어진 자리, 목표는 거기야……. 이세경 혹은 블룸펠트의 다리에 저절로 힘이 들어갔다. 창문에서 담벼락 아래까지, 거기서 다시 레기 다리 통행료 납부소 앞까지, 그리고 마지막으로 마리오네트가 사라진 곳으로…… 정확히 세 번만 제대로 뛴다면 틀림없이 해낼 수 있었다. 이세경 혹은 블룸펠트는 창틀로 올라가 쭈그리고 앉았다. 도약 직전의 개구리처럼.

"안 돼요! 안 돼요!"

이세경 혹은 블룸펠트는 그 순간, 한국어 같기도 하고 체코어 같기도 하고 독일어 같기도 한 어떤 소리를 들었다. 국적이 분명치 않은 말이었으나 의미는 오직 하나였다. 안 돼요!

"아직은 안 돼, 중국 할머니. 언젠간 고향, 가야 한다구."

국적이 분명치 않은 언어가 이번엔 그런 의미를 담고서 이세경 혹은 블룸펠트의 귓속으로 들어왔다. 이세경 혹은 블룸펠트는 소리가 난 쪽으로 시선을 돌렸다. 그는, 손풍금 연주를 하며 늘 똑같은 노래만 부르던 눈먼 악사였다.

"지금 중국 할머니라고 했어요?"

이세경 혹은 블룸펠트가 말했다. 이세경의 말투도 블룸펠트의 말투도 아닌, 이세경 혹은 블룸펠트의 말투였다.

"조금은 알아요, 중국. 여기서 가도 돼, 중국."

노래라도 부르는 양 눈먼 악사는 운율을 맞춰가며 대꾸했다. 고개는 이쪽을 향하고 있었지만 그의 두 눈은 감겨 있었다. 언젠가 카프카는 눈먼 악사의 눈에 비친 자신의 모습이 실제 자신의 모습과 사뭇 다르더라는 말을 한 적이 있었다. 도대체 눈먼 악사의 눈엔 무엇이 비치고 있었던 것일까. 이세경 혹은 블룸펠트도 눈을 감아보았다. 눈먼 악사처럼 눈을 감고 비로소 눈을 뜨기라도 할 것처럼. 그들은, 거울을 보고 있는 사람과 거울에 비치고 있는 바로 그 사람이 동시에 그러듯 똑같이 눈을 감고 있었다.

중국이 보였다. 만주 벌판이 보였다. 예순 살쯤 먹은 블룸펠트 혹은 태어난 지 얼마 안 된 이세경이 그곳에 있었다. 있지 않았다. 고향으로 가는 길이 막히는 날이 왔다. 결코 오지 않았다. 고향을 떠났다. 떠나지 않았다. 돌아갔다. 돌아가지 않았다. 이세경이든 블룸펠트든 그들은 모두 늙었다. 늙지 않았다. 그리고 이곳에서 고향은, 언제나 갈 수 있는 곳이었다.

5

"엄마, 저것 좀 봐."

이세경의 딸이 블룸펠트의 손을 잡아끌었다. 그들은 레기 다리 아래 블타바 강 모래톱에 앉아 탄산수의 일종인 마토니를 마시고 있던 중이었다. 블룸펠트는 딸이 이끄는 대로 끌려갔다.

눈먼 악사가 다리 밑에서 손풍금을 연주하며 노래를 부르고 있었다. 그리고 그 옆에선 한 소년이 마리오네트를 움직이고 있었다. 마리오네트는 서너 살짜리 아이만 한 크기였고 어릿광대를 닮은 남자 인형이었다. 하지만 오른쪽 상완이 있어야 할 자리에 왕이, 왼쪽 허벅지가 있어야 할 자리엔 여왕이, 그리고 텅 빈 뱃속엔 한 쌍의 어린아이가 들어 있어서 단순히 남자 인형이라고 부르기엔 다소 모호한 것이었다.

"와, 이거 정말 근사하잖아. 필(feel)이 확 꽃히네."

이세경의 딸은 흥분한 기색이 역력했다. 디지털 카메라를 꺼내 여러 각도로 사진을 찍어대더니 그대로 자리에 주저앉아 바로 스케치에 돌입했다. 저건 내가 그린 마리오네트야……. 블룸펠트는 몽유처럼 중얼거렸다.

눈먼 악사의 노래 한 곡이 끝나자 여기저기서 박수 소리가 들렸다. 그는 감사의 뜻으로 목례를 한 후 잠시 숨을 고르고 있었다.

"이거 어디서 나셨습니까?"

참지 못하고 블룸펠트는 눈먼 악사에게 그렇게 물었다.

"건졌지, 저기서."

눈먼 악사는 노래라도 부르는 듯 리듬을 타며 말했다. 그가 가리킨 '저기'는 바로 블타바 강이었다.

"언제요? 그게 도대체 언젭니까?"

"내일."

"뭐라구요?"

"정말 내일. 그가 내일 던질 테니."

"그가 누구죠? 그는 어디에 있나요?"

눈먼 악사는 허공을 향해 손가락을 뻗었다. 악사의 손끝에 걸린 건 블룸펠트의 집이었다. 하루 만에 몹시도 낡아버린, 블룸펠트의 집이었다. 어제까진 그의 집이었으나 오늘은 다른 누군가가 그곳에 살고 있는 모양이었다. 결코 그가 기른 적 없는 개한 마리가 열심히 그의 방 창문을 핥고 있는 게 보였다. 그렇게 핥고 또 핥아서 유리창을 없애버리기라도 할 것처럼. 안과 밖의 경계를 지워버리기라도 할 것처럼.

"그 사람을 잘 압니까?"

"잘 몰라, 총각. 아는 건 하나, 유일한 노래."

눈먼 악사는 정말로 눈이 멀었는지 이세경이 된 블룸펠트를 보고 총각이라고 불렀다. 그 말을 알아들은 사람은 물론 블룸펠트뿐이었다.

눈먼 악사는 다시 노래를 부르기 시작했다. 잠시 쉬기 전에 불렀던 바로 그 노래, 또 그 노래였다.

"검둥개 두 마리는 나의 형제 비둘기는 나의 아내 날개를 꺾지 마요 난 아직 아이가 없다네 검둥개 두 마리는 나의 아들 비둘기는 나의 친구 꼬리를 밟지 마요 난 아직 결혼을 안 했네 당나귀 두 마리는 나의 기린 얼룩말은 나의 발톱……."

3

개를

닮은

말

개를 닮은

내가 누구라고 생각해? 아니, 내가 뭐라고 생각해?

눈이 두 개, 귀도 두 개. 코와 입은 하나씩 있지. 입속엔 당연히 이가 있고 혀가 있어. 눈으로 보고 귀로 듣듯 코로 냄새 맡고 입으로 먹어. 물론 먹기만 하는 것은 아니야. 지껄일 때도 있고 침묵할 때도 있어. 하품도 해. 그러니까, 별다를 게 없다고.

키스? 그까짓 것. 어떻게든 별다르다고 말하고 싶은 모양인데 어쩌지? 내 혀는 말이야, 그냥 혀가 아니야. 내 혀는, 책이야. 점자처럼 요철이 분명한 내 혀의 돌기를 아직 읽어보지 못했다면 말을 마세요. 그게 누구의 것이든 세상 모든 혀에는 세상의 모든 말들이 압축되어 있는 거잖아. 키스가 별거야? 압축을 푸는 가장 빠른 방법일 뿐이지. 심지어 난 좀더 빨리 푸는 편. 언제나 말보다 혀가 먼저 나간단 얘기. 말해놓고 나니 혀만 그런 건 아니네. 난 말이야, 말보다 몸짓이 먼저거든. 전신이 다 혀야, 혀. 말이 없는 듯 보이지만 가장 말이 많은 게 바로 나 아닐까 싶네, 헥헥.

그래, 숨이 찬다. 그래서 헥헥댔다. 그래서 내가 별다를 거라고 단정하냐? 왜 이러셔. 태어나서 한 번도 숨이 차본 적 없는 것처럼. 숨이 붙어 있는 것이라면 때로는 숨이 차는 게 당연하지. 그래본 적 없다면 그건 아직 안 태어난 거다, 헥헥.

말을 많이 해서 숨이 찬 건 물론 아니야. 말했다시피 난, 말하지 않고 말하니까. 게다가 난 이제 겨우 말하기 시작했다고. 벌써부터 숨이 찰 리가 없잖아. 그렇다고 숨넘어가기 직전도 아니니 안심해. 그런 불쌍한 눈으로 날 내려다보면 내가 고마워할 줄 아나 본데 이봐, 착한 척은 노땡큐야. 솔직히 말해봐. 내가 지금 당장 여기서 죽어버린다 해도 가려던 길 그냥 계속, 갈 거잖아.

헥헥, 한두 번 본 게 아니야.

어제는 고양이가, 어제의 어제는 비둘기가 죽었어. 둘 다 납작해졌어. 사체를 치울 필요도 없었지. 걔들을 최초로 치고 간 자동차만 잠깐, 아주 잠깐, 비틀거렸어. 충격이 없진 않았지만 궤도를 벗어날 정도는 아니었던 거야. 가던 길 계속, 가더라고. 고양이와 비둘기는 더 이상 가던 길을 갈 수 없게 됐는데 말이지.

그다음부터는 아무 일도 일어나지 않은 것과 다를 바 없더군. 왜 아니겠어. 도로는 주차장이 아니라잖아. 도로 위의 모든 차들은 다 달려야 한다잖아. 달리다 멈추면 뒤에서 달려오던 차에게 들이받힐 수밖에 없다지, 아마? 고양이나 비둘기도 아니면서 고양이나 비둘기처럼 죽을 수는 없다는 말씀들. 헥헥헥. 걔들은 그래서 점점 더 납작해졌어. 도로 위의 모든 차가 지우개가 되어 걔들을 지우고 또 지웠어. 이제 걔들은 보이지, 않아. 헥헥.

근데 말이야, 이거 알아? 보이지 않게 됐다고 해서 다 지워진 건 아니란 사실.

아직도 냄새가 난다. 고양이는 그렇게 되기 전, 며칠 동안 자기 발만 핥아댔었어. 먹을 게 그것뿐이었거든. 개 입에선 발 냄새가 났어. 그런 입이 납작해질 땐 무슨 냄새가 날 것 같아? 상상이나 돼? 그리고, 비둘기 몸속엔 알이 있었지. 알은, 둥글둥글해서 알인 것인데 납작해졌어. 이름과는 전혀 다른 모양이 되어버릴 때는 또 어떤 냄새를 풍길 것 같니? 상상할 상상이나 해봤니? 그러니 말이야, 보이는 게 전부가 아니라고. 냄새가 사라지지 않는 한 걔들도 사라진 게 아니야. 걔들이 죽은 건 어제이고 어제의 어제이지만 오늘도 곧 어제가 될 거거든. 어제는 어제 지났지만 그렇다고 다 지나버린 것은 아니야.

어제의 어제의 어제에도, 죽었지. 그날은 나를 닮은, 그러나 나는 아닌 것이 죽었어. 개의 배가 터질 때 나던 냄새도 물론 맡았지. 아, 내가 후각이 좀 뛰어난 편이라서 말이야. 아무튼 내 뱃속에도 그런 냄새가 들어 있겠지? 지금 당장 맡을 수 있는 냄새가 아니라고 해서 없다고 말할 수는 없을 거야. 내가 이 길 위에서 목격한 모든 어제에는 다 죽음이 기록되어 있어. 그러니 오늘도 예외는 아니겠지. 오늘은 내일의 어제이니까. 내 배가 오늘, 개처럼 터지지 말란 보장, 누가 할 수 있을까.

아무튼 말이야, 헥헥. 나를 닮은 개는, 헥, 더워 죽겠군. 개는 참, 털이 없더군. 헥헥헥. 그래, 보시다시피 내가 털이 좀 많아. 발바닥과 혀에만 털이 없지. 이제 알겠어? 헥헥. 나는 수시로 혀를 꺼내 체온을 낮추는 중이야. 그게 다야. 헥헥. '개같이' 헥헥 대는 게 아니라.

어라? 눈빛이 왜 그래? 아무리 더워도 벗어버리지 못할 털옷을 껴입은 채 태어났으니 너는 별다른 존재다, 한마디로 너는 개다, 뭐 그런 말, 하고 싶은 건가?

이봐. 그래, 너. 지하철 출구로 나오자마자 재킷을 벗어 팔에 거는 너. 선글라스를 끼는 너. 양산을 펼치는 너. 너, 너, 너. 그러니까, 너희들. 너희가 지금 한 모든 짓들. 내 관점에서 보자면 '개처럼' 헥헥댄 거야. 때 이른 무더위에 너희도 나처럼 혀를 빼 문 거라고. 아무렴. 너라고 안 덥겠니. 헥헥. 알고 보면 별로 다 르지도 않은 행태를 가지고 너희를 나와는 다른 존재라 부르진 않겠다, 나는. 헥헥.

이봐. 누군들 더워 죽겠는데도 벗지 못할 털옷을 껴입은 채로 살고 싶겠어. 나도 내가 이런 모습으로 태어날 줄은 미처 몰랐 단 말씀. 너는 내가 아니니, 모를 거야. 너에게 옷이란 더우면 벗 고 추우면 입는 것에 불과할 테니. 하지만 죽기 전에는 결코 벗 을 수 없는 옷도 있는 법이야. 내 털옷이 딱 그렇지. 너는 내가 아니지만, 언젠가 네가 죽게 되면 알 수 있을걸? 나처럼 털옷을 입은 채 살진 않았지만 너 또한 털옷 아닌 옷을 입은 채로 살아 왔다는 사실. 지금 몸에 걸치고 있는 그 옷을 모두 벗어버려도 끝끝내 남아 있을 옷. 너라는 육신. 그러니 실은 우리가 별반 다 르지 않았다는 사실.

그러니까.

그러니까, 나는 누굴까? 나는 뭘까?

개처럼 보이니 그저 개일 뿐일까?

그래. 내가 개가 되었단 이유로 버림받았으니 나는 정말 개일 지도.

태어나자마자 내 온몸을 핥아주던 엄마의 혀. 그 혀로 엄마는 참 많은 말을 해주었지. 아무 말도 하지 않으면서도 많은 말을 해주던 혀였어. 단지 귓구멍만이 아니라 전신을 적신 말이었으니까. 내가 누구라고, 무엇이라고, 엄마는 말해주었는데 기억이 나지 않아. 전신을 마사지해주던 점자 같았던 혀의 돌기. 그 감촉. 침의 냄새. 그 구취. 그리고 그것을 공유했던 내 형제들. 젖냄새 묻은 입으로 서로의 꼬리며 발가락을 장난삼아 깨물어대던 우리. 그런 것들은 생생히 기억나는데.

사실은 말이야, 엄마가 해준 모든 말, 기억해. 다만 기억이라 부를 수 없을 뿐. 내가 기억하고 있는 그 말의 의미를 나는 모르거든. 왜긴 왜겠어. 난 그때 막 태어났던 거잖아. 태어난 지 나보다 훨씬 오래된 이 세상의 언어를 어떻게 다 알아들을 수 있었겠니? 너희는 그랬니? 그랬냐고? 여러 번 말했다시피 난 너희들과 별반 다르지 않다니까.

엄마가 해준 말은 그러니까 퓨리나 소고기 캔 속에 들어 있는 솜브레로 은하 같은 거였어. 헥, 솜브레로 은하도 모르냐? 지구 시간으로 십사 개월, 너희들 나이로 치자면 내가 지금 스무 살쯤 되거든? 이쯤 되면 누구나 다 아는 것도 모르다니. 너, 개만도 못하구나. 헥헥헥. 아, 지금은 헥헥댄 거 아니야. 너보고 웃은 거야. 웃는 것도 구분 못 하고. 너, 여러모로 걱정된다, 헥헥. 헥

헥헥. 헥헥헥.

퓨리나 소고기 캔 속에 들어 있는 솜브레로 은하는 그러니까, 짐작할 수 없는 얘기란 얘기. 뚜껑을 따봐야 아는 얘기. 어쩌면 불가능한 얘기. 그걸 다 알아듣기에 나는 너무 어렸던 거야.

태어난 지 채 두 달도 못 돼서 나는 경매되었어. 최소한 석 달은 엄마 젖을 먹여야 면역력이 키워진다고 말은 하면서도 그렇게 성급하게. 왜 아니겠어. 작을수록 잘 팔리는데. 우리의 한 달은 너희의 일 년인 것을.

나는 대형 마트에 입점한 동물병원으로 보내졌어. 의료 시설보다 애견용품이 더 많은 자리를 차지하고 있었지. 스물네 시간 영업하는 데다 지하철역과도 연계돼 있어서 유동 인구가 많은 곳이었어. 사람들이 가장 잘 볼 수 있는 장소에 나는 진열되었지. 모르는 사람들이 보는 앞에서 밥을 먹고 똥을 쌌어. 구경하느라 다들 신이 났더군. 자기들은 밥도 안 먹고 똥도 안 싼다는 듯이. 거기서 그러고 싶지 않았지만 그럴 수밖에 없었어. 내가 개 같은 놈이라서가 아니야. 개 같지 않은 놈이라 해도 별수 없었을걸? 죽기 전에는 누구나 먹고 싸야 하니까.

심지어 나는 내가 똥을 싼 그 자리에서 잠들어야 했어. 이쯤에서 내가 특별히 후각이 예민하다는 사실, 다들 참고하시길. 게다가 그곳은 스물네 시간 불야성이었지. 이제야 하는 말이지만 나는 그곳에서 한순간도 깊이 잠들어본 적이 없어. 내가 까칠한 성격의 소유자라서가 아니야. 내가 겪은 그 시간을 그대로 겪어본다면 알 수 있겠지. 생긴 대로 사는 게 아니라 사는 대로 생긴다는 사실을. 그러니 그가 누구라도 꿈꾸는 대로 살아야 하는 거야. 내가 개 같은 놈이 된 것은 내 탓이 아니야. 당연하지. 단 한 번도 나는 개가 된 나를 꿈꾼 적이 없었으니까.

진열되고 일주일도 지나지 않아 나는 지목되었어. 보시다시피 내가 좀 미모야? 거리를 떠도느라 지금은 꽤 더러워진 상태지만 씻기기만 해보라지. 제아무리 폭우가 쏟아져도 하늘에 뜬 해가 어디로 가는 건 아니란 말씀.

미모만으로도 충분한데 수의사가 뻥까지 쳤지. 내가 어미 곁에서 석 달 동안 고이 젖을 먹고 자랐다나 뭐라나. 개들은 일 년이 지나면 더 자라지 않으니 여기서 더 커봤자라나 뭐라나. 헥, 그러니까 내 나이를 속인 거야.

이봐, 겨우 한 달을 속였을 뿐이라며 넘어갈 일이 아니라고. 석 달 동안 이 정도 자랐으니 앞으론 얼마큼 더 커지겠구나 예측할 텐데 나는 그것보다 한 달 분량을 더 커야 했다는 말이지. 당신의 개가 이제 그만 클 때도 됐는데 계속 큰다고 상상해봐. 그것도 작은 게 미덕인 인도어(in door) 애견의 세계에서 말이야. 컵에 쏙 들어갈 정도로 작으면 작을수록 우리의 몸값은 더 높아진다고.

근수와 반비례해서 가격을 매기는 걸로 보아 우릴 잡숫진 않겠다는 그 뜻, 그래, 높이 사겠어. 하지만 이것만은 분명히 해두자고. 우리가 작아지길 원하거나 먹혔으면 좋겠다고 꿈꾼 적은 없다는 사실이지. 그러니 다음부턴 물어나 보고 뭘 하든 하란 말이지. 네 꿈이 내 꿈인 양 그러지들 마시고. 수의사가 괜히 뻥을 쳤겠냐. 석 달도 안 된 어린 것들은 폐사 위험이 크다며 아니 사가시고, 장차 크게 될 놈은 애견계의 트렌드가 아니라며 다들 거부하시니 어쩌겠어. 모두가 꾸는 그 꿈, 같이 꿔줄 수밖에.

거기 있었던 일주일 동안 나는 물론 여러 차례 지목되었어. 하여튼 다들 보는 눈은 있어가지고, 헥. 그때마다 나는 세상에 나온 지 석 달 된 강아지로 설명되었지. 아직 살아보지 않은 한 달이 언제나 내게 덧씌워져 있었어. 나를 지목한 이의 손바닥 위에 오롯이 전신을 얹은 채……. 이봐, 그렇게 사기꾼 보듯 보지 마. 그때 나는 정말로 그렇게 작았다고. 지금의 나를 보고는 상상이 안 되겠지만 지구 시간으로 불과 십이 개월 전 얘기라고. 헥, 설마 내가 태어날 때부터 이 몸집이었겠냐?

어이, 거기 할머니! 나, 보이지? 지하철 출구에서 엉거주춤한 자세로 무릎을 주물러대는 할머니, 그래, 당신 말이야.

성치 않은 다리로 그 많은 계단을 다 올라왔으니 일단 박수!

내가 다 숨이 차네, 헥헥.

단도직입적으로 묻겠어.

할머니, 당신은 이 세상에 날 때부터 할머니였나?

대답을 들을 필요는 물론 없겠지. 그러니까 그런 당연한 얘긴 질문 축에도 못 낀다고. 그런데 참 이상도 하단 말이야. 할머니도 아줌마였다는 거, 아줌마도 아가씨였다는 거, 아가씨도 소녀였다는 거, 소녀도 아기였다는 거…… 누가 상상이나 하냐고? 상상할 필요도 없는 사실일 뿐인데 상상을 통하지 않고는 볼 수 없는 사실이라니. 두 눈으로 빤히 보고 있으면서도 아무것도 못 보다니 정말이지, 헥헥.

할머니, 할머니가 지금 일흔 살인데 남들이 다 여든 살로 알고 있으면 좋겠어? 남들 눈엔 그게 그거로 보여도 자기 자신은 아니라는 걸 아는데 말이야. 그러니 내게도 겨우 한 달이 아니란 말씀. 지구 시간 십사 개월이 내게는 이십 년. 너희가 생일파티 한 번 할 동안 난 스무 번은 했어야 할 시간이라고. 그런데도 자기들 멋대로 내 나이를 한 달씩이나 속이다니.

덕분에 나는 지금 죽어도 한 달 뒤에 죽는 거야. 오늘 태어났음에도 이미 한 달 전에 태어난 게 돼버린 거야. 이게 말이 되냐? 내게 덧씌워진 한 달은 그런 시간인 것이라고. 유식한 말로 결핍, 이란 거지. 초장에 바로잡지 않으면 걷잡을 수 없이 커지는. 결국엔 나를 집어삼킬.

그래서, 헥헥, 말해주고자 했어. 나를 지목한 사람의 손바닥 위에 오롯이 전신을 얹은 채 전심을 다해 그 손가락을 핥아주었어. 점자 같은 내 혀가 하는 말, 잘 좀 읽어보라고.

헥, 말해 뭐해.

엄마, 간지러워. 아빠, 귀여워. 최종적으로 나를 지목한, 그러니까 너희들 말로 하자면 나를 입양해갈 사람은 어린애였는데 내가 열심히 핥아줬음에도 걔는 그렇게 제멋대로 자기 하고 싶은 말만 지껄여대더군. 엄마, 간지러워. 아빠, 귀여워. 그게 뭐냐? 엄마가 간지럽다는 거냐, 아빠가 귀엽다는 거냐? 아무리 애라지만 말 좀 정확히 하라 그래. 말이란 게 원래 부정확한 거라면 차라리 나처럼 전심을 다해 핥든가. 전심을 다해 꼬리를 흔들고 전심을 다해 짖으란 말이야.

그러니까, 온몸으로. 존재의 전부를 걸고.

헥, 깜짝이야. 이봐, 할머니. 내가 한 말을 알아들은 건 좋은데 그렇게 갑자기 내 머리를 쓰다듬으면 어떡해? 날 잡으러 온 줄 알고 하마터면 물 뻔했잖아. 콱 물리는 건가 싶어 할머니도 속으론 깜짝 놀랐지? 미안, 미안. 존재의 전부를 걸고 말한다는 게 그렇게 쉬운 일은 아니라니까, 헥헥. 사과의 뜻으로다가 할머니 복사뼈 좀 핥아드리겠어. 말보다 확실하게 사과한단 말씀. 할머니도 나 닮은 것들과 좀 친하신 모양? 내가 움찔하자 곧장 내 머리에서 손만 뗐지 달아나지는 않으시네?

"어이쿠야. 내가 무릎이 안 성해 도망도 못 가고 이러고 있지. 이놈의 개새끼."

할머니가 시방 말은 그렇게 해도 헥, 난 다 안다고. 무릎 관절에 막 기름칠을 하고 나왔어도 그러고 있을 거라는 거. 할머니는 그냥 그런 사람이니까. 말 안 해도 알 수 있다고. 근데 왜 물뻔했냐고? 그런 얼굴로 다가와 뒷목을 낚아챈 사람이 한둘이어야지, 헥헥.

이 거리를 떠돌며 숱하게 보고 숱하게 당했어. 사람들은 이상해. 전혀 반갑지 않으면서도 반갑다고 말하는 사람들도 많이 봤거든. 최소한 나는 그런 놈은 아니란 말씀. 반가운 마음이 드는 동시에 내 몸은 반갑다고 말할 수밖에 없어. 내 안에는 어떤 마음이든 곧장 몸의 언어로 번역해주는 동시통역사가 살고 있거든. 반갑다는 말보다 꼬리치는 게 먼저라는 얘기. 내 마음이 뭔지 깨닫기도 전에 통역이 먼저 되어버려. 정말 대단한 통역사야. 안 그래? 통역사의 이름을 다만 짐승 본능이라 부르고 싶다면 뭐 그러시든가. 그런다고 내가 다른 존재가 되지는 않아. 나는 그냥 나야. 누구의 꿈속에 가두어도 나는 나. 그 누구의 꿈이 아니라.

할머니는 다 알아들었지? 이게 무슨 개소리인지, 헥헥.

할머니도 평생 남들의 꿈속에서만 살았을 거 아냐. 착한 딸, 순종적인 아내, 헌신적인 어머니, 사교적인 이웃 아줌마, 후덕한 할머니…… 거기서 벗어나본 사람이라면 누구나 다 아는 개소리일 뿐이라고, 내 말은.

헥, 아직도 남들 꿈속에서 살고 계시는 중이라면 못 들은 걸로 하시고요, 헥헥헥.

내 혀에 새겨진 점자를 읽을 줄 모르는…… 왜 아니겠냐. 두 눈과 두 귀가 멀쩡히 얼굴에 붙어 있는데 누가 점자를 익히려 들겠어. 세상의 모든 말들, 당연히 다 알아듣고 있다고 생각하겠지. 그러니까 나는, 점자를 읽을 줄 모르는 그 어린애네 집으로 입양되었음에도 원망 따위는 결코 하지 않았다는 얘기. 내가 꿈꾸는 대로 그들이 살아야 할 이유는 없으니까. 이래봬도 헥, 나는 제법 개 같은 놈이라고.

개를 원하는 집에서 개처럼 살아주었지만 결국 나는 버림받았어. 너무 개 같았다는 게 문제였지. 짖고 싸고 물어뜯고. 그래도 나는 같이 잘 지내보려 노력했어. '몽이'란 이름이 맘에 들지 않았지만 몽이든 멍이든 맹이든 나는 나니까 군말 없이 호응해주었지. 동물병원에 진열되어 지내는 동안 배변과 뒤섞여 살았던 게 너무 끔찍했었기에 볼일도 꼭 화장실에서만 봤어. 좀 짖기는 했어. 청력이 좋아서 세상의 모든 소리가 내 귀에는 더 많이 더 크게 들린단 말이지. 거슬리는 소리도 당연히 있었어. 의견 표명이었을 뿐 괜히 짖은 건 아니란 말씀. 이갈이 때는 잇몸이 너무 근질거려 가구 좀 갉아대기도 했군, 헥. 하지만 젖니를 잃은 내 슬픔에 비하면 가구의 각진 모서리가 둥글어진 정도는 아무것도 아니란 사실을 아셔야지. 내 엄마와 형제들에 대한 기억이 담긴 젖니였단 말이야. 그걸 자기들 맘대로 갖다 버리고 말이지, 헥헥헥.

결정적으로, 나는 너무 컸어. 내 탓이 아니야. 나는 원래 그 정도는 자라야 해. 개량되지 않았다면 물론 그보다 더 컸어야 하고. 생각보다 내가 너무 커지니까 그때부터 나를 보는 눈이 차가워지더군. 더는 아무것도 꿈꾸지 않는 눈빛, 이었어. 하지만 그게 다가 아니야. 나를 버려야 하는 더 결정적인 이유는 그놈의 개량 때문에 생겨났지. 슬개골 탈구라고, 들어는 봤나 몰라. 억지로 덜 자라게 하려다 보니 나 같은 애들 다리에서 종종 문제가 발생해. 관절낭은 작아졌는데 관절은 여전히 크는 거야. 강아지 때는 잘 몰라. 강아지에서 개로 될수록 관절낭과 관절의 사이즈 차이도 점점 커져가지. 그러다가 어느 날 문득 무릎이 쑥, 빠져버리는 거야. 한번 빠지기 시작하면 그다음부턴 일상다반사가 돼. 냉장고에 코끼리 집어넣기, 배보다 큰 배꼽…… 뭐 그런 얘기. 수술? 물론 가능. 하지만 내 몸값보다 수술비가 더 비싸니 그야말로 배보다 배꼽. 더구나 양쪽 다리가 모두 말썽이라면…… 헥, 말해 뭐해.

거리를 떠돌아보니 내 경우가 결코 특수한 개의 일생이 아니더군. 똥오줌 못 가려 죽도록 맞다가. 너무 짖는다고 성대까지 제거해놓고는 그 소리는 더욱 듣기 싫다며. 실컷 먹일 땐 언제고 살이 쪄 흉하다고. 아픈 것도 서러운데 치료비가 없다며. 새끼를 줄 데가 없어서. 우울한 성격이라. 그리고 나처럼, 생각보다 너무 커버렸다고. 개를 데려다 놓고는 개가 아니길 바라다니, 헥.

이 지하철역의 계단을 내려가서…… 그래, 할머니가 방금 올라온 그 계단 말이야. 그리고 지하철을 타기만 하면 버려지기 이전의 장소로 돌아갈 수 있겠지. 근데 그곳은 어딜까? 그 어린 애네 집? 동물병원? 경매장? 엄마 뱃속? 네 꿈, 혹은 내 꿈? 하지만 개로 태어난 건 내 꿈이 아니라면. 나는 너희가 꿈꾼 그런 개도 아니라면. 나라는 놈은 대체 뭐라는 거냐. 끝없이 버려지기 위해 존재하는 존재도 있다는 말이냐. 헥이다, 정말.

이제부터 여기서 살아, 병신아.

나를 여기 버리고 가며 그 어린애는 말했어. 더는 나를 몽이라 부르지 않고 병신이라 불렀지만 그래도 나는 여전히 나였어.

사실을 말하자면 병신이 아닌 것도 아니야. 나는 저 계단을 내려갈 수가 없거든. 버려질 때만 해도 어쩌다 빠지던 무릎이었는데 이제는……

분명한 건, 그 어린애 말마따나 여기서 살기 위해서가 아니라 여기를 떠나기 위해 나는 여기 나와 있다는 사실이야. 지하철을 타든 이 도로를 건너든 어떻게 해서든 내가 버려진 이곳에서 벗어날 거란 말씀. 그러다가 영원한 다리병신이 될 수도 있겠지. 저 도로와 한 몸이 되어 납작해질 수도 있겠지. 그래도 언젠가는, 꼭, 여기를 떠나려고.

그러니 할머니도 자기 갈 길 가셔. 보아하니 할머니, 돈도 없어 보여. 말했다시피 날 데려가면 내 다릴 위해 돈 좀 쓰셔야 해. 버림받는 건 이제 그만하고 싶다고. 지저분하기 이를 데 없는 나를 잠시나마 쓰다듬어준 것만으로도 땡큐야. 무슨 말 하고 싶은지 다 알아들었으니 이제 그만 갈 길 가. 할머니 덕분에 다들 나에게 시선 집중이잖아. 없는 듯 있다가 여길 벗어나야 하는데 말이지.

헥헥헥, 저 아저씨! 그래, 할머니 뒤에서 못마땅하다는 얼굴로 휴대폰을 꺼내 든 저 수컷! 휴대폰 버튼 누르는 소리만 들어도 난 안다고. 저 수컷이 지금 어디로 타전 중인지. 곧 놈들이 올 거야. 유기견 보호센터라고는 하지만 거기 가면 대부분 죽음이야. 거리를 떠돌다 보면 그 정도는 주워듣기 마련. 정해진 기간 안에 새 견주를 만나지 못하면 바로 안락사라고. 주사 몇 대에 근육이 굳고 심장이 멎는다지. 검은 비닐봉지가 우리의 관이라지. 그게 다 적법한 절차라지. 보호센터, 안락사, 적법…… 말은 참 좋아. 안 그래? 절대 개소리는 아니란 말이야, 헥.

할머니, 난 일단 철수하겠어. 부탁인데 웬만하면 내 뒤태, 보지 말아줘. 모양 빠진다고.

"어, 어, 어…… 저놈의 개새끼, 저, 저, 다리가…… 저걸 어째……."

헥헥, 그러게, 헥, 보지 말라고, 헥, 했잖아. 슬개골이 완전히 탈구된 관계로 며칠 전부턴 아예 뒷다리로 땅을 딛을 수 없게 됐단 말이지, 헥헥. 연골이 다 닳아버린 할머니 무릎도 만만치 않으니 헥, 동정은 노땡큐. 적법한 절차를 밟아 죽고 싶은 생각, 조금도 없어. 내가 만든 법도 아닌데 적법은 무슨, 헥헥. 죽더라도 우리가 꿈꾼 대로 그렇게……. 알았지, 할머니?

그 애를 닮은

보니는 눈을 떴다. 허벅지께에서 간지러움이 느껴졌다. 바지

주머니에 넣어둔 휴대폰이 진동하고 있었다. 유 선배였다. 보니는 화들짝 놀라 지하철 창밖으로 시선을 던졌다. 온통 어둠이었다. 내려야 할 역에서 얼마나 멀어진 것인지 알 수 없었다. 유 선배를 만나기로 약속한 시간에서 한 시간 이상 지난 것으로 보아 스무 개도 넘는 역을 지나쳤으리라 추측할 뿐.

내려야 할 역에서 내렸더라면 극단 기획자로 일하고 있는 유 선배와 함께 작품과 배역에 대해 얘기하고 있을 시간. 어쩌면 보니의 코앞에 고맙게도 계약서부터 들이밀었을지도 모를 그 선배. 그러나 그는 지금, 보니의 휴대폰 액정화면 위에서 그 이름만으로 명멸 중이었다.

선배, 미안해. 또 졸았지 뭐야. 금방 갈 테니까 기다려주라, 꼭.

보니는 알고 있었다. 즉각 휴대폰의 통화 버튼을 누른 후 선배에게 그렇게 말해야 한다는 사실을. 보니는 또한 알고 있었다. 이제 다시는 그 누구에게도 또 졸았다는 말 따위는 할 수 없다는 것을.

하지만 보니는 전화를 받는 대신 배터리를 분리했다. 이로써 이번 일은 불가항력적인 것이 아니라 보니의 선택이었던 것으로 최종 결론이 났다. 어쩔 수 없이 쏟아지는 잠 때문에 배역을 놓치는 일 따위는 그만하고 싶었다. 처음부터 그 역을 원치 않았다며 스스로를 기만하는 편이 나았다. 그렇게 해서라도 퓨즈

94

가 끊어져버린 삶을 일시 방전 상태라고 우길 수만 있다면.

지하철이 멈추자마자 역 이름을 확인하지도 않은 채 보니는 내렸다. 유난히 많은 사람들이 타고 내렸다. 인파에 휩쓸린 덕분에 보니는 그 누구의 눈에도 띄지 않았다. 갈아타는 곳과 나가는 곳이 사방팔방으로 표시된 환승역이었다. 내려야 할 곳에서 스무 개도 넘는 역을 지나치도록 잠에 빠져 있었다니 새삼 믿어지지가 않았다. 그것도 꼿꼿이 선 자세 그대로.

보니는 가장 가까운 출구를 통해 지하철 역 밖으로 나갔다. 사실을 말하자면 어떤 출구든 상관없었다. 끝없이 계속되는 이 잠으로부터 보니를 벗어나게 해줄 출구란 어차피 이 세상에 존재하지 않았으므로.

지하철역의 계단을 오르는 동안에도 잠은 계속해서 쏟아졌다. 보니는 할 수 있는 한 빨리 걸었다. 인파가 진짜 파도라도 되는 양 아무 거리낌 없이 타고 넘을 수 있다는 듯이. 그 바람에 보니는 낯선 사람들의 몸피와 그들이 소지한 가방 따위에 무수히 부딪쳤다. 여기가 정말 보니의 꿈속이라면 홀로그래피 영상을 관통하듯 낯선 사람들도 관통해버렸을 것이다. 그러나 이것은 명백히 보니가 꾸는 꿈이 아니었다.

지금 보니는 수마를 떨쳐낼 요량으로 바삐 걷는 것이 아니었다. 실은 기꺼이 수마에게 붙들리기 위해서였다. 언제부터인가 아무 때고 쏟아지기 시작한 이 잠을 피할 방법은 어디에도 없었다. 원치 않아도 잠들어야 한다면, 어차피 잘 수밖에 없다면 되도록이면 낯선 시선이 존재하지 않는 곳에서 잠들고 싶었다. 누구의 방해도 받지 않은 채 잠이 든 자신을 느껴보고 싶었다. 자신이 잠든 게 확실하다면 그때 꾸는 꿈은 분명 자신의 것일 수밖에 없을 테니까. 누구의 꿈인지 분명치 않은 이 꿈에서 깨어날 방법이라곤 그것뿐이었다.

보니와 충돌한 사람들은 대부분 성난 얼굴로 보니를 돌아보았다. 그건 주연만이 지을 수 있는 표정이었다. 네가 뭔데 내 꿈속에서 얼쩡거리는 거야? 난 널 꿈꾼 적이 없어. 보니는 그리고, 들었다. 그들이 표정으로 말하고 있는 바로 그 대사를. 요컨대 보니는 엑스트라 주제에 주연을 위해 완벽히 세팅된 신에서 건방지게 NG를 낸 셈이었다. 있을 필요가 있어서 존재함에도 불구하고 없는 듯 있어야 하는 존재가 바로 엑스트라였다. 언제나 주연이던 시절 보니는 늘 엑스트라를 보면서도 엑스트라를 보지 못했다. 당연한 일이었다. 주연이든 아니든 엑스트라가 되기를 꿈꾸는 사람은 아무도 없었다. 꿈조차 꾸지 않는데 눈에 띌 리가 없었다.

"에이씨, 안구는 어따 기증하고 돌아다니는 거얏!"

이번엔 정말로 누군가와 제대로 부딪쳤다는 생각이 든 순간,

성난 얼굴로 보니를 돌아보던 그 누군가의 입에서 그런 대사가 쏟아져 나왔다. 곧이어 그의 홍채가 카메라 조리개처럼 조여지더니 동공이 보니에게 맞춰졌다. 그의 시선이 보니를 겨냥했다.

"죄송합니다, 죄송합니다……."

보니는 그를 보지 않은 채 사과했다. 이미 자신을 향해 겨누어진 시선이지만 거기 명중되는 일만큼은 피하고 싶었다.

"…… 어? 어라? 혹시, 보니보니? 맞지요, 보니보니? 뭘 보니 왜 보니 또 보니…… 그 보니보니, 맞지요? 맞잖아요, 그 보니보니! 뭘 보니 왜 보니 또 보니…… 와, 저 완전 팬이었는데."

보니는 결국 명중되었다. 그의 망막에 보니는 갇혀버렸다. 노획물처럼. 그의 망막에 맺힌 보니는 그러나, 보니가 아니었다. 다만 하나의 상에 지나지 않았다. 눈을 감았다 뜨면 사라지고 말. 꿈꾼 기억조차 나지 않을 꿈과 같은.

"아, 아닙니다. 저는 그런 사람이 아닙니다."

치명상을 입은 채 보니는 사력을 다해 도망쳤다.

"어? 어? 이봐요, 이봐요!"

보니는 돌아보지 않았다. 그의 손에 들린 핸드폰은 어느새 카메라 모드로 전환된 상태였다.

"에이 씨, 아니긴 뭐가 아냐! 괜히 직찍만 하나 날렸잖아."

공연히 핸드폰의 촬영 버튼을 눌러대며 끝끝내 지분거리던 그 목소리가 올무처럼 보니를 옭아맸다. 이미 지하철 역사를 벗어났음에도 보니는 여전히 낯선 그의 시선에 감금된 상태인 것만 같았다.

낯선 그가 '저, 완전 팬이었는데'라고 말하던 그 순간, 보니는 알았다. 그는 단 한순간도 자신의 팬이었던 적이 없다는 사실을.

하, 이 여자가 그 애야? 완전 제대로 망가졌구먼.

간혹 보니를 알아보던 시선들. 그 눈빛이 하는 말. 소리 없이 가장 큰 소리를 내던 그 말들. 보니는 제대로 알아들었다. 깨진 거울에 비친 자아를 어떻게든 부정하고자 하는 그 눈빛을 못 알아들을 리 없었다. 한때는 공들여 닦은 거울이 되어 그들이 보고 싶어 하는 그들의 모습만을 명징하게 비춰주던 보니였다. 한때나마 공들여 거울을 닦던 그 사람들은 누구였을까? 거울을 깨버린 사람은 또 누구? 그보다 그 거울은 누구의 것이었을까? 모두가 보니의 것으로 알고 있지만 단 한 번도 보니의 것이 아니었던 그 거울은?

뭘 보니 왜 보니 또 보니…….

할 수만 있다면 보니는 팬이라 자처하던 그에게 그 말을 거울처럼 반사해주고 싶었다. 그가 보니에게 쥐어줬을지도 모를 그 거울로 인해 바로 그의 눈이 멀어버린다면. 그랬다면 깨진 거울의 파편에 찔려 피를 흘리는 일도 없었을 텐데.

보니는 우연찮게 그의 거울을 떠맡은 사람일 뿐 그의 스타가 아니었다. 보니가 그의 스타가 아니므로 그 또한 보니의 팬이 될 수 없었다. 보니는 한때 모두의 스타였지만 같은 이유에서 그 누구의 스타도 아니었다. 그럼에도 불구하고 자력으로는 벗어날 수 없는 이 별의 중력으로부터 달아나기 위해 보니는 달리고 또 달렸다.

지하철역 출구에서 멀지 않은 곳에 무덤이 보였다. 16차선 도로를 따라 차량들이 강물처럼 흘러가고 고층 빌딩들이 산맥처럼 펼쳐진 곳. 잘못 편집된 영상처럼 무덤이 거기에, 있었다. NG였다. 잘 알지도 못하는 왕족의 무덤에 머리를 기대기 위해 보니는 입장료를 지불하고 입장했다. NG가 아니었다. 초현실적인 이 풍광이 진짜 현실이라면 현실에서 잠든 보니가 어떤 초현실적인 꿈을 꾸게 되더라도 그것은 가장 현실을 닮은 영상일 것이었다. 그러므로 이 별의 중력에서 벗어나기 위해 꿈으로 도피한다는 말도 더 이상 맞지 않는 말. 보니가 꾸는 꿈이야말로 보니가 보니로서 존재할 수 있는 유일한 현실이었다.

잘 알지도 못하는 왕족의 무덤을 보러 온 사람은 보니뿐이었다. 다행이었다. 정확히 말하자면 보니도 무덤을 보러 온 것은 아니지만 속수무책 쏟아지는 잠 속으로 속수무책 빨려 들어가도 된다는 사실은 분명 다행이었다. 거대한 잠을 닮은 무덤 옆에서 보니는 잠들었다. 그동안 겪어온 불가항력적인 잠이 아니었다. 이번만큼은 보니가 꿈꾸던 바로 그 잠이었다.

보니가 잠들어 있는 동안 무수한 지하철 출구로 무수한 사람들이 쏟아져 나왔다. 피처럼 붉은 티셔츠를 입고 머리에는 빨간 두건을 쓰거나 도깨비 뿔을 단 채 태극기와 플래카드를 손에 든 사람들이 한 덩어리가 되어 같은 방향으로 흘러갔다. 플래카드엔 이런 구호가 적혀 있었다.

꿈★은 이루어진다!

AGAIN 2002!

축구 경기장 관중석에서, 광장과 대로변의 전광판을 통해서, 유흥가 호프집의 HD TV 앞에서, 쪽방의 구형 TV 앞에서, DMB 수신 장치를 통해…… 다른 사람들이 같은 것을 보았다. 여러 대의 카메라가 일제히 골 망을 흔드는 공을 보여주었다. 붉게 차려 입은 미인들을 족집게처럼 콕콕 집어 화면으로 불러냈다. 누구의 것인지 알 수 없는 환성과 탄식이 일제히 터져 나왔다. 동시다발적인 출혈, 이었다.

진짜와 가짜를 가리는 텔레비전 오락 프로그램에 출연했을 때만 해도 모든 것은 우연이었다. 진짜 예쁜 어린이 선발대회 출신자는 단 한 명이었으며 보니는 여러 가짜들 중 하나에 지나지 않았다. 하지만 보니는 그날 출연자들 가운데 가장 예쁜 어린이였다. 게다가 보니는 카메라와 노는 게 평소 취미라며 노상 보는 거울을 또 들여다보듯 심상한 태도로 방송국 카메라와 눈을 맞춘 채 자작곡까지 불러댔다.

메라야 메라야, 뭘 보니 왜 보니 또 보니…….

그날 보니에게 배당된 캐릭터는 '자뻑 공주'였다. 아무리 예뻐도 성격이 별로면 예쁜 아이로 선발되지 못할 수도 있지 않을까, 그래도 이렇게나 예쁜데 뽑혔겠지……. 그 사이에서 패널들이 혼란에 빠지길 유도하며 만들어진 캐릭터였다. 보니는 예쁜 아이였지만 카메라와 노는 걸 좋아하는 아이는 아니었다. 구성 작가들이 시키는 대로 자작하지 않은 자작곡을 불렀을 뿐이었다. 시키는 대로 못할까 봐 잔뜩 긴장한 채 노래한 것이 시청자들 눈에는 시크하다 못해 카리스마 넘치게 보였을 뿐이었다. 구성 작가들 입장에서는 실패한 콘셉트였다. 대박을 의도하지 않았는데 대박이 났으니 제대로 실패한 콘셉트인 셈이었다. 카메라는 카메라임에도 한동안 메라로 불려야 했다. 보니의 이름은 원래 보니가 아니었지만 자연스레 보니가 되었다. 어린 것이 예쁜 데다가 기품마저 흘러넘친다는 소리를 일용할 양식으로 섭취하며 보니는 국민여동생이 되었다. 자작하지 않은 자작곡을 몇 개 더 불렀고 CF를 찍었다. 어린이 프로그램을 진행하고 시트콤에 출연했다. 기세를 몰아 영화에도 캐스팅되었지만 반은 제작 단계에서 엎어지고 나머지 반은 흥행에 참패했다.

보니의 얼굴은 더 예뻐지지도 못생겨지지도 않았다. 목숨 붙은 것이 모두 그러하듯 나이를 차곡차곡 먹었을 뿐이었다. 그럼에도 보니는 더는 예쁘다는 소리를 듣지 못하는 사람이 되어버렸다. 어리고 예쁜 것은 유일한 무언가가 아니었다. 내키는 대로 질주하다 펑크 나버린 누군가의 꿈을 교체하기 위해 항시 대기 중인 스페어타이어에 불과했다. 보니는 그렇게 잊혀졌다. 그리고 기면증이, 시작되었다. 보니는 시도 때도 없이 잠들었다. 불가항력적인 잠이었다. 오래도록 남의 꿈만 꾸어준 사람은 그렇게라도 언젠가는 자기 몫의 꿈을 꾸어야 하는지도 모를 일이었다.

별을 닮은

저 여잔 누구보다 큰 소리를 내며 자전 중이야. 말했지? 내 청력, 짱이라고. 어떤 철학자가 말하길 작은 슬픔은 수다쟁이고 큰 슬픔은 벙어리랬어. 너무 커서 안 들리는 그 소리, 난 들을 수 있지. 왜냐고? 난 별걸 다 보는 놈이라 별걸 다 들을 수도 있거든. 어떤 철학자가 그랬는지는 찾아들 보셔. 개똥철학이 결코 아니란 말씀. 그나저나 곧 여기 문을 닫아야 할 시간인데 저 여자 무슨 꿈을 저렇게 오래 꾸는 거야? 도대체 지금 어디에 있는 거야?

내가 아직 눈도 못 떴을 때 엄마는 말했지. 별은 내 눈 속에 있다고. 그래서 난 내가 별을 품고 있는 하늘인 줄 알았어. 개가 아니라. 막상 눈을 떠보니 이 모양 이 꼴이었지만. 이봐, 내 눈이 별처럼 빛나는 건 사실이지만 우리 엄마가 겨우 그런 팔불출 발언을 했다고 생각하지는 마셔. 상상력 하고는. 별은 뭐 아무나 보는 줄 알아? 별은 아무 데나 없어. 별을 봐야 별이 있는 거야. 별은 내가 보는 그 순간에 탄생하는 거란 말이지. 그 별은 북두칠성도 아니고 북두십성도 아니고, 오리온도 시리우스도, 전갈도 천칭도, 아니야. 정말 그 별이라 해도, 그 별자리에 속한다 해도, 그 별이 아닌 거라고. 뭔 말인지 알겠어?

엄마가 내게 해줬던 그 말. 무슨 뜻인지 실은 나도 이제 알았어. 저 여자가 어느 틈에 깨어나서 나를 빤히 보고 있지 뭐야. 그래서 나는 별이 되었어, 개도 아니고 몽이도 아니라. 이봐, 드디어 우리가 퓨리나 소고기 캔의 뚜껑을 딴 거라고. 솜브레로 은하가 발밑으로 흐르고 있으니 이제 정말이지 할 말 다, 한 거라고.

기면임에도 불구하고 단잠이었던 잠에서 보니는 깨어났다. 도심의 광장과 유흥가의 술집과 아파트 숲에서 일제히 환호성이 터져 나왔다. 지구가 우주의 골 망을 가르기라도 한 듯, 곧이어 구호가 터져 나왔다.

"꿈은 이루어진다!"

"어게인 이천이!"

보니가 알기로 'AGAIN 1966'은 1966년이 아닌 2002년의 꿈이었다. 그 꿈이 이루어진 2002년을 호출하고 있는 지금 이 순간은 과연 언제인 것일까. 'AGAIN 2002'는 어떤 시간이 꾸고 있는 꿈인 것일까. 그것도 언젠가는 꾸다 만 꿈이 되어 더는 아무도 꾸지 않는 그런 꿈이 되는 걸까. 모두가 꾸는 꿈을 함께 꾸지 않는 것과 아무도 꾸지 않는 꿈을 홀로 꾸는 것 사이엔 또 어떤 꿈들이 존재하는 걸까.

기면에서 깨어난 지금이 언제인지 보니는 확신할 수 없었다. 낯설고도 낯익은 별 하나가 자신의 동공과 하나가 됐음을 확신할 수 있을 뿐이었다. 뭘 보니, 왜 보니, 또 보니…… 그런 질문 따위는 필요치 않은.

누군가가 막 새로운 시나리오를 쓰기 시작하기라도 한 듯 창공에 희미하게 별들이 돋아나기 시작했다. 읽는 대로 써지는, 어두워질수록 더더욱 명징해지는, 별의 언어.

새로운 배역을 꿈꿔도 좋을 시간이 바로 지금이었다.

4

피의

피

1

성부와 성자와 성신의…… 아, 성령으로 바뀌었습니까? 언제부터 바뀌…… 네, 그게 중요한 것은 아니니 그럼 다시 하도록 하겠습니다.

성부와 성자와 성령의 이름으로 아멘.

고백한 지…… 얼마나 되었는지는 잘 모르겠습니다. 실은 오래 냉담했습니다. 아내가 죽은 후로 쭉 그랬으니 십 년도 넘었겠군요. 아닙니다, 신부님. 냉담을 풀고자 고해성사를 받는 것이 아닙니다. 저는 냉담을 풀 자격도 없습니다. 왜냐면 저는, 저는…… 제 아들을…… 죽였으니까요.

왜 아무 말씀도 없으십니까? 너무 큰 죄인이라 성사 주길 거부하시려는 건 아니죠, 예? 제발 부탁입니다. 죄를 사하여주시지 않아도 좋습니다. 어차피 용서받을 수 있다고 생각하지도 않으니까요. 저에겐 다만 고해의 형식이 필요할 따름입니다. 용서라니 가당치도 않습니다.

아, 죄송합니다. 신부님 말씀이 맞으십니다. 하느님의 권한을 가지고 제멋대로 필요하네 마네 떠들다니 교만했습니다. 하지만 교만의 죄를 거듭 범하며 간구하오니 제발 저를 용서하지는 말아주세요. 세속의 법이 규정한 대로도 처벌받겠지만 그것만으론 불충분합니다. 고해가 끝나면 저는 곧바로 경찰서로 갈 것입니다. 그러니 신부님께서는 고해소 안에서 들은 모든 이야기를 비밀로 해야 한다는 의무 때문에 괴로워하지 않으셔도 됩니다.

신부님께서 제 영혼 깊숙한 곳까지 사법권을 행사하실 수 있다는 걸 모르는 바는 아닙니다. 영혼을 구제받았으니 세속적인 죄과는 치르지 않아도 된다고 생각하지도 않습니다. 그러니까 제 말은…… 신부님을 괴롭힐 의도는 전혀 없다는 뜻입니다.

다만 저에겐 지금, 아버지가 필요합니다. 아비로서 지은 죄를, 하느님 아버지께, 낱낱이 고하고 싶습니다. 신부님께서 이미 들으셨다시피 저는, 제 아들을 죽인, 아비니까요.

선친이 살아 계셨다면 여기 오지 않았을 것입니다. 제 아버지에게 찾아가 말했겠지요.

당신의 아들이 자기 아들을 죽였습니다, 아버지.

도대체 제 안에 어떤 나쁜 피가 흐르기에 이런 일이 일어났는지 아버지에게, 아버지의 아버지에게, 아버지의 아버지의 아버지에게…… 질문했을 것입니다.

그러나 제겐 지금 아버지가 없습니다. 신부님께서는 한 가정의 육친인 아버지 되기를 포기하시고 모든 하느님의 자녀를 보살피기 위해 모든 가정의 아버지가 되신 분 아니십니까. 냉담하게 된 지는 오래나 또한 저는 기억하고 있습니다. "세례를 주신 자가 베드로이건 바울로이건 설사 유다라 해도 실제에 주신 분은 예수 그리스도이시다. 사제가 죄를 사하면 사면 선고는 예수 그리스도께서 하시는 것이며 미사성제를 올릴 때도 최고 사제는 예수님이시며 하느님이 받는 제물은 그리스도 자신이시다. 한마디로 사제는 제2의 그리스도이시다"라는, 아우구스티노 성인의 말씀을요.

제 아들의 세례명이 아우구스티노였습니다. 아들은 어렸을 때 제법 주일학교도 열심히 다녔고 아우구스티노 성인의 어록에서 그걸 발견하고는 신부님이 되고 싶어 하기도 했습지요. 신부님이 곧 예수님이라고, 정말 짱이라고요.

물론 아무것도 모르는 어린애가 한때 지껄여댄 의미 없는 말이지만 고해소에 들어오기 전, 성사 주시길 간청하느라 잠깐 신부님을 뵈었을 때 어쩔 수 없이 제 아들이 생각났습니다. 뜻밖에도 신부님께서 너무 젊으셔서…… 그렇군요, 이제 막 서품 받고 오셨군요. 제 불알친구 중에 일찍 자식을 본 놈이 있는데 그놈 큰아들과 얼추 비슷한 연배시겠어요. 하필이면 첫 부임지에서 저 같은 사람에게 고해성사를 주시게 하다니…… 여러모로 제가 죄인입니다. 정말 죄송합니다, 신부님.

예? 아, 아닙니다. 오늘 죽인 건 아닙니다. 아무튼 물어봐주셔서 감사합니다. 제가 지은 죄를 일단 내지르긴 했지만 어떻게 말을 이어갈지 안 그래도 막막한 참이었습니다요. 아들이 죽은 건…… 아니, 아니지요. 제가 그 애를 죽인 건…… 사흘 전입니다. 그리고 방치했습니다, 사흘 동안.

첫날엔 도대체 무슨 일이 벌어진 것인가 현실을 가늠할 수 없었고 둘째 날엔 현실을 부정했으며 셋째 날에 비로소 자책했습니다. 죄를 짓고도 바로 깨닫지 못하는 것. 그 또한 저의 죄입니다, 신부님.

그렇지요. 이제는 왜 그랬는지 말씀을 드릴 차례겠지요.

이해가 되실지 모르겠지만…… 제 아들은…… 흡혈귀였습니다.

예, 맞습니다. 피를 빨아먹어야만 사는, 그런 존재요.

장난이라니요. 것도 고해소에서…… 죄인이 미처 알아내지 못한 죄에 대해서도 용서를 구할 수 있는 곳에서 제가 왜…….

믿어주십시오, 신부님. 물론 믿든 안 믿든 신부님이 알아서 하실 일이지만 끝까지 들어는 주셔야 제 얘기가 하느님 아버지께도 전달이 되지 않겠습니까. 한때 제 아들이 아르바이트로 택배 일을 한 적이 있는데요, 고급 카메라로 알고 배달했더니 벽돌이었고 명품 가방인 줄로만 여겼던 게 철 지난 신문지 뭉치에 불과했던 경우가 왕왕 있더라지요. 인터넷을 뒤져 제일 싼 걸 고른 죄밖에 없는데 피 같은 돈을 주고 겨우 벽돌을 손에 쥐게된 그 심정을 모르는 바는 아닙니다. 그놈의 벽돌로 무슨 사진을 찍겠어요. 제 발등이나 안 찍으면 다행이지. 하, 제 발등은 이미 찍은 건가? 그럼 남의 마빡이나 안 찍으면 다행이겠네. 아무튼 말입니다요. 그게 제 아들 잘못도 아니고, 잘못이라면 한 푼이라도 벌어보겠다는 것뿐이었는데…… 왜 제 아들 탓을 하는지…… 비겁한 후레자식들.

아, 저도 모르게 흥분이 돼서…… 죄송합니다. 아들만 죽인 게 아니라 미워하는 사람도 이렇게나 많습니다, 제가. 죄를 고백하러 와서도 계속 죄를 짓고 있습니다. 입만 열면 줄줄이 죄이니 차라리 입을 다무는 게 낫겠습니다요. 하지만요, 신부님, 억울하면 억울하게 만든 놈을 찾아가서 따지든가 해야지 택배원 이름이랑 핸드폰 번호 안다고, 만만하다고, 아닌 줄 알면서 막 쏟아부어도 되는 건 아니지 않습니까. 제 손에 걸리기만 하라지요. 놈이 보낸 벽돌로 놈의 머리를 깨서 놈이 빼돌린 카메라로 증거 사진을 찍어다가 제 아들에게 뭐라고 나불댄 것들 코앞에 들이밀 테니까요.

제발 저 좀 내버려두십시오! 제 아들도 죽었는데 뭐는 못 죽이려고요! 뭐는요!

…… 제가 커피 맛은 잘 모르지만 다디단 게 좋네요, 이 커피. 손수건도 감사하구요. 고해소에서 이런 호사를 누릴 줄이야. 젊으셔서 그런 건지 성직자이시라 다른 건지 신부님께서는 역시 저보다 통도 크고 순수하시네요. 아까 신부님께서 고해소 밖으로 뛰쳐나가시기에 저는 온몸으로 거부하신 줄로만 알았습니다. 하느님 아버지께 고해성사를 전달할 가치도 없는 죄인이 바로 나로구나, 카메라 준대놓고 벽돌 보내는 파렴치한처럼 말이죠. 그래도요, 기왕 선심 쓰시는 김에 뭐가 됐든 전달해주십시

114

오, 신부님. 하느님은 우리 인간처럼 나약하지 않으실 테니 카메라 대신 벽돌 가져왔다고 신부님께 뭐라 그러진 않으실 거 아닙니까. 벽돌을 보낸 저 같은 놈을 직접 벌하시겠지요. 저, 그거 믿고 여기 온 겁니다. 허심탄회 들어만 주십시오, 신부님…….

　제가 어디까지 이야기를…… 아, 그렇습니까? 제 아들이 흡혈귀라는 얘기는 이미 했군요. 그럼 믿으시든 안 믿으시든 일단 계속해도 되겠습니까? 예, 감사합니다. 아, 아닙니다. 심증이야 있었지만 제 아들이 흡혈귀라는 사실을 분명히 깨달은 것은 그리 오래되지 않았습니다.

　그 애가 처음으로 피를 맛본 것은 젖먹이 때였습니다. 젖먹이라고는 해도 거의 첫돌이 다 됐을 때였지요, 아마. 그러니까 그때쯤엔 거의 빈 젖이었을 겁니다. 어느 날인가 젖을 빨다가 양껏 나오지 않으니 저도 신경질이 났는지 꽉 깨물어버리더군요. 애 엄마가 악, 소리를 냈고 물린 자리에서 피가 나오기 시작했습니다. 젖은 아니었지만 뭐든 나오니 흡족했던지 그 애는 그걸 쭉쭉 빨아먹더군요. 그때 집사람은 결코 기겁하지 않았습니다. 좀 어이없단 표정으로 저를 보고 웃음을 터뜨렸지요. 저도 같이 웃었습니다. 젖도 피도 구분 못 하고 빨아대는 그 생명력이 오히려 기특했는지도 모르겠습니다. 젖먹이가 흡혈을? 그 누구도 그렇게 망상하지는 않을 테니까요.

　그 뒤로 아들은 완전히 젖을 뗐습니다. 과정이 쉽지는 않았습니다. 젖꼭지에 마이신 가루 같은 거 발라놓고 그래가면서 겨우 뗐어요. 빈 젖을 빨아봤자 배만 더 고플 뿐인데 다른 건 입에도 안 대니 어째요. 그 애도 먹고살아야지요. 더구나 세상에 맛있는 게 좀 많습니까. 그 애도 이제 그걸 누려야지요. 그러라고 애도 개 하나만 낳은 것을요. 너무 애지중지하느라 젖 뗄 시기도 놓치긴 했습니다만 차일피일 미루던 일을 그걸 계기로 해치운 셈이었을 뿐 별다른 의도는 없었습니다. 저희 아들이 흡혈귀인지 아닌지 그딴 건 당연히 짐작조차 하지 않았구요.

　뵌 적도 없고 들은 적도 없지만 신부님의 모친께서는 정말 보통 분이 아니실 겁니다. 금쪽같은 아들을 하느님께 바치기가 어디 쉬운 일인가요. 외람되지만 성모님과 견줄 만하다고 저는 생각합니다. 저만 해도 제 자식을 제 것이 아닌, 나와는 별개인 존재로 떼놓고 보기가 어찌나 어려웠는지 모릅니다. 특히나 어미들은 더 그렇더군요. 제가 품었던 자식이 제 살을 찢고 나왔으니 오죽하겠습니까. 사람 안에서 또 사람이 나오는 그 느낌은 결코 헛것이 아닐 테니까요. 아, 그래서 예수님께서도 굳이 여인의 몸을 통해, 인간의 몸으로 이 세상에 오신 거라구요? 심지어는 인간의 몸으로 죽기까지……

살기 힘들다고 냉담했던 것이 몹시 후회스럽습니다. 뭐라도 붙들고 갔다면 이 지경까지 이르진 않았을 텐데…… 이 어리석음을 어쩌면 좋을까요, 신부님……

예…… 그러믄요…… 아니오…… 예…… 예, 이젠 괜찮습니다, 신부님. 하려던 고백, 마저 다 해야죠. 다 하겠습니다.

아들은 평범하게 자랐습니다. 올림픽을 전후해 경기도 괜찮았고 노조가 합법화되면서 일하는 조건도 나아졌으며 대통령도 직접 뽑았지요. 더 이상 군인 출신 대통령은 나오지 않았고 대통령일지라도 잘못했으면 큰집에도 갔구요. 물론 그렇게 되기까지 희생한 것, 버린 것, 잃은 것, 타협한 것, 은폐된 것이 어디 한둘이겠습니까. 그럼에도 그런 세상이었기에 제 아들이 그나마 평범하게 자랄 수 있었다는 사실은 부인할 수 없습니다. 평범하게 사는 것이 얼마나 어려운가요. 그걸 아는 저로서는 제 자식이 다만 평범하게 크기를 바랄밖에요.

이 나이 먹도록 인생의 우여곡절이 전혀 없다면 거짓말이겠지만 저도 비교적 평범하게 자란 사람입니다. 때가 되어 학교 다녔고 군대에 갔으며 직장을 얻었고 또 때가 되어 결혼도 하고 자식도 낳았으니까요. 그건 그냥 누구나 다 하는 그런 것이잖아요. 물론 대학에 못 간 건 좀 아쉽습니다. 하지만 그땐 저처럼 대학에 못 가는 청춘도 많았는걸요. 그러니까 한이 될 정도로 아쉬운 일도 아니지요 뭐.

보시다시피 장애자도 아니고 체형이 유별나서 기성복이 안 맞는 것도 아니고 입맛이 까다로워 집사람을 힘들게 하지도 않았고요. 물론 신부님처럼 남다른 삶, 위대한 삶을 꿈꿔본 적도 없습니다. 다른 사람은 어찌 볼지 몰라도 제가 생각하기에 저는 모자란 적도 넘친 적도 없는 사람인 것 같습니다. 굳이 찾아보자면 선지해장국을 좋아하는 정도? 근데 그것도 뭐, 채식주의자나 미식가처럼 제 입맛이나 정서가 남달리 섬세해서 그런 건 결코 아네요. 저희 아버지가 좋아하시니 저희 어머니도 자주 끓일 수밖에 없었고 그러다 보니 점점 맛있게 끓여졌고⋯⋯ 그게 다예요. 아버지를 비롯해 저희 식구는 다들 좋아했습니다. 제 아내도 얼추 그 맛을 냈지요. 집사람도 어쩌나 평범한 여자인지 딱히 싫다고도 좋다고도 하지 않고 잘도 끓이더군요. 그래서인지, 입맛도 유전인 것인지, 제 아들 녀석도 잘 먹었습니다만. 아무튼 이 세상에 있어도 있는 줄 모르겠는, 저희 같은 부부한테서 나온 새끼 아니랄까 봐 저희 아들도 지극히 평범했습니다. 심수봉을 좋아한 저나 조용필을 좋아한 아내와 달리 아들은 핑클이라고⋯⋯ 예, 신부님도 아실 겁니다. 그중에서도 성유리를 무척 좋아했지요. 성유리가 왜 그리 좋으냐니까 역시 청순가련해서라나요. 이슬만 먹고 살 것 같다고요. 누가 평범한 사내자식 아니랄까 봐 말이죠. 사내들은 그저 청순하거나 요염하거나 둘 중 하나 아닙니까.

녀석은 제법 열성적이었습니다. 팬클럽에도 가입해 녹화 있는 날마다 풍선 들고 쫓아가 변성기 목소리로 구호도 외치고 그러더라구요. 오빠부대도 아니고 누나부대라니, 제가 십대였을 땐 상상할 수도 없는 일이었습니다. 가끔씩 한심하단 생각이 솟구치기도 했지만 그것이 그 시대의 가장 대중적인 취향이었다는 점에서 저나 아들이나, 우리는 별반 다르지 않았던 셈입니다.

아들이 핑클에 빠져 있던 무렵, 그러니까 그 애가 중학생이었을 때로군요. 어느 날, 애가 하교해서 집에 들어왔는데 엉망진창이더랍니다. 교복은 다 찢어지고 입술도 터지고 정강이도 까이고…… 저는 일하러 나가 있느라 직접 보진 못했습니다. 나중에 집사람에게 전해 들었을 따름입니다.

무슨 일이냐, 당연히 집사람이 물었고 아들은 묵묵부답. 터진 제 입술에서 배어나오는 피만 쪽쪽 빨아먹더란 말이지요. 그게 맛있어? 안 아파? 집사람이 그리 묻자 아들이 이번엔 씩 웃더랍니다. 그러고는 한다는 말이.

당근이지, 이 피가 누구 건데?

신부님도 당근, 아시죠? 이 당근이 그 당근이라는 거요. 그땐 애들이 너도나도 당근, 당근, 해댔잖아요. 아들 녀석 때문에 저도 입에 붙어버렸네요. 이 와중에도 자연스럽게 나오는 걸 보니. 아무튼 애 엄마도 그쯤에서 일단 웃고 말았대요. 웃음으로 무마하려는 그런 분위기에서 억지로 캐내봤자 역효과만 날 것 같았다는 거지요. 그저 이렇게만 덧붙였다고 합니다. 담에 또 그러고 들어오면 그 녀석 찾아가서 내가 똑같이 만들어준다! 아내는 이건 틀림없이 학교 폭력이라 생각하고 그리 말했던 것이었습니다. 그 말에 아들은 배꼽을 움켜잡고 데굴데굴 구르는 시늉까지 하며 눈물이 맺힐 정도로 웃었답니다.

완전 어이없어, 아픈 거나 다 낫고 그러시든가요.

그 말을 끝으로 아들 녀석은 곧장 방콕, 했다더군요. 예, 그 방콕이요.

그 애길 하며 아내는 하염없이 울었습니다. 아들에게 힘이 되기는커녕 힘들게만 하는 존재라면서요. 그 무렵 아내는 말기 암 환자였거든요. 암 선고 받고도 안 울던 여자가 울더라고요. 넷 중 하나가 암에 걸리는 게 현실이라고, 자기는 전혀 특별하지 않다며 꿋꿋했던 여자였는데…… 항암 치료 때문에 그 무렵엔 밥도 제대로 못 먹고 기력도 없고 머리칼도 죄다 빠져버렸었죠. 제 몸 가누기도 힘든 게 빤히 보이는데 그 앞에서 아들이 뭔 놈의 투정을 부리겠어요. 게다가 저는 저대로 치료비 벌어보겠다고 투잡, 쓰리잡 뛰느라 코빼기 보기도 힘들었는걸요.

보험 들어둔 것도 당근 없었죠. 에잇, 망할 놈의 당근은 빽 하면 없다니까.

어? 신부님, 웃으셨어요? 방금 웃으신 거 맞죠? 성사 주시며 몰래 웃으시고 그래도 되는 거예요, 예? 저 어렸을 적에 제가 기도하다가 저도 모르게 웃음보가 터지면 어머니가 그러셨어요. 마귀 들렸다고. 혹시 신부님도…….

죄송하긴요. 농담입니다, 농담. 신부님께서 저 같은 죄인에게 죄송할 게 뭐가 있다구요. 외려 제 마음이 한결 가벼워지는걸요. 제가 하는 얘기는 모두가 어차피 일어나버린 일. 가끔 그렇게 웃어라도 주시면서 들어주십시오. 외람되지만 신부님이 너무 젊으셔서 자꾸 제 아들 녀석이 생각나네요. 꼭 그 녀석이 웃는 것만 같습니다. 살아생전에 진작 당근으로 한번 웃겨볼걸 그랬네요. 아, 틀림없이 아들도 웃었을 거라고요? 그 말씀만으로도 위로가 됩니다, 신부님. 정말 고맙습니다요.

보험 얘기까지 했나요? 예, 보험 하나 못 든 건 그놈의 아이엠에프 때문인데요, 그전엔 저희도 남들 든 만큼은 들었었지요. 정리해고 당하면서 아들 녀석 학원만 빼고 다달이 돈 들어가는 걸 다 끊었더니 하필이면 고때 딱. 보험이 괜히 보험이 아니데요. 꼬박꼬박 보험료 내는 동안은 보험료 탈 일이 없는 게 보험입니다. 좋게 말해서, 돈 내는 동안은 병도 안 걸리고 다치지도 않을 수 있다 그 말이지요. 그런 줄도 모르고 당장 아깝다고 끊어버린 게 어찌나 속이 상하던지. 물론 평생 보험료도 내고 평생 병에도 안 걸렸다면 또 속상해했겠지요. 허튼 데다 꼬라박았다면서요. 그렇게 생겨먹어서, 그래서, 인간인가 봅니다.

제가 막 마흔이 되었을 때니 아내는 겨우 서른아홉이었어요. 젊은 나이였지요. 내일 죽는다 해도 치료를 포기할 수 없는. 근데 재취직하기엔 왜 그리 많은 나이던지요. 죽긴 아까운데 살긴 막막하고…… 어쩌라는 건지. 하긴 그래서 제일 먼저 잘렸던 거겠죠. 나이 먹고 경력도 늘었으니 월급은 올려줘야겠고 그러자니 수지타산이 안 맞는 것 같고. 그래서 버린 것인데 누가 데려가겠어요. 미치지 않고서야. 요즘엔 그렇잖아요. 휴대폰도 고치느니 새거 하나 사는 게 더 싸게 먹히는 그런 구조. 말만 사람이지 휴대폰보다 못한걸요 뭐. 중고 휴대폰에게 갈 데가 어디 있겠습니까. 비정규직 자리라도 감지덕지, 애들 말로 알바라고 하는 걸 두세 개씩 뛰어가며, 아내 치료비를 댔습니다.

아내도 젊으니 훌훌 털고 일어날 줄 알았는데 웬걸요. 암세포도 세포라고 젊은 육신에서 더 빨리 자라더라구요. 암세포도 세포라니, 악법도 법이고 악덕한 인간도 인간인 것이죠, 젠장.

아실지 모르겠지만 알바한테까지 연금이나 보험 들어주는 직장은 없습니다. 알량한 일당 가지고 각자 알아서 들든가 말든 가지요. 내일 따위는 없어요. 오늘 못 벌면 오늘 굶어야 하는데 내일은 무슨 얼어 죽을. 아프기라도 하면 아픈 날짜만큼 몇 날 며칠이고, 큰 병이면 몇 달이고 몇 년이고, 고스란히 굶는 겁니다. 근데 인간이잖아요. 먹어야 살잖아요. 굶어 죽을 수는 없어 빚이라도 한번 내는 날에는…… 영영 갚을 수가 없어지는 겁니다. 갚아보겠다고 무리해서 일하다 보면 또 병이 나는 것이고 병이 나면 또…… 그래서 결국은 영영이 되는 것이지요. 게을러서 그렇게 되는 게 아니란 말입니다.

날품도 팔고, 여자 같으면 거시기도 팔고, 장기도 팔고, 영혼도 팔고…… 팔 건 다 팔았는데, 더 이상 팔 것도 없는데 빚은 여전히 남아 있다면 누구 잘못인 걸까요. 노름빚도 아니고 주제넘게 쇼핑한 것도 아닌데, 그저 먹고살았을 뿐인데도 그렇다면요. 사람이 빵만으로 살지 않는다는 성경 말씀, 잘 알고 있습니다. 왜 아니겠습니까. 저도 당연히 그렇게 살고 싶은 것을요. 허나 그것도 일단은 빵을 먹고 나서 할 얘기지요. 빵을 쌓아두고도 만날 빵 타령인 것들에게 할 소리지 빵 값이 없어 빵을 못 먹고 병원비가 없어 치료를 못 받는 것들에겐 빵 반죽에 이빨도 안 들어갈 소립니다요. 전 그렇게 생각합니다요.

말이 나와서 말인데 아내도 그놈의 알바를 하다 그 꼴이 난 것이었습니다. 제가 정리해고 당하고 당장 일자리를 못 찾고 있으니 공장에 일용직 잡부로 들어간 게지요. 저희 부모님이 남겨주신 유산은 없었지만 남기신 빚도 없었습니다. 해고되기 전까진 많진 않아도 따박따박 월급 나왔겠다, 중병 들거나 뭐에 중독된 식구들도 없겠다, 해서 모아둔 돈도 좀 있었구요. 그렇게 십 년만 지나면 내 집이라는 것도 장만하고 아들도 대학 마치고 직장 얻어 장가도 들겠구나 싶었지요. 그런 게 바로 평범한 인생이잖아요. 과욕 아닌 거 맞죠, 신부님?

그런데 왜 제 아내가 굳이 일하러 나갔냐고요? 제가 자리 잡을 때까지 좀더 기다려보지 않고?

당장 큰돈 들어갈 데는 아들 녀석 교육비뿐이었습니다. 애가 공부도 곧잘 하고 또 욕심도 있어서 하나뿐인 아들, 원 없이 공부 좀 시켜보자, 그게 우리 부부가 사는 낙이었거든요. 아들이 평범하게 자라길 바란 건 맹세코 거짓이 아닙니다. 다만, 어느 날 갑자기 예고 없이 제가 잘리고 보니 아들도 그렇게 될까봐 겁이 났던 게지요. 한 번의 실패가 피가 되고 살이 될 만한 값진 경험으로 변모하는 세상이 더는 아니더라고요. 점점 바닥인 거예요. 완전히 바닥에 닿아도 치고 올라올 수 없어요. 외려 바닥을 뚫고 밑으로, 더 밑으로⋯⋯ 끝내는 지옥에 떨어지는 거예요. 저희가 바라는 대로 아들이 평범하게 살려면 저희 때보다 더 많이 배우고 더 좋은 직장에 들어가야겠더라고요.

비범하지 않으면 평범할 수도 없게 되어버린 겁니다.

그러니 마냥 앉아서 까먹고 있으면 쓰나요. 부모가 자식 인생을 망칠 수는 없잖아요. 학원이고 과외고 할 수 있는 건 다 해줘야요. 남들이 우러러보는 인물까지 될 필요는 없지만 아무도 거들떠보지 않는 사람이 되면 안 되잖아요. 그래 집사람이 뭔 놈의 공장엘 나가기 시작한 것인데 덜컥 암에 걸려버린 겁니다. 우연인지 필연인지 아내 말고도 전후로 두어 명이 더 걸렸는데요, 회사 쪽에선 인과관계를 증명할 수 없다며 한 푼도 안 내놓더군요. 그땔 생각하면 지금도 피가 바짝바짝 말라요. 엎친 데 덮치는 것도 정도가 있어야지요. 안 그렇습니까?

결국 아내는 죽었습니다. 이십 세기가 시작되었는데 얼마 살아보지도 못하고 갔지요. 아들이 고등학생이 된 거 보고요. 겨우 그거 보고요. 이십 세기에서 이십일 세기로 넘어오는 동안 전세가 월세로 바뀌었습니다. 빚이 없는 게 그나마 다행이었습니다. 살던 대로 죽는다더니 우리 집사람이 꼭 그랬네요. 알뜰하게 살고 알뜰하게 죽고.

제 아들은 그럼 왜 그렇게 죽은 걸까요?

저는 또 왜 그런 걸까요?

네, 신부님 말씀이 맞는 것 같습니다. 이미 벌어진 일이라고 해서 다 일목요연하게 정리가 되는 것도, 온전히 받아들여지는 것도, 아닌 것 같습니다. 여기에 앉아는 있지만 저도 제가 왜 여기 있는지, 있으면 있을수록, 잘 모르겠습니다. 터진 입이라고 되는 대로 내뱉을 뿐이네요. 하지만 신부님 말씀대로 왜, 왜, 왜…… 답이 없더라도 그것만은 반드시 가슴에 품고 고해토록 하겠습니다.

고등학생이 되더니 아들 성적이 형편없이 떨어지더군요. 무리해서 외고는 보내놨는데 아빠가 벌어다 주고 엄마가 매니저가 되어 입시에 올인하는 다른 애들이랑 근본적으로 차이가 나니 힘든 눈치였어요. 결국 이학년 때 일반 고등학교로 전학시키고 제가 엄마 노릇까지 할 수 있는 일을 하기로 했습니다. 월세 보증금마저 빼서 깔세로 돌리고 빚을 좀 얻어 선지해장국집을 열었습니다. 아, 깔세라는 건 말이죠. 보증금이 없는 대신 몇 달 치 월세를 선불로 내고 지내는 겁니다. 물론 월세 선불도 목돈인지라 곧 보증금도 깔세도 필요 없는 고시원에서, 나중엔 그마저도 아까워 가게에서 의자 이어 붙이고 잤습니다만. 아무튼, 아들 녀석 밥도 챙겨줄 수 있고 곁에서 지켜볼 수도 있는 데다 화려한 인테리어도 필요 없으니 초기 자금도 많이 안 들고, 그

장사가 딱이었습죠. 신선한 선지만 있으면 됐으니까요. 선지도 제 아버지 때부터 단골인 집에서 믿고 떼올 수 있으니 비교적 만만했지요. 장사는 그럭저럭 됐습니다. 다달이 원리금을 물고도 아들에게 과외 정도는 시킬 수 있었습니다. 고액 족집게 과외는 아니었지만 그래도 명문대 학생이었지요.

나도 명문대 입학해 과외 알바나 하며 살까 봐.

어느 날인가 과외 선생에게 줄 과외비를 봉투에 담고 있는데 아들 녀석이 그런 말을 하더군요.

알바는 안 된다. 제대로 취직을 해야지.

저는 당연히 그리 대꾸했습니다. 한참 뒤 아들의 반응은 이랬습니다.

하긴, 과외가 결국은 그 부모들 피 빨아먹는 것밖에 더 되나. 뭐한다고 남의 집 피까지 빨아먹고 살아.

저더러 들으라는 건지 혼잣말인지 알 수 없는 작은 목소리였습니다. 녀석이 좀 미안해하는 것 같았지만, 실은 제가 녀석에게 더 미안했지만, 그냥 서로 못 들은 척, 모르는 척, 지나갔습니다. 언젠가 이 일로 웃을 날이 올 텐데 주책 부리기 싫었던 게지요. 들으셨다시피 우리 부자 사이에 별다른 문제는 없었습니다. 간혹 선지가 없어진 것 말고는요.

처음엔 몰랐어요. 표가 안 났으니까. 저는 매일 일정한 양을 떼왔습니다. 그런데 언제부턴가 국을 끓이려고 보면 십 인분, 이십 인분…… 선지가 표 나게 모자라는 겁니다. 오랜 단골집이라 꼬치꼬치 따져가며 떼오진 않았어도 눈대중으로 가늠해보면 늘 일정했거든요. 별일이다 싶었죠. 제 눈이 어떻게 된 건가 싶어 결국엔 정확히 무게를 달아보고 가져오기 시작했습니다. 그런데, 그럼에도, 국만 끓이려고 보면 어김없이 부족한 거예요. 아, 왜 눈치채지 못했을까요. 저를 닮아 선짓국을 좋아하던 아들 녀석이 그 무렵엔 입에도 안 댔지요. 저는 그저 물려서 그러는 줄로만 알았던 것입니다. 전부를 보여줘도 보고 싶은 부분만 보고, 사실은 봐도 진실은 못 보는 인간의 눈이라니.

아무튼 과외 덕분인지 제법 안정을 찾은 탓인지 아들 녀석의 성적도 다시 좋아졌습니다. 담임선생 말이, 유지만 잘한다면 서울대까지는 아니어도 명문 사립대는 갈 수 있겠다더군요. 사립대 등록금이 부담스럽기야 했지만 많지도 않고 달랑 하나뿐인 자식, 것도 못 하면 아비도 아니라 생각했습니다. 다만 한 가지 걱정은, 국밥집을 연 그 동네가 재개발 지구로 확정됐다는 것이었습니다.

주변에서 하나둘 가게를 빼고 방을 빼더군요. 매일같이 이삿짐 차가 들락날락하는 동네에 어떤 손님이 들겠습니까. 결국 늙은이 이빨처럼 드문드문, 가게 한두 개만이 문을 연 동네에 누가 오겠습니까. 그러니 떠난 자도, 남은 자도 무슨 이득이 있어 그런 건 결코 아니었습니다. 결국 이리될 줄 알아서 떠난 것이며 결국 이리될 줄 알면서도 방법이 없어 남았을 뿐이었습니다. 여길 떠나도 멀리 갈 수는 없었습니다. 겁이 많아서가 아닙니다. 사람들이 어떤 동네에 사는 이유는 그 동네에 살아야 하기 때문에 사는 것입니다. 거기 살아야 먹고살 수 있으니 사는 것입니다. 그래서 다들 멀리 못 뜨고 어떻게든 근처에다 보금자리를 마련하려는 것이지요. 저라고 다르겠습니까. 하지만, 아니죠, 그래서, 세는 이미 오를 대로 올랐더군요. 보증금도 월세도 세 배는 더 들여야 겨우 비슷하게 허름한 가게를 구할 수 있었습니다. 먼저 빚도 아직 못 갚았는데 또 빚을 내야 했습니다. 그런 저에게 누가 빚을 내주겠냐구요. 저는, 남아 있을 수밖에 없었던 겁니다. 남아 있을수록 손해임을 빤히 알면서두요.

아들 녀석의 수능시험일이 얼마 남지 않은 날이었습니다. 드디어 올 것이 오고야 말았습니다. 구청에 고용된 용역 깡패가 와서 죄다 부수고 갔습지요. 아들이 그 현장을 보지 못한 것만으로도 감사는 했지만 마음이 지랄 같더군요. 용케 깨지지 않은 소주병을 찾아 나발을 불었습니다. 기댈 부모도 의논할 마누라도 숨겨둔 금송아지도 고상한 취미도 없지요, 가진 거라곤 빚과 나이밖에 없는 저 같은 놈이 어떻게 지랄병을 잠재우겠냐고요.

마시고 곯아떨어졌다가 깨면 또 마시고 그랬습니다. 몇 번째 깬 건지 모르겠는데 아들이, 보이더라구요. 제 옆에 앉아 제가 마시다 만 소주를 마시고 있더라구요. 정신이 번쩍 들었습니다.

어, 어, 언제 왔냐? 저도 모르게 말을 더듬게 되더군요. 좀 전에. 왜 강술을 드셔요? 속 버리게. 그러면서 아들은 제 입에 뭔가를 집어넣었습니다. 역하고 비린 쇳내가 확 끼쳤습니다. 바로 토해버렸죠. 선지였어요. 것두 쌩으로다가. 그러고 보니 녀석의 입가가 시뻘겋게 젖어 있는 겁니다. 뭐냐, 이걸 먹은 거냐? 제 말에 아들은 긍정도 부정도 하지 않아요. 아무 일도 없었으며 아무것도 먹지 않은 사람처럼. 순간, 망치로 뒤통수를 얻어맞은 것 같습디다. 그럼 그동안 다 네가 먹은 거냐? 도대체 이딴 걸 왜? 저절로 제 목소리가 커졌습니다. 제가 그러거나 말거나 아들 녀석은 아이스크림 떠먹듯 잘도 먹더군요. 저는 계속 다그쳤지요. 마지못한 듯, 아니, 선심 쓰듯이 녀석이 드디어 입을 열었습니다.

정말 몰라서 물어, 아버지? 맛있으니까 먹죠. 처음만 어렵지 맛들이면 다른 건 못 먹어요. 내가 그 맛을 좀 알지. 맛만 있나? 피가 되고 살도 되는데? 엄마도 내가 죽을 때까지 쪽쪽 빨아먹은 거예요. 난 다 기억해. 어렸을 때 이미 엄마 피를 맛봤거든. 그때부터 나는 내가 이렇게 될 줄 알았어. 아버지도 늦지 않았어요. 이제부터라도 남의 피를 드셔야 해. 그래야 안 빨리지. 세상은 둘 중 하나야, 아버지. 피를 빨거나 빨리거나.

아, 이게 도대체 말이 됩니까? 이 무슨 생게망게한 소리냐고요, 신부님.

그간 예사로이 여겼던 장면들이 영화 예고편처럼 스쳐 지나가더군요. 아들이 갓 초등학교에 들어갔을 무렵 이런 얘길 한 적이 있어요. 자기가 엄마랑 아빠 피를 빨아먹으려 하면 내다버릴 거냐고요. 그래서 보육원에 버려진 애들이 자기네 반에 몇 명 있다고요. 걔들은 닥치는 대로 아무 피나 빨아먹는다고, 무섭다고, 뇌염모기 같은 자식들이라고. 애들이 그만 할 땐 꿈꾼 거, 책에서 본 거, 텔레비전에서 본 거가 막 뒤섞이잖아요. 그런 줄로만 알았는데…… 그러고 보니 형편이 괜찮았던 시절, 패밀리 레스토랑에서 어쩌다 외식이라도 할라치면 그 애는 스테이크도 꽤 덜 익혀 먹었어요. 우리 아들은 아메리칸 스타일이야. 제 엄마는 그때마다 그리 촌평해주었고요. 남의 살을, 그것도 생피 뚝뚝 흘려가며 먹는 게 아메리칸 스타일이랍니다. 틀린 말도 아니죠. 저도 아메리칸 스타일로다가 정리해고된 것 아닙니까. 혹시 말입니다, 신부님. 녀석이 성유리를 좋아한 것도 이슬만 먹고 살 수 없는 자신을 저주해서 그랬던 건 아닐까요. 어쩔 수 없는 사내자식이어서가 아니라 말입니다.

물론 그랬습지요. 그 당장에 녀석을 흡혈귀라고 생각할 만큼 그 정도로 얼빠진 아비는 아닙니다요. 저는 아들에게 말했어요. 이깟 선지 그래, 날로 먹을 수도 있지. 식성은 사람마다 다르니까. 근데 아들이 물러서지를 않는 거예요. 아직도 모르시겠냐고, 자기는 곧 아버지 피도 쪽쪽 빨아먹게 될 거라고. 개 풀 뜯어먹는 소리도 아니고 풀이 개 뜯어 먹는 소릴 하고 앉아 있는 아들을 보고 있자니 속에서 열불이 나더군요. 지금 생각해보면 딱히 아들에게 화가 난 건 아니었습니다. 그냥 골 뚜껑이 열려버려서 목덜미를 그 녀석 코앞에 들이대고는 어디 한번 빨아보라고, 실컷 빨아보라고 고래고래 소릴 질렀습니다. 그러니 제 목에선 동맥이 푸덕푸덕, 나 좀 끊어봐, 요 지랄을 떨며 떨렸겠지요. 그때 아들의 눈빛은 소름 끼치게 낯설었습니다. 그 순간만큼은 제 자식이 아닌 것 같았습니다.

저는 결국 국밥집을 접고 그곳을 떠났습니다. 차마 사채에까지 손을 댈 수는 없었으니까요. 여기서도 살 수 없지만 여길 떠나지 않으면 더더욱 살 수 없었으니까요. 아들도 대학에 가긴 갔습니다. 수능을 망쳐 소위 말하는 명문대는 못 갔지만 그래도 웬만큼 이름은 알려진 사립대였지요. 재수를 하라고 할 수는 없는 형편이었습니다. 아들은 입학과 동시에 휴학을 하고 입대했습니다. 저는 닥치는 대로 일했습니다. 군대에서 아들을 먹여주는 동안 바짝 벌어놔야 앞으로 등록금을 댈 거 아니겠어요. 날품팔이도 경쟁이 치열해 용역회사에 미운털이라도 박히는 날엔 그대로 영영 아웃이었습니다. 저는 간도 쓸개도 없고, 피도 눈물도 없이 살았어요. 구체적인 얘기는 생략하겠습니다.

말해 무엇하려구요. 아비로서 자식새끼 먹여 살리느라 치러야 할 굴욕이었다 치면 억울할 것도 없는 것이고 설사 도가 넘었다 해도 억울함을 호소하는 대가로 제 마지막 남은 인간으로서의 자존심이 어떻게 까였는지 까발리고 싶지는 않네요, 신부님. 더구나 제 자식만큼이나 이리 젊으신 신부님 앞에서…… 못합니다. 그냥 하던 얘기나 마저 하겠습니다.

어느 날이었어요. 아들이 입대한 지 일 년도 안 됐을 때였죠. 군대에 있어야 할 녀석이 집에 있는 겁니다. 아니 글쎄, 의가사 제대를 했다지 뭡니까. 것도 정신이상으로. 내무반 동료들의 목덜미를 죄다 물어뜯었다나요. 아들이 제대하고 복학하면 학업에 매진해 장학금이라도 받고 다니길 내심 바랐는데 이 무슨. 당장 병원에 데려가 온갖 검사를 다 받았습니다. 빈혈도, 정신이상도, 아무것도 아니랍디다. 빨리지 않으려면 빨아야 한다고, 아들 녀석은 그놈의 헛소리를 연신 해대는데 말이죠. 도대체 병원이 병든 건지 군대가 병든 건지 아들놈이 병든 건지…….

서둘러 복학을 시켰습니다. 그 나이에 맞게 정상적으로 살면 나아질 거라 생각했지요. 제 생각이 크게 틀리진 않았는지 학교에 다니며 아들도 웬만큼 안정되어 보였습니다. 여자친구도 사귄 눈치였고요. 우연히 아들 휴대폰 바탕에 깔린 사진을 봤는데 이쁘더군요. 성유리, 닮았더라고요. 눈깔이 삐었지.

예? 예, 맞습니다. 아들 녀석이 좋아했던 연예인. 이슬만 먹고 살 것처럼 생겼다고 해서…… 이슬은 개뿔. 요즘 대학생들은 그저 공부만 해야 합니다. 학비는 어차피 학생 알바로는 감당할 수 없는 수준이고요, 용돈이라도 번답시고 알바 하다가는 그 뭡니까, 루저요, 예, 그거 되기 십상이거든요. 지각이나 하고 놀러나 다니는 애들한테 대학생이냐며 지분거린 건 우리 젊었을 때 얘기고 요즘 애들은 학점 관리부터가 어렵다더군요. 아무도 결석 안 하고 숙제도 다들 척척인데 A고 C고 정해진 비율대로 점수를 줘야 해서 교수님들이 성실한 요즘 애들을 외려 무서워한다지 뭡니까. 또 전공이 뭐든 간에 영어로 강의하는 추세라 어학연수 정도는 기본으로 다녀와야 한대요. 아, 물론 취직하려면 영어 점수가 중요하니 그게 아니어도 어학연수는 가야겠지요. 거기다 각종 자격증에, 그것만으론 차별화가 안 되니 봉사활동이다 오지 여행이다, 닥치는 대로 해야 한답니다. 학교가 딸리면 그만큼 뭐 하나라도 더 해야 하는 건 역시 당근이구요.

아무튼 다들 그리하니 안 할 수도 없고 그러다 보니 또 다들 조건…… 예? 스펙이요? 아, 그렇군요. 그래서 스펙이로군요. 정말이지 망할 놈의 스펙입니다요.

그놈의 스펙이 다들 엇비슷해져서 이젠 얼굴마저 뜯어고친답디다. 말만 들어도 벌써 들어간 돈이 얼맙니까. 시간이 얼맙니까. 그런데도 따박따박 월급 받고 살지 못한다면 억울한 청춘인 게지요. 그 뒤에서 그 돈을 다 대준 부모도 마찬가지고요. 옛날에야 소만 팔면 됐지만 지금은 가진 거 다 팔고도 모자라 빚까지 져야 자식새끼 겨우 월급쟁이 만들까 말깝니다. 당장 취직이 어려우면 대학원이든 고시학원이든 로스쿨이든 가야 하는데 그건 공짜랍니까. 처음부터 가진 게 없으면 앞으로도 가질게 없는 세상이 되어버린 거지요. 대통령만 직접 뽑을 수 있게 됐으면 다 된 거냐고요, 젠장.

손에 쥔 거라곤 쥐뿔도 없는 아비지만 하나뿐인 아들, 저처럼 안 살게 하려고 외람되지만 저, 좆나게 일했습니다. 다쳐도 아파도 병원에도 안 갔어요. 괜히 갔다가 뭔 얘기라도 들으면 어쩝니까. 들더라도 이다음에, 아들이 자리 잡은 다음에나 들을 심산이었습니다.

아들놈이 의가사제대 하고 복학한 지 올해로 오 년째입니다. 헌데 지금 몇 학년인 줄 아세요? 이제 겨우 이학년이에요. 말이 되냐 말입니다. 공부만 하라고, 알바도 하지 말라고, 이 아비는 뼈 빠지게 일하고 있는데 말입니다. 언젠가 어학연수 비용만큼은 손 벌리기 싫다며 알바를 뛴 적이 있긴 있었지만, 예, 그게 그 택배 일입니다. 명문대생이 아니면 과외 자리 구하기도 쉽지 않거든요. 아무튼 그것도 다 뻥이었던 거죠. 고 요망한 계집애 때문에요. 저는 그 모든 사실을 겨우 며칠 전에야 알게 되었던 것입니다.

성적표도 생전 안 뵈주고 취직 자리는 알아보냐는 말에도 벙어리이기에 며칠 전, 아들 녀석 가방이며 옷이며 뒤지다가 웬 명함 하나를 발견했습죠. 진짜 명함은 아니고 명함 크기의 구인 전단지였어요. 조건은 모두 넷. 이렇더군요.

1) 고수입 2) 고수입 3) 고수입 4) 전부 동일

그리고 전화번호 하나 달랑 쓰여 있습디다. 당장 전화해 찾아가보았습니다. 역시나 피라미드 회사였습니다. 죽치고 앉아 아들놈을 기다렸습니다. 자정이 넘어서야 나타나더군요. 옆에 웬 여자애가 있었어요. 어두워서 잘 안 보이긴 했지만 휴대폰에서 본 애는 아닌 것 같았습니다. 청순가련하다기보다는 꽤 화려한 인상이었거든요. 요즘 애들치고, 아니 요즘 애가 아니더라도 진

짜 작습디다. 아들 녀석이 그냥 중키 정돈데 우리 집사람이 그놈 귀밑쯤 닿았었어요. 집사람도 그냥 보통 키였던 거죠. 근데 그 여자애는 겨드랑이에도 안 닿더라고요. 남들 클 때 뭐 했는 지 원. 게다가 징징댑디다, 아들놈한테. 앞에 나서는 대신 일단 숨어서 들어보기로 했습니다.

여자애가 사채를 썼더군요. 그래 아들 녀석이 저도 사채를 얻어 일단 여자애 것부터 청산을 해준 모양이었습니다. 녀석이 아직도 이학년인 거, 피라미드 회사에 엮인 거…… 왜냐고 물을 것도 따질 것도 없었습니다. 가갸 다음엔 거겨인 것이지요. 뻔할 뻔 자지요. 근데 그다음에 이어진 여자애의 말이 아주 가관이었습니다. 헤어지자는 거예요. 뻔뻔할 뻔 자가 어디에 있나 했더니 그 계집애 혀끝에 있더군요. 여자애 왈, 부모 피나 빨아먹는 저희 같은 애들이 같이 살면 영원히 그렇게 산다는 거예요. 저희랑 똑같은 애를 낳아 저희도 빨리고 살 수밖에 없다고, 그러니 자기는 피 따위는 안 빨아먹는, 고귀한 집안의 자제를 만나시겠다는 얘기였습니다. 처 죽일 년.

더는 듣고 있을 수가 없어 그 자리에서 아들놈을 끌고 돌아왔습니다. 물론 그 전에 그 계집애한테 퍼부어대는 것, 잊지 않았죠. 싹싹 빌어도 시원치 않을 판에 그 계집애 한다는 소리가 글쎄.

뭐래?

예, 딱 그 한마디였습니다. 뭐래? 뭐래? 뭐래가 뭔데요, 도대체! 저절로 손이 날아가는데…… 아들놈이 막더군요. 그랬겠지요. 제 아들놈은 그런 놈이니까. 여자애는 그 짧은 다리로 잘도 토낍디다.

아들놈은 집으로 오면서도 내내 그 애가 왜 그럴 수밖에 없었는지 변명, 또 변명이었습니다. 듣고 싶지 않았지만 귓구멍이 열려 있는 관계로 들을 수밖에 없었던 말인즉슨, 그 여자애가 휴대폰 속 그 여자애가 맞더군요. 키 때문에 취업이 안 될 것 같아 얼굴에 손을 대기 시작했답니다. 성형외과에 상담 갔다가 병원에 연계된 대부업체에 낚인 것이었고요. 이미 학자금을 융자받았기 때문에 은행에서는 더 이상 못 빌리고, 취업이 안 돼도 졸업하면 무조건 학자금 융자받은 걸 갚아야 하니 어떻게든 취업은 해야겠고, 그래서 그랬다는 겁니다. 성형수술 때문에 진 빚을 못 갚는 애들은 또 그 대부업체와 연계된 술집으로 보내진다다더군요.

그러니까 다들 한통속인 것이었습니다. 어차피 못 갚을 돈을 빌리게 해서, 갚을 수 없는 걸 갚을 때까지, 돌림빵을, 하는 것이란 말이죠. 돌림빵이 어때서요. 어떻게 제가 이보다 더 고상해질 수 있겠습니까. 안 그렇습니까, 신부님.

아들놈이 그러더군요. 그 여자애 말이 다 맞다고. 장기를 팔아도 해결 안 되는 빚을 진 저 같은 놈하고 살면 같이 지옥행이라고. 설사 빚을 다 갚는다 해도 정신이상으로 의가사제대 한 놈이 제대로 취직이나 할 수 있겠냐고. 그게 다 누구 때문인데요! 피를 빨리느니 빠는 쪽이 되겠다고 헛소리를 해대던 예전의 그 녀석이 오히려 그리워졌습니다. 헛소리하지 말고 남들처럼 살라고 다그친 결과가 그거였습니다. 녀석도 그 여자애를 처음 만났을 땐 분명히 남들처럼 살아보리라 꿈꿨을 것 아니겠습니까. 휴대폰 요금 만 원 더 나오는 게 부담돼 연애도 못 하는 요즘 애들이 심지어 사랑을 할 땐 뭔가 꿈이 있어서 하는 것 아니겠냐고요.

네 아비 피라도 쪽쪽 빨아먹고 어떻게든 잘살 생각을 해봐, 이 자식아! 저는 소리쳤습니다. 아들놈, 딱 한마디 하더군요.

그러고 싶어도 더 빨아먹을 것도, 빨아먹을 힘도…… 없어요, 아버지.

그날 밤, 저는 각혈을 했습니다. 돌이켜보니, 아내가 아프기 시작하면서부터 한 번도 제 몸을 돌봐준 기억이 없습니다. 아들 말이 맞았습니다. 이제 저는 아들에게 피를 빨리기도 전에 제가 먼저 알아서 세상에 피를 토해내는 지경에 이른 것이었습니다. 아들에게 빨릴 것조차 없는 것이었습니다. 어디서부터 유래되었는지 모를 이 더러운 피가 제 아들을 죽이고 있는 것이었습니다. 제 부모의 피를 빨아먹으며 기생하는 흡혈의 가계는 뿌리내리기 전에 뿌리 뽑아야 하는 것이었습니다.

저는 아들의 가슴에 말뚝을 박았습니다. 흡혈귀는 능히 그렇게 죽여야 하는 것이니까요.

이상입니다, 신부님.

이 밖에 알아내지 못한 죄도 모두 용서…… 아니, 벌하여주십시오.

제 고백은 다 끝났으나 한마디만 더 해도 되겠습니까?

제 아들은 비록 흡혈귀였으나 제 목숨을 스스로 끊는 약해빠진 놈은 아닙니다. 아비가 죽이면 죽을지언정. 그것만은 분명, 기억해주십시오. 그러니 제 아들은 하느님 나라에 들어갈 자격이 있는 것입니다요.

부정(父情)인가 분열인가

지난 ○○일 ○○시 ○○구에서 A씨(25)가 숨진 채 발견되었다. 경찰에 의하면 A씨의 아버지 B씨(49)의 신고로 시신을 수습했으며 발견 당시 시신은 B씨의 방에 단정하게 누워 있는 상태였다고 한다. 사망 추정일은 신고된 날로부터 나흘 전인 ○○일, 사인은 목을 매 숨진 것으로 드러났다. B씨는 자신이 아들을 죽였다고 주장하고 있으나 조사 결과 A씨는 최근 학자금 융통을 위해 사채에까지 손을 댔다가 괴로워한 나머지 자살한 것으로 추정된다. 경찰은 아버지 B씨에 대해 정신 감정을 의뢰했으며 그 결과에 따라 재조사에 착수할 가능성도 있다고 밝혔다.

○○일보 ○○○기자

5

옆방의

옆방

불현듯 떠오른

'이 극화는 픽션이오니 현실과 착오 없으시길 바랍니다.'

불현듯 왜 그 문장이 떠올랐는지 모르겠다.『소년중앙』혹은
『새소년』? 아무튼 칠팔십 년대에 인기를 누렸던 어린이 잡지 중
하나였을 것이다. 옆방 아이가 다달이 챙겨보던 그 잡지엔 늘
만화책 한 권이 별책 부록으로 따라붙곤 했다. 그곳엔 찌빠, 까
목이, 쭉정이…… 뭐 그런 애들이 '따로 또 같이' 모여 살고 있
었다. 여섯 가구가 한집에 모여 살았던, 그 무렵의 나의 거주지
처럼. 나와 한집에 살았던 그 많은 사람들을 다 기억하는 건 물

론 아니다. 굳이 그러고 싶지도 않다. 하지만 내 의지와 상관없이 어떤 기억들은 불시에 나를 습격한다는 걸 나는 잘 알고 있다. 살갗이, 아니 나란 존재가 전부 사라질 때까지 긁어댄다 해도 결코 끝나지 않을 지독한 가려움증과도 같은 기억들. '이 극화는······'으로 시작되는 문장도 일테면 그런 기억 가운데 하나인 셈이다. 나는 옆방 아이의 책꽂이에서 훔쳐낸 별책 부록 속의 삶을 훔쳐보는 걸 아주 좋아했다. 그럴 수밖에 없었다. 왜냐하면 무엇이든 훔치고 보는 게 바로 내 취미였으니까.

찌빠, 까목이, 쭉정이와 더불어 별책 부록에 수록되어 있던 공상과학만화 한 편은 늘 이렇게 시작하곤 했다. '이 극화는 픽션이오니 현실과 착오 없으시길 바랍니다.' 그것은 일종의 경고문이었다. '민족중흥의 역사적 사명을 띠고 이 땅에 태어'난 어린이들이 혹시라도 '안으로 자주독립의 자세를 확립하고 밖으로 인류공영에 이바지 할 때'임을 망각하기라도 할까 봐 말이다. 나는 한 번도 그 만화를 제대로 본 적이 없었다. 나는 국가의 교육 정책을 충실히 따르는 학생이었으며 현실과 공상 사이에서 헤맬 만큼 어리석은 인간도 아니었다. 그뿐이 아니었다. 그러고도 그 만화를 보지 않았던 결정적인 이유는······ 그 무렵의 나는 '픽션'이라는 말의 뜻을 알지 못했다. 첫 장부터 뜻 모를 단어가 나오는 만화를 나는 결코 즐겁게 봐줄 수가 없었던 것이다.

'픽션'의 의미를 가르쳐준 사람은 동갑내기인 옆방 아이였다. 국민학교─이것이 '황국신민학교'의 준말이라는 사실을 알려준 사람도 바로 그 아이이다─에 입학하고서야 겨우 한글을 뗀 나와는 달리 그 아인 이미 네 살 때부터 동화책을 줄줄 읽어 내리다 못해 숫제 외워버리기까지 했다고 한다. 난 언니가 있잖아. 언니가 소리 내서 책 읽을 때 어깨너머로 배웠어, 한글은. 비결을 묻는 내게 옆방 아이는 그렇게 대꾸했다. '어깨너머로'와 같은, 나로서는 생소하기 짝이 없는 표현을 구사해가며 말이다. 그때 그 애의 표정을 나는 똑똑히 기억한다. 그건 언니를 가진 사람만이 지을 수 있는 표정이었다.

그 애에겐 언니뿐 아니라 여동생도 있었다. 그것도 둘씩이나. 언니의 어깨너머로 한글을 깨쳤다는 그 아이를 본받은 탓인지 아직 취학 전인 그 아이의 동생들도 동화책을 줄줄 읽고 좔좔 외워댔다. 그들은 마치 『작은 아씨들』에 나오는 네 자매처럼 보였다. 메그, 조, 베스, 그리고 에이미…… 오랜 세월 내 손아귀 안에서 길이 들어버린 호두알과도 같은 이름들. 하지만 내게는 언니가 없었다. 과자 훔치는 것 말고는 아무것도 할 줄 모르는 남동생이 하나 있을 뿐이었다. 그럼에도 불구하고, 아니 바로 그렇기 때문에 나는 거울 앞에서 옆방 아이가 만들어 보였던 그

표정을 그대로 재연하고 또 재연해보았다. 내게도 언니가 생긴 듯한 기분이 들기 전엔 결코 지치지도 않았다. 나는 툭 하면 그 애 앞에서 그 표정을 지어 보였다. 말끝마다 '어깨너머로'를 붙이는 것도 물론 잊지 않았다.

옆방 아이 덕분에 나는 하나의 표정과 하나의 표현, 그리고 픽션의 의미를 갖게 되었지만 잃은 것도 있었다. 그놈의 픽션 때문에 내가 그 애의 별책 부록을 훔쳤다는 결정적인 단서를 주고야 말았던 것이다. 내게 픽션의 의미를 알려준 이후로 옆방 아이는 자신의 별책 부록을 늘 나 먼저 보게 했다. 난 아무 때나 봐도 돼. 그 책은 어차피 내 건데 뭐. 그러니까 너 먼저 보란 말이야. 거절이라도 할라치면 그 아인 그렇게 말하곤 했다. 그래도 나는 끝까지 거절했다. 뒤늦은 알리바이였다. 그래서 나는 픽션의 의미를 알게 된 후에도 '이 극화는……'으로 시작되는 그 만화를 볼 수 없었다. 그래서 나는 '이 극화는……'으로 시작되는 그 만화의 제목도, 등장인물도, 작가도 기억하지 못한다. 그렇다고 픽션이란 말을 써먹지 않을 내가 아니었다. '안으로 자주독립의 자세를 확립하고 밖으로 인류공영에 이바지하기 위해'서라면 수단과 방법을 가리지 않고 배우고 익혀야만 하는 것이다.

우리 집 윤국노가 웃었어. 내가 한 시간도 넘게 바라봐주었더니 글쎄 날 보고 씩 웃었다니까. 내가 별책 부록 보기를 거절한 지 몇 달이 지났을 때 옆방 아이는 그런 말을 했다. 그 당시 우리 동네엔 집집마다 민정당 국회의원 윤국노의 달력이 붙어 있었다. 윤국노의 사진과 일 년치 달력이 전부 한 면에 인쇄되어 있는, 달력이라기보다는 브로마이드에 가까운 것이었다. 나는 그 애의 방에서 함께 윤국노의 사진을 들여다보았다. 한 시간이 흘렀다. 윤국노는 웃지 않았다. 두 시간, 세 시간이 지나도 마찬가지였다. 어? 이상하네. 나 혼자 있을 땐 분명히 웃었는데. 옆방 아이의 변명. 웃기지도 않았다. 거짓말을 하는 주제에 마치 나 때문에 부정을 타서 윤국노가 웃지 않는다는 듯한 말투였다. 나나 그 애나 같잖은 집에 사는 건 마찬가지지만 그 애네 할아버지는 굉장한 부자라고 했다. 삼촌들 결혼식에선 윤국노가 주례를 서거나 화환을 보내줬다고도 했다. 똑같이 같잖은 집에 살고 있어도 옆방 아이네는 방세를 내지 않았다. 집주인이라서가 아니었다. 그 집은 영등포와 안양 일대에 다량의 부동산을 소유하고 있는 어떤 이의 것이었는데 그 어떤 이가 바로 그 애의 이모할머니라고 했다. 나는 그 모든 사실을 아주 잘 알고 있었다. 그래서, 그러므로, 나는 이렇게 말해주었다. 미친년, 픽션하고 있네.

픽션을 떠올린 장소

다행히도 학교는 조금 변했다. 교문 왼쪽에 자리 잡고 있던 교사 한 채가 철거된 자리엔 'English Zone'이라고 이름 붙은 작은 공원이 생겨났다. 아마도 그곳에선 오직 영어로만 소통해야 할 것이다. 공원 이름과 용도가 따로 놀지만 않는다면 마땅히 그러할 것이다. 그리고 또한 그래야만 했다. Once upon a time in here…… 어떤 일이 일어났는지 아무도 알지 못하도록…….

국민학교—이젠 초등학교라고 해야 한다. 국가가 결정한 일이다. 우린 더 이상 황국신민이 아니다—에 입학하고 처음으로 새마을 저금을 하는 날이었다. 입학 후 처음 한 달 동안은 모든 수업이 운동장에서 이루어졌다. 수업이라고 해봐야 고작 율동 몇 가지 배우는 게 전부였지만. 그 기간엔 학부모가 함께 등하교하는 것이 관례였다. 나에겐 부모가 없었다. 할머니, 할아버지가 있었을 뿐. 옆방 아이가 바바리코트를 차려 입은 엄마 손을 잡고 학교에 갈 때 옆방 아이의 옆방에 살고 있던 나는 할머니와 함께 등교해야 했다. 나는 언제나 할머니보다 다섯 걸음 이상 앞서 걸어갔다. 마치 남인 양. 할머니는 그나마도 자주 빠졌다. 할머니는 집 앞에 노점을 차려놓고 번데기나 소라, 쥐포, 군밤, 냉차 따위를 팔았다. 어엿한 사업가였단 말이다. 사업가가 집안의 소소한 일에 신경 쓸 겨를이 없다는 건 너무 당연한 일이었다. 처음으로 새마을 저금을 하던 날, 할머니는 학교에 오지 못했지만 저금할 돈만은 챙겨주었다. 수업이 끝난 후 담임 선생은 출석번호 순으로 저금을 받기 시작했다. 지금은 'English Zone'으로 변신한 바로 그 교사 앞에서였다.

내 차례는 아주 빨리 다가왔다. 나는 반에서 가장 키가 컸으며 생일도 빠른 편이었다. 당연히 내 번호는 선두 그룹에 속해 있었다. 할머니가 주머니에 넣어준 거금을 나는 당당히 꺼내 들었다. 그리고 마침내 그 자랑스러운 손바닥을 쫙 폈을 때……여기저기서 폭소가 터져 나왔다. 이주일이 바로 눈앞에서 '수지Q' 춤이라도 추고 있는 듯한 분위기였다. 웃는 사람은 대부분 어른들이었다. 나는 그들이 왜 그렇게 웃어대는지 이해할 수 없었다. 애는…… 삼백 원이 뭐니? 느이 엄마가 그것밖에 안 주던? 배꼽을 잡고 웃던 아줌마들 중에 누군가가 말했다. 그녀의 눈동자 속에 갇힌 나는 정말로 이주일처럼 보였다. '못생겨서 죄송'하다며 싹싹 빌지 않는 이상 그녀가 순순히 나를 놓아줄 것 같진 않았다. 엄마, 나는 천 원 저금할래. 아니, 이천 원 저금할래. 아니, 삼천 원. 그녀의 딸내미는 엄마의 지갑에서 마치 미용 티슈라도 뽑듯 천 원짜리 지폐를 마구 뽑아대며 또 그렇게 말하고 있었다. 그런 딸내미를 꽉 깨물어주지 못해 안타깝다는 얼굴로 그녀는 다음과 같은, 내 생애 결코 잊을 수 없는 교훈을 남겼다. 그래, 저금은 많이 할수록 좋은 거란다. 착한 어린이는 그래야 하는 거야.

한 주에 한 번씩 나눠주곤 하던 가정통신문에는 분명히 '저금하는 날—한 달 동안 아껴 쓴 용돈을 모아서 가지고 오세요'라고 적혀 있었다. 그 말을 곧이곧대로 믿었으므로 나는 유죄였다. 겨우 삼백 원을 받아들면서도 심장이 떨렸던 나는 소심하기 짝이 없는 인물이었다. 나는 '민족중흥의 역사적 사명을 띠고 이 땅에 태어'나지 말았어야 했다. 하지만 기왕에 태어나버린 몸이라면 진정으로 '민족중흥의 역사적 사명을 띠'기 위해 새롭게, 다시, 태어나야 했다. 그리고 나는 당연히 그렇게 했다.

나는 할머니 전대에 손을 댔다. 옆방 아이의 저금통도 훔쳐냈다. 언젠가 옆방 아이는 말한 적이 있었다. 자신의 할아버지는 대단한 기분파이기 때문에 절 한번 받을 때마다 만 원짜리 지폐를 쑥쑥 빼든다는 것이었다. 그 애는 앉은자리에서 일곱 번이나 절을 한 적도 있다고 했다. 솔직히 그 당시의 나는 '기분파'니 '앉은자리'니 하는 단어의 뜻을 정확히 알진 못했다. 그러나 이것만은 분명히 알고 있었다. 그 애는 보름에 한 번 꼴로 제 할아버지네 집에 다녀오곤 했다. 그러므로 그 애의 저금통 하나쯤이야 어떻게 되어도 문제 될 게 없다는 사실이었다.

내 전술은 물론 그게 다가 아니었다. 동네 아주머니들 틈에 끼어 리본으로 장미를 말고 출석부나 장부책 따위에 쓰일 검정 하드커버도 만들어냈다. 침을 뱉느라 하루를 다 보낸 적도 있었다. 원기소 통만 한 크기의 젖빛 플라스틱 통을 가득 채운 나의 타액은 활명수 같은 액체 소화제를 만드는 데 쓰인다고 했다. 침의 거품이 삭지 않고 살아 있어야 하는 게 바로 그 부업의 관건이었다. 관리자가 젖빛 플라스틱 통을 수거해가기 직전, 그때마다 나는 양치질 중에 생성된 치약 거품들을 통에 뱉었다. 척 보기에 내 침은 아주 양질의 것이었다. 제약회사의 이미지나 약품의 부작용 따위, 그 따위 눈에 보이지 않는 것들은 내 알 바 아니었다. 걸핏하면 체하는 옆방 아이라면 모를까 내 위장은 아주 튼튼했으니까. 내게 있어 액체 소화제란 불필요한 단어일 뿐이었으니까. 그렇게 나는 무슨 수를 써서라도 저금을 많이 하는 착한 어린이가 되었다.

언젠가는 『아아, 이승복』이란 책을 읽고 옆방 아이가 쓴 독후감을 베껴서 상을 받기도 했다. 까막눈인 할머니에게 성적표를 보여줄 때마다 '양'은 '수'로, '가'는 '우'로 읽어주었다. 가끔은 '품'자 마크가 찍힌 공책을 가리키며 '상'을 받았다고 떠벌렸다. 정말로 '수'로 가득 찬 성적표를 받아온 사람은 옆방 아이였지만, 운동장 조회를 서는 날마다 상을 받은 사람도 그 애였지만…… 그러나 나는 조금도 죄의식을 느끼지 않았다. '나라엔 충성, 부모에겐 효도'라는 말을 실천하기 위해 나는 최선을 다했을 뿐이었다. 나는 무죄였다. 게다가 이승복 동상이나 '품'자 마크가 찍힌 공책 같은 건 이제 더 이상 존재하지 않는다. 'English Zone'으로 바뀌어버린 저 오래된 교사처럼 이미 없어진 장소에 불과한 것이다. 존재하지 않는 장소에 존재할 수 있는 사람은, 물건은, 추억은…… 없다. 그러므로 한때 그곳에 존재했던 나도 더 이상은 없는 것이다. 지금 없는 것들은 과거에도 없었던 것이다.

하지만 모든 게 다 사라진 건 아니었다. 불행히도 학교는 아주 많은 부분이 그대로였다.

삼학년 때 옆방 아이와 나는 처음으로 같은 반이 되었다. 'English Zone' 맞은편 동쪽 교사엔 그때처럼 지금도 삼학년 교실들이 모여 있다. 그리고 동쪽 교사와 교문 사이에 있는 우천교실, 교문과 마주 보고 있는 중앙 교사, 그 모든 것들의 한가운데에 자리한 운동장까지…… 변한 건 또한 아무것도 없었다.

옆방 아이는 내가 속한 삼학년 십반에서 가장 공부를 잘하는 아이였다. 나눗셈을 제대로 못했던 나의 뺨이 담임선생의 손가락 사이에서 꼬집히고 있을 때 그 아인 선생을 대신해 교사용 참고서에 나와 있는 새로운 문제들로 흑판을 하얗게 채워버렸다. 그러므로 내 뺨을 꼬집는 손은 바로 그 애의 손이기도 했다. 옆방 아이는 또한 우리 반의 '달리기 왕'이었다. 토너먼트 식으로 치러진 달리기 왕 선발대회는 우리가 이학년이었을 때만 해도 존재하지 않았던 것이었다. 그 대회가 생긴 건…… 어쩌면 우리가 이학년이던 해의 겨울, 88서울올림픽이 마침내 확정된 탓인지도 몰랐다. 운동회가 열리는 날마다 늘 일등으로 운동장을 질주하던 그 아인 당연하다는 듯 달리기 왕이 되었고 증서까지 받았다. 서울올림픽은 아직 시작되지도 않았는데 옆방 아인 벌써부터 그 덕을 톡톡히 누리기 시작했던 것이다.

달리기 왕이 된 그 아인 자동으로 육상부 소속이 되었다. 수업이 끝나면 혹독한 육상 훈련이 그 아일 기다리고 있었다. 수업은 아예 제치고 훈련만 받는 날도 다반사였다. 어쩌다 빠지기라도 하면 육상부 선배란 사람들이 교실까지 찾아와 그 아일 협박했다. '칠 년 묵은 거지'란 별명을 갖고 있던 선배 하나가 특히 집요해 보였다. 그녀는 트레이닝복에 달린 지퍼를 턱까지 끌어올린 채 항상 생라면을 씹으며 등장했다. 그 당시 학교에선 '선수 돕기'란 명목으로 한 달에 한 번씩 전교생들로부터 라면이나 과자, 빵 따위를 거둬들였다. '칠 년 묵은 거지'가 매일같이 생라면을 입에 달고 다닐 수 있는 비결이 바로 거기 있었다. 훈련에 또 빠지면 이렇게 부숴서…… 봉지도 뜯지 않은 네모반듯한

라면을 주먹으로 쾅쾅 내리치며 '칠 년 묵은 거지'는 입을 열었다. 단 한 번의 주먹질에도 라면의 네 각은 모조리 허물어졌다. 봉지도 저절로 찢어졌다. 그리고 그 사이로 비어져 나온 라면은 이미 가루가 되어 있었다. 그걸 입안에 털어 넣으며 그녀는, 곤죽이 될 때까지 널 씹어버릴 거야…… 협박했다. 라면 스프에게도 물론 제 몫이 있었다. 그녀는 그 매운 분말을 한입에 털어 넣기 무섭게 도로 옆방 아이의 두 눈을 향해 분사했던 것이다. 다시는 뜀박질 못 하게 네 두 눈도 파버릴 거야…… 최후통첩도 그녀는 물론 잊지 않았다. 앞을 볼 수 없다면 달릴 수도 없는 일. 그러므로 그건 다리몽둥이를 부러뜨리겠다는 것보다 훨씬 멋진 협박이었다.

아, 그 순간의 나는 어째서 '칠 년 묵은 거지'가 아니라 그냥 나였을까? '칠 년 묵은 거지'가 바로 나였다면 얼마나 좋았을까? 돌이켜 다시 생각해보아도 원통한 일이었다. 그리고…… 어쩔 수 없는 일이었다. 그건 갈색 구두 대신 빨간색을 샀어야 한다는 식의 후회, 또는 엔지니어가 아니라 화가가 되었어야 한다는 그런 종류의 회한과는 확실히 다른 것이었다. 예컨대 '한없이 투명에 가까운 블루'처럼 한없이 투명에 가까워질 수는 있으나 결코 투명이 될 수는 없는 블루, 후회나 회한조차도 불가능한 어떤 결핍……이었다.

내가 아닌 '칠 년 묵은 거지'의 협박에 내가 아닌 옆방 아이는 겁을 먹었다. 결국 옆방 아이는 있지도 않은 심장병 핑계를 대며 육상부에서 빠져나왔다. 라면과 빵을 공짜로 실컷 먹을 수 있는 육상부를 왜 그만두느냐며 나는 진심으로 안타까워했다. 그 아이의 대답은 간단했다. 육상선수는 공부 못하는 애들이나 하는 거라는 것이었다. 역시, 그 아인 내가 아니었다. 공부도 못하고 또 달리기 왕도 아닌 나는 결코 그 아이가 될 수 없었다.

그해 겨울방학을 앞두고 담임선생은 학생들로부터 쌀 한 됫박씩을 거두었다. 불우이웃을 돕기 위해서였다. 물론 나도 갖다 냈다. 그런 내가 불우이웃일 수는 없었다. 그럼에도 불구하고 거두어들인 쌀을 가져갈 아이로 지목된 사람은 바로 나였다. 한 됫박 쌀조차 내지 못한 학생이 분명히 있었지만 그래도 불우이웃은 오직 나 하나뿐이었다. 넌 부모님도 안 계시고 또 할아버지도 이렇게 무직이잖니. 학기 초에 제출했던 가정환경 조사서를 펼쳐 들며 담임은 말했다. 주거 형태, 자가, 전세, 월세, 동산, 부동산…… 온통 생경한 단어들로만 이루어진 가정환경 조사서. 글을 읽을 줄 아는 내게도 어려운 걸 까막눈인 할아버지와 할머니가 알아먹을 턱이 없었다. 나의 보호자들을 대신해 그걸 작성해준 사람은 옆방 아이의 아버지였다. 그는 내 보호자의 직업을 무직이라고 기재했다. 그리고 담임은 바로 그 무직 때문에 내게 쌀을 주겠다는 것이었다.

무직이면…… 나쁜 거예요? 나는 반문했다. 직업이 없는 거니까 좋은 건 아니겠지. 이어지는 담임의 말. 직업이 왜 없어요? 직업 적는 칸에 이렇게 무직이라고 씌어 있잖아요. 나는 정말 이해가 되지 않았다. 무직이라는 건 직업이 없다는 뜻이야. 아퀴를 짓는 담임의 말끝엔 고드름이 뚝뚝 맺혀 있었다. 그에게는 불우이웃 돕기라는 것도 한시바삐 처리해야 할 귀찮은 잡무 중에 하나일 뿐이었다. 그러므로 무직을 회사원이나 미용사, 택시 기사처럼 무슨 직업인 줄로만 알고 있는 덜떨어진 아이는 그저 무시하는 게 상책이었다. 그렇게 나는…… 처리되었다.

옆방 아이의 아버지가 거짓 기재를 한 건 아니었다. 생활비를 벌어옴에도 불구하고 나의 할머니는 세대주도 공식 보호자도 아니었다. 우리의 세대주이자 공식 보호자인 할아버지는 정말로 무직이었다. 아니다. 할아버지에겐 많은 직업이 있었다. 폭음, 만취, 폭행, 기타 등등. 게다가 직업의식도 투철했다. 걸핏하면 그는 얼마 되지도 않는 세간에다 휘발유를 뿌려댔다. 실오라기 하나 걸치지 않고 퍼포먼스를 할 때도 있었다. 가장 압권은, 고정관념의 타파였다. 어느 날 문득 할머니의 목을 겨누고 있던 부엌칼. 그때 그 장면을 보지 못했다면 나는 지금까지도 부엌칼을 그저 파나 무를 자를 때 쓰는 도구로 알고 업신여겼을 것이다. 사물에 대한 고정관념으로부터 우리를 풀어준 그는, 해방군이었다. 우리의 위대한 지도자들이 모두 그러했듯이.

할머니와 나는 그의 위대함을 널리 알리기 위해 그의 상상력이 비상하는 날마다 이 집 저 집을 순례하고 다녔다. 우리만큼 대단한 보호자를 두고 있는 집은 거의 없었다. 우리의 보호자가 그 누구보다 월등하다는 걸 부인하는 사람도 전무했다. 우리는 언제나 환영받았으며 우리의 보호자가 존재하지 않는 남의 집에서도 편히 쉴 수 있었다. 하지만 그의 존재가 유명해지는 게 꼭 기쁜 일만은 아니었다. 가장 걸리는 사람은 옆방 아이였다. 그 애는 매일 일기를 썼으며 그걸로 상도 곧잘 받았다. 그 애가 내 보호자를 훔쳐 가는 건 시간문제였다. 그 애의 일기장 속에서…… 그는 날마다 술주정을 늘어놓는다, 나는 벌거벗은 그의 몸뚱어리에 꽉 붙들려 있다, 할머니는 나를 도와주지 못한다, 부엌에 둔 칼이 그의 손으로 자리를 옮겼을까 봐 나는 잠을 이루지 못한다, 그보다 먼저 칼을 손에 쥐어야 한다는 생각에 내 손은 부들부들 떨려온다…… 그 애의 일기장 속에서.

나는 선수를 쳤다. 나도 매일같이 일기를 썼다. 내 일기장 속에서 옆방 아이가 맡은 역할은 희대의 거짓말쟁이였다. 새 학년이 시작될 때마다 나눠주던 가정환경 조사서도 나는 직접 작성하기 시작했다. 그 애 아버지의 직업은 곧 내 보호자의 직업이

되었다. 가족사항을 적는 칸에다가는 그 애의 자매들 이름을 쭉
써 내려갔다. 과자나 훔쳐 먹고 다니던 남동생이 학교에 들어가
자 내가 작성할 가정환경 조사서는 두 장이 되었다. 덕분에 어
린 나이에도 불구하고 나는 어른의 글씨체를 갖게 되었다. 덕분
에 쌀을 받아오는 일 따위는 다시 일어나지 않았다.

그러나 내가 달라졌다고 해서 상황까지 달라지는 건 아니었
다. 동쪽 교사, 운동장, 우천 교실이 변함없이 이곳에 남아 있는
것처럼. 아직도 건재하고 있는 이곳에서 나는 여전히 과거의 나
일 수밖에 없었다. 그건 옆방 아이도 마찬가지였다. 이곳이 없
어지지 않는 한 그 아인 여전히 일등으로 운동장을 질주하고 있
는 것이었다. 교사용 참고서에 나와 있는 새로운 문제들로 흑판
을 하얗게 메우고 있는 것이었다. 육상선수는 공부 못하는 아이
들이나 하는 거라며 잘난 척하고 있는 것이었다. 그러고도 모자
라 그 아인 내 눈빛, 나만의 눈빛을 훔쳐가기까지 했다. 아직도
남아 있는 이 우천 교실에서였다.

해와 비를 차단하기 위해 쳐놓은 천막 아래엔 시멘트로 급조
한 벤치들이 모여 있었고 옆방 아이와 나는 거기 앉아 있었다.
한 학년이 스무 학급으로 이루어질 정도로 학생은 넘치고 교실
은 부족하던 시절, 이부제수업은 필수였다. 우리는 오전반 수
업이 끝나고 교실이 비워지길 기다리는 중이었다. 무엇 때문인

지 옆방 아이는 안절부절못하는 눈치였다. 서치라이트라도 되는 양 그 아이의 고개는 오른쪽에서 왼쪽으로 왼쪽에서 오른쪽으로 쉬지 않고 움직이며 허공에 수십 개의 부채꼴을 그리고 또 그렸다. 고갯짓이 멈춘 건 오전반 수업을 마친 학생들로 인해 교사 입구가 왁자지껄해졌을 때였다. 옆방 아이의 두 눈에 탁, 불이 켜졌다. 그 애의 안광은 곧바로 오직 한 사람만을 위한 스포트라이트가 되었다. 조명을 받고 있는 인물은 인형같이 예쁘고 조그만 여자애였다. 흰색 터틀넥 스웨터, 진초록 체크무늬 멜빵 스커트, 감색 카디건, 검정 에나멜 구두, 노란색 란도셀 가방과 신발주머니, 그리고 긴 웨이브 머리와 앞가르마, 가르마 양옆에 꽂은 오륜 모양의 머리핀까지…… 옆방 아이는 샅샅이 비추고 있었다. 가슴에 달린 명찰을 보니 일학년짜리 여자애였다. 일학년답게 다른 아이들은 선생의 팔과 손, 심지어는 옷자락에까지 매달려 있었지만 그 여자애는 멀찌감치 떨어진 채 혼자 걷고 있었다. 예쁘고 깜찍하게 생긴 데다가 깔끔하게 차려입고 다니긴 하지만 사교성이라곤 통 없는 모양이었다. 그게 아니면 지나치게 오만한 건지도 몰랐다. 그리고 만약 후자 쪽이라면 그 아인 세상에서 가장 재수 없는 인간이었다, 내게는. 아니다. 인형 같은 그 여자애는 무조건 재수 없는 인간이었다. 옆방 아이의 두 눈을 스포트라이트로 만들어버린 것만으로도 그 애는 유죄였다.

나, 저 애를…… 납치하고 싶어. 여자애가 완전히 시야에서 사라지고 난 후 그제야 옆방 아이는 입을 열었다. 나는 대꾸할 말을 찾을 수가 없었다. 납치, 납치, 납치라니…… 장도리로 뒤통수를 얻어맞았다고 해도 그렇게 놀라진 않았을 것이다. 게다가 전원이 나가버린 그 애의 두 눈은 뿌옇게 흐려진 상태였다. 아주 익숙한 눈빛이었다. 그건…… 옆방 아이를 바라보던 내 눈빛, 바로 그것이었다. 샐긋 가라앉아 있던 모종의 침전물들이 마구잡이로 떠올라버린, 돌이킬 수 없는, 위험한.

납치라고? 넌 〈113 수사본부〉도 못 봤니? 그런 건 간첩이나 하는 거야, 이 빨갱이야! 나는 말했다. 거의 비명에 가까웠다. 내 안에서 과다 분비되고 있는 모멸감과 상실감이 나를 그렇게 만들고 있었다. 내 두 눈을 뿌옇게 흐릴 수 있는 사람은 달리기 왕, 메그의 동생이자 베스와 에이미의 언니인 조오, 별책 부록과 저금통의 주인, 교사용 자습서를 손에 든 학생……이었다. 내 눈빛, 오직 내 것일 뿐인 그 눈빛을 훔쳐낸 도둑이나 납치범, 빨갱이 따위가 아니었다. 정말 아니었다. 나란 존재를 뿌리째 뽑아버린 옆방 아일 나는 용서할 수 없었다. 기만의 장소가 되어버린 우천 교실, 그곳이 사라지지 않는 한 영원히 살아 있을 그 애를 나는 영원히 용서하지 않을 것이었다.

존재하는, 혹은 사라진

교문을 나서자마자 세쌍둥이처럼 나란히 붙어 있는 세 개의 문구점이 보인다. 에덴 문구, 어린이 문구, 그리고 뽀빠이 문구. 간판이랄 것도 없이 맨 벽에 페인트로 쓴 고딕 글씨체도 그대로이다. 옆방 아이는 어린이 문구의 단골이었다. 그냥 단골도 아니었다. 인사성 밝은 그 애를 주인아줌마는 가장 예뻐했다. 어린이 문구 앞에서 나는 안녕하세요, 안녕하세요, 안녕하세요…… 각기 다른 톤으로 되뇌어본다. 오래전 그때처럼. 그러나 그렇게 숱한 연습을 하고 들어갔어도 아줌마는 한 번도 나를 칭찬해주지 않았다. 정말 재수 없는 일이지만 어린이 문구가 건재하는 한 인사성 밝은 그 아이는 여전히 존재할 것이다. 칭찬받지 못했던 나도 물론.

학교에서 집으로 가는 길의 첫번째 지형지물, 청원아파트. 있다. 새마을 저금으로 삼백 원을 냈던 나를 비웃으며 천 원짜리 지폐를 미용 티슈처럼 뽑아대던 바로 그 애가 살던 곳이다. 이름도 생각난다. 승윤. 나의 이 비상한 기억력…… 구차하다. 문짝마다 정밀기계, 지그연마, 성형연마…… 4·4조로 딱딱 떨어지는 글자들이 적혀 있는 영세 공장들의 거리. 여전하다. 옆방 아이가 사용하는 모든 단어에 반응을 보인 나였지만 4·4조의 이것들은 지금까지도 요령부득이다. 앞으로도 그럴 것이다. 내게 필요한 건 현실이 아니었다. 픽션으로 가는 비상구였을 뿐.

이제 두번째 지형지물이 보인다. 화단극장. 아니, 보이지 않는다. 그냥 그것이 존재했던 자리일 뿐이다. 황정아 주연의 〈가위 바위 보〉는 삼학년 전체가 단체로 관람한 영화였다. 옆방 아이의 영화 감상문은 제법 칭찬을 받았다. 감상문의 결론은 반공정신 무장. 그 애의 감상문을 감상하기 전까지만 해도 나는 자식들을 뿔뿔이 떠나보내야 했던 황정아 때문에 가슴이 아플 따름이었다. 다른 건 없었다. 그러나 옆방 아이와 같은 결론에 도달하지 못했으므로 내 감상은 오류였다. 그 애와 같은 반만 아니었어도 그 애의 감상문을 베껴 쓸 수 있었을 것이다. 오류를 범하지 않았을 것이다. 그러므로 나의 오류는 곧 옆방 아이의 것이기도 했다.

화단극장에서 반공영화만 상영한 건 물론 아니다. 진짜 전공은 미성년자관람불가 쪽이었다. 먹다 버린 사과나 바나나, 혹은 벌레 먹은 장미나 산딸기 같은 것들. 쓸모없어진 것들. 사회를 '정화'하여 마침내 '정의사회'를 구현하기 위해 성년자들은 캄캄한 극장 안에서 열심히 쓰레기들을 치우는 중이었다. 미성년자들은 그 거대한 암흑의 입구, 딱 거기까지만 갈 수 있었다. 영화의 스틸 사진이 붙어 있는 곳은 언제나 아이들로 바글거렸다. 그곳이 바로 한계였기 때문이다. 가고 싶어도 더는 갈 수 없는, 성년과 미성년 사이의 휴전선이었기 때문이다. 전라의 선녀를 끌어안고 있는 선비, 꽃잎이 둥둥 떠다니는 나무 욕조 속의 나신들, 쓰러진 항아리 안에서 뱀처럼 똬리 틀고 있는 남녀…… 스틸 사진들은 유혹적이었다. 그러나 또한 요령부득이었다. 영화는 일 초에 24프레임이나 돌아가는 연속 사진이었다. 그중에 한 단면만으로 전체를 헤아린다는 건 불가능했다. 그래서 아이들은 해방군을 기다렸다. 족쇄와도 같은 저 휴전선을 넘어 자유민주주의의 땅, 성년으로 그들을 인도할.

옆방 아이는 발군이었다. 퍼즐 게임이라도 하듯 그 애는 스틸 사진만 가지고 영화 줄거리를 꿰어 맞췄다. 그 영화를 이미 보기라도 한 듯, 아니 직접 시나리오라도 쓴 것처럼 심지어 대사까지 읊어댔다. 최고 히트작은 〈망령의 웨딩드레스〉였다. 주연은 선우은숙, 안약 탓이라는 의심을 받을 정도로 그렁그렁한 눈망울의 소유자. 신혼여행 첫날 남편이 보는 앞에서 괴한으로부터 강간당한 그녀. 아내를 지켜주지 못한 자책감보다 훼손된 순결 때문에 더 고통받는 남편. 신혼의 한 순간이 아니라 모든 미래를 송두리째 빼앗긴 그녀. 수치심, 죄책감, 절망. 그리고 자살 혹은 자살한 척. 그리하여 망령이 된 혹은 망령인 척하는 그녀. 검은 웨딩드레스를 입은 망령의 처절한 복수. 진짜 줄거리와는 사뭇 거리가 있었겠지만 어쨌든 스틸 사진과는 맞아떨어지는 이야기였다. 특히 망령의 검은 웨딩드레스는 호러인 동시에 에로이자 멜로인 그 영화에 아주 잘 어울리는 소품이었다. 강간이나 절망 같은 어려운 단어가 등장함에도 불구하고 아이들은 옆방 아이의 픽션 속으로 빨려 들어갔다. 학교에서 보여줬던 모범생의 이미지와는 전혀 다른 그 모습을 낯설어하는 사람도 없었다. 여자였나 싶으면 남자였고 남자인가 싶으면 또 여자가 되는 그 아이. 그래도 이상하지 않은. 오히려 당연한. 아수라 백작 같은. 남과 북의 이중간첩. 어디든 속하고 아무 곳에도 속하지 않는.

과연 나는 그 아이의 전부를 훔칠 수 있을까? 아니, 일부라도 가능할까? 일부라면 어떤 일부? 남쪽의 그 아이? 아님, 북쪽의? 절망이었다. 그 아인 알고 있었지만 나는 몰랐던, 너무나 어려운 단어, 절망……이었다. 화단극장은 사라졌지만…… 나는 모르겠다. 극장은 사라졌어도 절망은 사라지지 않았다. 나를 절망케 한 그 아이도 여전히 존재한다. 이 하굣길은 뭔가 그 애에게만 유리하다는 생각, 떨칠 수 없다. 삶이 우리에게 언제나 그러했듯이. 하지만 그럼에도 불구하고 내 발걸음은 멈추어지질 않는다.

석탄을 실은 화물 열차가 지나다니던 협궤 철도는 흔적조차 찾을 수 없다. 철도 옆 연탄공장도 대형 백화점의 주차장으로 변신한 지 오래이다. 사철 어두웠던 연탄공장 앞. 하마터면 옆 방 아이는 그곳에서 유괴될 뻔한 적이 있었다. 언젠가는 제 할 아버지 집에 가기 위해 혼자 버스를 탔다가 또 그런 일을 당했 었다. 만약 그 사람들을 따라갔다면 나는 지금쯤 어떻게 살고 있을까. 옆방 아이는 종종 말하곤 했다. 그러지 않아서 천만다 행이라기보다는 오히려 아쉽다는 표정이었다. 인적이 뜸한 시 간을 골라 나는 연탄공장 앞을 서성거렸다. 그 애 할아버지네 집으로 가는 버스에 공연히 올라타기도 했다. 그러나 나를 유괴 하려는 사람은 아무도 없었다. 아주 우연한 기회조차도 내게는 찾아오지 않았다.

연탄공장 다음은 전철역. 위치는 그대로지만 역사는 민간 자 본으로 새로 지은 것이다. 외벽을 전부 유리로 마감한 초현대식 건물. 에스컬레이터에 올라탄 수많은 사람들이 속이 다 들여다 뵈는 유리 건물 속으로 빨려 들어간다. 내뱉어진다. 수많은 사 람, 하나의 얼굴. 무표정, 무표정. 나는 그들 속으로 투신한다. 어차피 통과해야 하는 길. 어쩔 수 없다. 보이지 않는 손이 내 입 을 열려고 한다. 앙다문다. 그래도 새어 나온다.

이곳엔 일제 때 지어진 낡은 역사가 있었어요. 재래식 변소엔 언제나 낙서와 음화가 가득했지요. 그걸 보느라 내 친구 하나는 변소에 들어갈 줄만 알았지 나올 줄은 몰랐답니다. 이 근방 아이들은 모두 이 역 앞에 모여서 함께 등교를 했더랬어요. 육학년 오빠들이 노란 깃발 높이 들고 앞장섰지요. 9통 2반, 10통 4반…… 깃발엔 그런 게 써 있었구요. 근데 9통 2반에서 나와 같이 살고 있던 어떤 아이는 한 번도 그 줄에 서지 않았답니다. 다른 길로 늘 혼자 다녔어요. 한번은 그 앨 미행했죠. 철로를 따라 가는 우리와 달리 그 앤 천변을 따라 걷더군요. 중간에 제지 공장이 있었어요. 그 앤 걸음을 멈추었죠. 쇠창살로 된 공장의 문 사이로 아주 넓은 꽃밭이 보였어요. 온통 튤립 천지였어요. 그 앤 쇠창살 사이로 손을 뻗었죠. 그러나 꽃밭은 멀고 멀었답니다. 그 애는 그렇게 꽃에 빠져 있는데 이상하게도 내 눈은 자꾸만 꽃밭 옆으로 돌아갔어요. 폐지 녹이는 약품이 커다란 화로 안에서 끓고 있더라구요. 그 애를 거기다 처박아버리고 싶더라구요. 왜냐구요? 그냥, 그냥…… 재수 없잖아요. 어차피 가질 수 없는 거잖아요.

입술에서 찝찔한 맛이 느껴진다. 피다. 다행이다. 새어 나오지 않고 배어 나와서. 그러나 나는 결국 역 앞 광장을 걷고 있던 익명의 누군가와 몸이 부딪치고 만다. 그래서 어쨌다는 거야? 익명의 그, 입을 열지 않고도 그렇게 말한다. 그냥, 그냥, 그렇다고요……. 나 또한 입을 열지 않고 대답한다. 그, 사라진다. 드디어 나는 분주한 역 근처에서 벗어난다.

몇 발자국 앞에 육교가 보인다. 마지막 지형지물이다. 육교의 발치엔 구멍가게들이 옹기종기 모여 있다. 문을 연 곳은 없다. 이미 오래전에 폐쇄된 듯한 분위기다. 나는 그중 한 가게를 응시한다. 문턱이 닳도록 그곳을 드나들었던 어떤 여자애를 보고 있다. 그 애가 어느새 내 옆으로 와 나란히 선다. 우리는 육교 계단에 발을 올려놓는다. 한 발자국, 꽃다발. 두 발자국, 보름달. 세 발자국, 노을. 네 발자국, 영국 카스테라. 다섯 발자국, 본 카스테라. 별것 아니다. 옆방 아이가 그 가게에서 사먹었던 빵의 이름들이다. 그냥…… 그렇다는 말이다.

옆방의 옆방

육교를 넘으면, 구시장이다. 일제 때 제법 큰 시장이었다고 해서 그렇게 불리곤 있었지만 나는 한 번도 그곳을 시장이라고 생각해본 적이 없었다. 구시장에 살던 우리는 언제나 육교를 넘고 유흥가를 거쳐 진짜 시장에 다녀오곤 했으므로. 시장은, 없었다. 그리고 지금도…….

육교가 없다 치면, 옆방 아이가 빵을 사먹던 가게와 우리가 살던 집은 정확히 대각선으로 마주보고 있었다. 육교 발치에 놓여 있던 우리의 일본식 목조 가옥. 대문 옆엔 커다란 유리 장식장. 장식장 안엔 커다란 액자. 액자 속의 사진. 기모노를 차려입은 여인. 여인의 품 안에 안겨 있는 아기. 사진은 이층에 세 들어 있는 사진관에서 홍보용으로 내다 건 것이었다. 대문을 열고 들어가면 두 갈래 길이 나왔다. 사진관으로 올라가는 가파른 계단과 안채로 이어지는 통로가 왼쪽에 있었고 정면으로 보이는 쪽문 너머론 뒤란이 펼쳐져 있었다. 옆방 아이와 나는 왼쪽으로 방향을 잡아야 했다. 함께 우물과 안마당을 바라보고 함께 문간방을 거쳐 함께 안채로 들어가야 했다.

우리가 갈린 건 거기부터였다. 널마루를 사이에 두고 마주보고 있던 두 개의 방. 그 아이는 왼쪽 방으로, 나는 오른쪽 방으로.

그 애네 방이 조금 더 컸다. 방 하나와 맞먹는 크기의 다락도 있었다. 그러고도 모자라 우리의 공동 마루까지 침범했다. 냉장고, 장식장, 재봉틀…… 점령군의 이름들. 옆방 아이의 엄마는 자주 재봉틀을 돌렸다. 커튼을 만들고, 상보를 만들고, '작은 아씨들'의 드레스를 만들었다. 드르륵드르륵, 들들들…… 재봉틀 돌아가는 소리가 따발총 소리처럼 들렸다. 냉동실 가득 다이너마이트처럼 생긴 수제 아이스케키를 쟁여놓기도 했다. 과자 훔쳐 먹는 게 취미였던 내 남동생은 다이너마이트를 품에 안은 채 아주 자주 전사했다. 옆방 아이의 것과 정말 똑같은 옷이 내게 건네지는 일도 있었다. 그때마다 나는 고도의 심리전에 말려들지 않기 위해 갖은 애를 써야만 했다. 옆방 아이의 옆방에서 살아내는 일은 결코 쉽지 않았다.

그러나 이제 그 집은 존재하지 않는다. 구시장 전체가, 존재하지 않는다. 미로처럼 얽히고설킨 골목들과 모퉁이마다 숨어 있던 불량식품 가게들, 그리고 성냥갑 같은 집들이 모두 다 사라진 것이다. 존재하는 건 장차 고층 아파트로 변신하게 될 구조물들과 중장비 기계들뿐이다. 누군가 그 집을 통째로 떠가기라도 한 듯 그 자리엔 깊은 웅덩이가 파여 있다. 그리고 웅덩이는 점점 더 크고 깊어져서 마침내 지하 차도로 다시 태어날 것이다. 육교 아래엔 철로, 철로 밑으론 또 지하 차도…… 사람과 기차와 자동차가 다니는 길들은 점점 더 분명하게 구분되어질 것이다. 내 길이 아닌 타인의 길로 들어서는 실수 같은 건 더 이상 하지 않게 될 것이다.

옆방 아이와 헤어진 건 사학년이 되던 해 가을이었다. 그 애네 식구들은 할아버지와 함께 살기 위해 이곳을 떠났다. 그 애와 내가 같은 반이 될 가능성도, 그 애의 독후감을 베껴 쓸 기회도 모두 떠나버렸다. 그러나 나는 조금도 아쉽지 않았다. 어쩐 일인지 그 아이가 떠난 뒤로 내 성적은 쑥쑥 올랐고 독후감 같은 것도 일필휘지로 써 내려갈 수 있게 되었던 것이다. 어느새 나는 그 아이가 되어 있었다.

중학교에 입학하고 그 애를 다시 만났다. 정확히 말하자면 내가 찾아간 것이었다. 내가 배정받은 중학교가 마침 그 애가 살고 있는 동네에 있었기 때문이다. 나는 조금도 거리낄 것이 없었다. 심지어 자신 있었다. 그 아이와 식구들은 아주 반갑게 나를 맞아주었다. 키가 쑥쑥 자란 나와는 달리 그 애는 위로는 안 크고 옆으로만 퍼져 있었다. 넌 꼭 모델 같구나. 그 애가 말했다. 오래전 어느 날처럼 그 애의 두 눈이 스포트라이트처럼 빛나고 있었다. 나는 짐짓 모른 체했다.

그 애의 집은 아주 근사했다. 당시 기준으로 보자면 빌딩이라고 부를 수 있을 만한 그런 집이었다. 층층마다 현대식 상점들이 입주해 있는 빌딩 전부가 그 애네 것이라고 했다. 살림집은 가장 꼭대기 층에 있었다. 다섯 개나 되는 커다란 방을 모두 그 애네 식구들이 사용하고 있었다. 어떤 방의 옆방에도 타인은 살지 않았다. 나는 현대식 주방의 식탁에 앉아 저녁밥을 먹고 더운물이 나오는 욕실에서 세수를 한 후 중앙난방이 되는 그 아이의 방에서 잠을 청했다. 잠이 오지 않았다. 그 아이와 난 군이 할 필요도 없는 이야기들을 나누었다. 여전히 잠은 오지 않았다. 어느새 그 아이는 까무룩 잠이 들었지만 나는 잠들 수

172

가 없었다.

그 아이의 속눈썹은 옛날과 다름없이 길고 길었다. 자느라 눈꺼풀을 내리깐 탓인지 유난히 더 길어 보였다. 당연히 그래야 한다는 듯 나는 그 애의 속눈썹을 싹둑, 잘라버렸다. 깊은 잠에 빠진 그 애는 그러나 깨어나지 않았다. 나는 그 길로 그 집을 빠져나왔다. 그리고 다시는 찾지 않았다.

어이, 얼른 나와! 거긴 위험하다니까! 한때는 집이었던 웅덩이를 향해 인부 하나가 소리를 질러댄다. 야전 상의를 입은 여자가 그곳에서 서성거리고 있다. 언제 나타난 여자일까? 한눈에 보기에도 여자의 몸은 형편없이 말랐다. 아주 오랜전의 나를 보고 있는 것만 같다. 중학생이 된 후로, 정확히는 옆방 아이를 마지막으로 만난 이후로 나는 야위어본 적이 없다. 그러므로 정말 오래전의 내 모습인 것이다, 저 여자는. 귀가 먹었는지 아니면 못 들은 척하는 건지 아무튼 여자는 웅덩이에서 빠져나오는 대신 오히려 철퍼덕, 그곳에 주저앉는다. 곧이어 주머니를 뒤지더니 무언가를 꺼내 들기까지 한다. 비닐 포장된 빵이다. 그것도…… 꽃다발이다. 소보로 위로 하얗게 굳은 설탕 시럽이 뿌려져 있던, 지금은 아무 데서도 팔지 않는. 그러고 보니 여자가 앉아 있는 곳은 옛날에 우물이 있던 자리이다. 아니, 꽃밭이 있던 자리이다. 수도를 놓으면서부터 우리의 우물은 그 애의 꽃밭이 되었으니까.

꽃 가꾸는 재미에 흠뻑 빠져서 그 애는 나를 안중에도 두지 않았다. 넓은 꽃밭의 한 귀퉁이나마 내게 허락하지 않았다. 한때 우물물을 긷던 고무 두레박 밑에 구멍을 뚫어 나는 화분을 만들었다. 그리고 그 애와 똑같은 꽃을 키우기 시작했다. 그 애는 상관하지 않았다. 그 애의 넓은 꽃밭에 비한다면 나의 화분 몇 개는 미미하기 짝이 없었으니까. 그런데 어느 날부턴가 그 애의 꽃밭에 이상이 생기기 시작했다. 개화 직전의 꽃봉오리가 통째로 꽃밭에 떨어져 있는 게 심심찮게 보였다. 봉오리는 예리한 날에 잘려 있었다. 하지만 내가 심은 꽃은 모두 무사했다. 달랑 세 개뿐인 내 화분을 그 애는 모조리 뒤집어 엎어버리고 싶었을 것이다. 하지만 그 애는 그러지 못했다. 증거가 없었기 때문이다. 걸리기만 해봐, 가만 안 둘 거야, 누가 그랬는지 내가 모를 줄 알고……. 잘린 꽃봉오리를 들고서 그 애는 큰 소리로 말했다. 내 얼굴을 똑바로 쳐다보며, 범인은 너다, 라는 눈빛으로.

가타부타 아무런 말도 없이 나는 슬그머니 그 자리를 떠났다. 너는, 끝장이야……. 그 애는 회심의 미소를 지었다. 비로소 이겼다는 생각을 했는지도 모르겠다. 그러나 그건 순전히 그 애의 착각이었다. 내가 슬금슬금 그 애를 피했던 바로 그다음 날에도 그 애의 꽃밭에는 여전히 꽃봉오리가 열 개 이상 떨어져 있었으니까. 그뿐이 아니었다. 나의 꽃봉오리도 두 개나 떨어져 있었다. 그다음 날도 또 그다음 날도 그런 일은 계속되었다. 그리고 비로소 나는 아침마다 생난리를 치기 시작했다. 그 애가 내 꽃들을 엉망으로 만들었다며. 참으로 어리석게도 그 애는 그제야, 그제야 깨달았다. 함정에 빠졌다는 사실을. 내 꽃봉오리를 자른 사람도 바로 나였다는 것을. 그 애의 꽃밭을 엉망으로 만든 건 내가 아니라고 주장하기 위해 일부러 내 꽃까지 그렇게 잘라버렸다는 것을. 마임 배우처럼 그 애는 아무 말도 없이 달랑 세 개뿐인 내 화분을 모조리 뒤집어버렸다. 그러곤 허옇게 드러난 봉선화의 뿌리를 마구 짓밟았다. 다시는 살아나지 못하도록 밟고 또 밟았다. 어차피 범인으로 몰린 마당에 더 이상 자존심을 세운다는 건 그 애에게도 무의미한 일이었다.

날이 갈수록 우리들의 꽃은 점점 더 엉망이 되어갔다. 이제는 꽃을 가꾸는 게 아니라 어떻게 하면 더 처참하게 망가뜨릴 수 있는지가 더 큰 관심사가 되었다. 하지만 결국 우리는 어른들에게 들키고 말았다. 호된 꾸지람을 들었고 거짓 화해를 했다. 그리고 얼마 뒤 그 아이는 이사를 했다. 사학년 이학기가 막 시작됐을 무렵이었다. 그 애는 당연히 전학도 갔다. 나는 다 끝났다고 생각했다. 그러나 그건 나의 착각이었다. 여름방학 과제물 전시회에서 나는 그 애를 다시 만나야만 했던 것이다. 그 애는

없었지만 그 애의 일기장은 여전히 학교에 남아 있었다. '사학
년 최우수상'이라고 적힌 리본을 매단 채 전교생에게 공개되고
있었다.

공사장 인부는 어느 틈에 야전 상의를 입은 여자의 팔목을 그
러쥐고 있다. 완력으로라도 여자를 끌어낼 모양이다. 뜻밖에도
여자는 별 저항 없이 순순히 자리에서 일어난다. 다 먹지 못한
빵을 주머니에 챙겨 넣는 것도 잊지 않는다. 여자의 어깨쯤에
태양이 걸려 있다. 그들은 내가 서 있는 쪽으로 걸어오기 시작
한다. 저무는 해를 등지고 있는 여자의 얼굴…… 잘 보이지 않
는다. 하지만 여자가 가까이 오면 올수록 역한 냄새가 난다. 왜
만날 여기서 이러는 거야? 동냥을 하려거든 딴 데 가서 해. 죽고
싶어 환장했어? 인부는 타이르듯이 또 협박하듯이 말한다. 거
의 매일같이 일어나는 일인 모양이다. 저기요, 그 빵……. 나는
겨우 입을 연다. 그들이 돌아본다. 태양을 등지고 있는 사람은
이제 나다. 비로소 여자의 이목구비가 뚜렷이 보인다. 아주 낯
익은 얼굴이다. 여자는 남은 빵을 꺼낸다. 먹고 싶으면 먹어. 나
에게 내민다. 진짜 꽃다발이다. 있을 수 없는 일이다. 뭐요, 당신
은? 인부가 껴든다. 다행히도 아주 사실적인 목소리이다. 안 먹
고 뭐해? 네가 원한 게 이게 아니었어? 여자가 말한다. 그리고
덧붙인다. 날마다 기다렸단 말야, 오늘이 오기를. 그 순간, 해가

176

진다. 우리들 발밑에 붙어 있던 그림자들이 모두 사라진다.

세상은 왜 미워하고 또 미워하는 죄악으로 가득 찼을까? 옆 방 아이는 우리가 심은 꽃을 시기하나 보다…….

전교생에게 공개된 그 애의 일기는 그렇게 시작되고 있었다. 그곳에서 나는 그 애의 옆방 아이였다.

6

눈의

물

첫눈

—안나에게

우리 이제부터 친구로 지내.

안나, 너는 말했다. 벌써 칠 년이나 지난 얘기다. 한때 연인이었던 우리는 그렇게 쉽게 칠 년 지기가 되어버렸다. 정확히 말하자면 십사 년 지기겠지. 연인이 되기 전에도 우리는 칠 년간 친구였으니 말이다. 아무튼 넌 오래도록 혀끝에서 맴맴 돌고만 있었을 그 말을 기어코 뱉어내고야 말았다. 다시 주워 담을 수도 없었다. 아니다. 어떻게 꺼낸 말인데 네가 다시 주워 담을 수 있었겠니. 못 들은 걸로 할 수도 없었던 내가, 다만 내가, 문제였다.

오래도록 네 심중에 뒀던 말이 아니었다면 못 들은 척하기도 쉬웠을 것이다. 하지만 나는 알았다. 처음부터, 알았다. 너는 단 한 번도 내 친구가 아니었던 적이 없었다. 너의 친구가 아니고자 한사코 눈 감고 귀 막았던 사람이 바로 나였을 뿐. 그러니까 너는 일방적으로 선언한 것이 아니다. 변한 것도 아니다. 어느 눈 내리는 날 하늘을 보며 오늘도 해가 떴다고 말한 것에 지나지 않았다. 비가 오든 눈이 오든 태양은 언제나 그 자리에 있다. 보이지 않는 순간에도 늘 존재하는 것, 그것이야말로 진실이다. 어떤 진실은 대면 자체가 고통이지만 그것이 안나, 너의 진실이라면 나는 괜찮다. 그러니 조금도 미안해하지 마. 내 친구로서 단 한순간도 변심하지 않은 여자가 바로 너니까. 내가 안쓰러운 나머지 한때는 나의 연인까지 되어줬던 너는 진정 의리 넘치는 친구.

우리 이제부터 친구로 지내.

너의 그 말을 나는 그래서 받아들였다. 너는 내게 할 만큼 했다. 혹자는 말한다. 연인이었던 사람에게서 친구로 지내자는 소리를 들었다면 그건 이제부터 보험에 들겠다는 말과 다르지 않다고. 요즘 유행하는 표현으로는 어장 관리 당하는 것이라지. 하지만 나는 상관없었다. 내가 있는 그곳이 너의 어장이든 일방적인 보험약관이든. 그렇게라도 너에게 속할 수만 있다면. 연인이 아니어도 여전히 내가 너의 친구일 수 있다니 오히려 고마운 일이었다.

그럼에도 슬프다.

나는 너의 어장 안의 유일한 물고기. 그러니까 너는 애초부터 어장 관리 따위엔 관심도 없었던 것이다. 내가 너의 유일한 친구라는 사실이 내 슬픔의 근원이다. 유일하다는 말은 진짜이자 진심이라는 뜻이니까. 우리가 다시 친구로 지낸 지난 칠 년간 네가 사랑한 사람도 오직 한 사람, 그 사람뿐이었으니까. 친구로서 내가 그렇듯 연인으로서의 그도 너에겐 유일했으니까. 너의 어장에서 늙고 죽어 다시 태어나지 않는 이상 나는 그가 될 수 없을 테니까. 이렇게라도 너에게 속해 있는 것만이 내가 가질 수 있는 최대한의 너.

안나, 네가 진정 나를 관리하고자 한 때가 있다면 그건 우리가 연인이 되었을 무렵일 것이다. 너에 대한 내 사랑은 농축된 우라늄과도 같았다. 대학교 새내기 시절부터 베스트 프렌드였던 우리가 사귀지 않을 이유는 어디에도 없어 보였다. 우라늄을 탄두에 탑재하는 게 당연한 수순이라 여겼다. 지금 생각해보면 그때의 난 그럴 기술도 없으면서 과대망상에 빠진 핵폭탄 제조자와 별반 다르지 않은 것 같다. 하지만 그때의 난, 믿었다. 군대도 다녀왔고 취직도 했으므로 현실적으로 너를 힘들게 할 건 하나도 없다고. 지금이야말로 고백할 때라고. 친구에서 연인으로 가는 길은 반드시 가야만 하는 길처럼 보였다. 하필이면 안나, 네가 나의 베스트 프렌드였기 때문이다. 세상 모든 친구가 다 연인이 되지는 않는 이유. 그래, 대답할 필요도 없다. 세상 모든 친구는 결코 안나, 네가 아니기 때문이지.

한때에 지나지 않지만 어쨌든 우리는 친구에서 연인이 되었다. 생각해보면 이상한 연애였다. 너라는 친구를 잃고 싶은 나와 나라는 친구를 잃지 않으려는 너의 연애였으니까. 너는 어떻게든 나를 친구로 남겨두기 위해 사랑하지 않음에도 불구하고 연인이 되는 길을 택했다. 모든 사랑엔 끝이 있으니 사랑이 끝나면 다시 친구가 될 수도 있으리란 희망으로 진정한 어장 관리를 한 셈이었다. 혹시나 친구가 연인이 되진 않을까 싶어 관리에 들어가는 혹자들과는 차원이 달라도 한참 다른 너. 그런 친구는 너밖에 없을 거다. 그러니 알려줘. 너를 사랑하지 않을 방법을.

우리 이제부터 친구로 지내.

네가 그렇게 말했던 그날엔 눈이 왔었다. 첫눈이었다. 십이월이었고 토요일 밤이었다. 연인이 없다면 급조해서라도 같이 그 눈을 맞아주는 것이 예의로 느껴질 정도로 타이밍 좋은 첫눈이었다. 그리고, 그 말을 듣기 전이었으므로 나는 아직 너의 연인이었다. 망설일 이유는 어디에도 없었다. 너의 연인인 나는 나의 연인인 너를 차에 싣고 눈이 더 푸짐하게 쏟아지고 있다는 바다를 향해 달렸다. 그 전날 직장 상사들 손에 붙들려 무려 4차 회식 자리에까지 연행되었던 터라 피곤해야 당연했는데 전혀 그렇지 않았다. 너를 업고 달려가라면 그럴 수도 있을 것 같았다. 우리가 연인이 되어 맞는 네번째 첫눈인데도, 나는, 그랬다.

이름 모를 날벌레처럼 희끗희끗 흩날릴 뿐이던 눈은 바다가 가까워질수록 점점 선명한 눈송이로 변해갔다. 마치 비듬 같았다. 격조가 낮은 비유라는 거 안다. 그래도 이해해주렴. 너의 커다란 우정이 마침내 내 사랑마저 받아줬던 오래전 그날 밤, 나는 꿈을 꾸었거든. 내 몸은 머리부터 발끝까지 광채를 내뿜고 있었고 머리에서는 하얗게 빛나는 주먹만 한 비듬이 끝도 없이 툭툭 떨어져 내렸다. 분명 너저분한 장면이었지만 때깔은 참 좋았다. 심지어 성스러운 느낌마저 들었으니 말이다. 다음 날 해몽을 찾아보았지. 가장 커다랗고 오래된 걱정거리들이 싹 사라질 것을 암시하는 좋은 꿈이더군. 그래서 내게는 꿈속의 그 비듬이 세상에서 가장 탐스런 눈송이다. 나의 비듬은 그런 거다.

너에 대한 내 사랑도 어쩌면 그런 거. 듣고 보면 이해 못 할 것도 없지만 어쨌거나 비듬 이야기니 별로 듣고 싶은 사람은 없을 것만 같은.

꼭 그래서만은 아니지만 안나, 나도 굳이 내 사랑에 대해 말하지는 않으려고 해. 내가 말하기 시작하면 너는 더 이상 내게 네 사랑에 대해 말할 수 없을 테니까. 나는 다만 커다란 귀다. 소원을 들어주는 정월 대보름달처럼 귓구멍 한껏 열어두고서 너를, 너만을, 들을 거다. 언제고 너에게 편지를 쓰겠지만 너는 결코 읽을 수 없을 것이다. 너의 어장에 세 든 내가 당연히 지불해야 할 월세라고 생각한다. 알다시피 난 꽤 성실한 남자지. 셋돈을 떼먹는 일은 없을 거야, 안나.

깊은 새벽의 그 바다는 눈으로 가득 차 있었다. 투명한 유리구 안에 눈 내리는 마을 하나를 온전히 품고 있는 스노우볼, 그 안에 들어온 것 같았다. 눈의 기원이 바로 거기였다.

올해 첫눈은 내가 쏜다! 우리 안나가 다 가져라!

나는 제법 통 크게 외쳤다. 검디검은 바닷속으로 흔적도 없이 사라지는 눈송이를, 보고도 못 보며. 기상청에서 예보한 대로 눈은 푸짐하게 쏟아졌지만 바다 위로 눈이 쌓이는 일은 일어나지 않았다.

올해 첫눈은…… 일월에 왔어, 정확히 말하자면.

그야 물론…… 그래, 정정한다. 올해가 아니라 올겨울. 됐지?

말꼬리 잡는 취미 따위는 없던 네가 그런 반응을 보일 줄은 몰랐다. 그렇다고 내가 당황했던 것 같지는 않다. 가슴 전체가 빙판이라도 된 양 짜르르 금이 갔을 뿐. 그러니까 나는, 알았던 거다. 언젠가는 오고야 말 그날이 왔다는 사실을 말이다.

올해든 올겨울이든 마찬가지야. 해마다, 겨울마다 내리는데 도대체 뭐가 처음이라는 걸까? 기억해야 할 눈은 이게 아닌 것 같아.

안나, 네 말이 맞다. 사시사철 눈만 뜨면 보이는 것이라곤 눈뿐인 곳에 살거나 눈이라고는 눈을 씻고 찾아봐도 구경조차 할 수 없는 지역에 사는 사람에게 첫눈이 무슨 의미가 있겠니. 첫눈 오는 날도 지긋지긋한 일상 가운데 하루일 뿐이고 눈이라는 말 자체가 뜬구름 잡는 소리에 불과할 테니 말이다.

하지만, 안나.

눈이 너무 많든 아예 없든, 주기적이든 간헐적이든, 오늘도 어딘가에선 눈이 내리고 있어. 그게 언제였는지는 모르지만 이 우주에 최초로 눈이 내렸던 바로 그날이 없었더라면 오늘, 그 어디에도 눈은 내리지 않았을 거야. 나에게 첫눈이란 그런 것이다…… 나의 안나.

첫눈 오는 날 만나는 거 그만하자. 우리 이제부터 친구로 지내.

검디검은 바다가 삼키는 희디흰 눈송이를 보며 너는 말했다. 너의 머리에도 어깨에도 눈이 쌓이는가 싶으면 이내 사라져버렸다. 그렇게 우리 다시, 친구가 되어버렸다. 첫눈이 조금만 더 일찍 내렸더라면 너는 하루라도 빨리 그 말을 할 수 있었을 텐데. 그 해의 첫눈은 타이밍이 참, 안 좋았다.

여전히 일주일에 한 번은 만났지만 같이 밤을 보내는 일은 더는 없었다. 한 달에 한두 번쯤 만나게 됐을 땐 가벼운 스킨십조차 하지 않았다. 서로에게서 선물 받은 물건들을 실수로라도 들고 나가는 일은 없었다. 우리는 냉정하고 성실하게, 차근차근 친구로 되돌아갔다. 혹자들은 말한다. 연인이었다가 친구가 되면 좋은 점. 이미 줄 거 다 주고 받을 거 다 받았기에 뻔뻔해질 수 있다고. 연애에 반드시 수반되는 감정 노동 따위 하지 않고도 편하게 욕망만 채워도 되는 사이라고. 그런 휴식처를 갖는 것도 행운이라고. 하지만 우리는 그것이야말로 인간관계의 막장이라고 생각했다. 그래서 더 냉정하고 성실하게 친구로 되돌아갔다.

우리는 이제 간헐적으로 만난다. 진짜 친구가 된 것이다. 주기적인 만남이란 달리 말해 아직도 관리가 필요한 작위적인 사이라는 뜻이니 말이다. 그리고, 그 어떤 친구에게도 하지 못할 말을 마침내 너는 내게 하기 시작했다. 내가 너의 친구가 아니었다면 하지 않았을 이야기. 그러니까 네가 사랑하는 그에 관한 이야기. 내가 너의 친구가 아니었다면 듣고 싶지 않았을 그 얘기를 듣기 위해 내 몸은 온통 귀가 되었다.

오늘, 올해의 첫눈이 내렸다.

너는 칠 년 만에 나와 함께 첫눈을 맞았다. 지난 칠 년간 네 사랑은 그가 유일했다. 그러나 네가 그와 함께 첫눈을 맞은 적은 단 한 번도 없었다. 별로 놀랍지 않았지만 기쁘지도 않은 이야기였다. 칠 년이나 내가 양보했는데. 나쁜 자식.

늙나 봐. 이깟 게 뭐라고.

너는 말했다. 나는 안다. 철없는 나와 달리 넌 첫눈 따위에 가슴 설레는 사춘기 소녀가 아니라는 사실을. 네가 성숙한 여인이 아니었다면 그런 나쁜 자식을 사랑하지도 않았을 테지. 늙어서가 아니다, 안나. 정말로 배가 고프지 않아서 먹을 걸 원치 않았다고 해도 말이다, 칠 년이나 굶으면 그가 누구라도 배가 고픈 거다. 굶으면 다이어트에 성공하는 게 아니라 죽는 거다. 너는 다만 죽지 않기 위해 내게 왔다. 혹자들이 말하듯 네가 이기적이어서가 아니다. 살고자 하는 건 본능일 뿐이야. 안나, 살아야 한다. 네가 그만두고 싶은 그날까지 사랑해야 한다. 난 이미 그러고 있잖아. 너도 그래야 공평하지. 내가 너의 친구이기에 너를 죽음에 이르지 않게 할 수 있어서 다행이었다. 그러려고 나,

오늘까지 너의 어장에서 홀로 살아 있었나 보다.

안나, 내년에는 네가 사랑하는 그와 함께 첫눈을 맞기를. 여전히 철부지라 그런지 모르겠지만 내 경험에 따르면 사랑하는 사람과 함께 첫눈을 보는 일만큼 설레는 일도, 없다.

우리가 연인이 되었을 때 나는 사랑을 이뤘다고 생각했다. 내가 많이 사랑하니 결국 너도 날 사랑할 수밖에 없었던 거라 믿었다. 그러나 한쪽이 사랑하면 다른 한쪽도 꼭 사랑해야 하는 걸까. 네가 아직 나의 연인이 아니었을 때부터 나는 너를 사랑했다. 그러니 지금, 여전히 나의 연인이 아닌 너를 내가 여전히 사랑하는 건 전혀 이상한 일이 아니다.

우리가 다시 친구가 되던 날의 그 바다를 종종 떠올린다. 아니다. 다시 친구가 됐다는 말은 맞지 않다. 널 처음 사랑하게 된 그때로 돌아간 것이니 다시 또 널 처음처럼 사랑할 수 있게 된 날이라고 해야겠다. 그날 내린 첫눈은 바다 위로는 결코 쌓이지 않았지. 쌓이진 않았지만 안나, 그 눈이 어디 갔으려고. 향신료처럼 뿌려지던 그 눈 덕분에 바다의 맛이 조금은 깊어졌겠지. 그게 다겠지.

나의 친구, 안나.

비듬이 눈처럼 날린다는 표현은 흔히들 쓰지. 그럼 눈이 비듬처럼 날렸다는 말도 그다지 격조가 떨어지는 비유는 아니지 않을까. 우정 때문에 잠시나마 나의 연인이 되어줬던 너도 있는데 너를 위해 친구가 되는 일쯤은 아무것도 아닌 거다.

안나, 나의 친구.

나는 이제야 너를 친구라 부른다. 네가 원하지 않는다면 영원히 너를 사랑하지 않을 것이다. 사랑하는 건 어디까지나 너의 몫. 그리고 당연하게도 나는 네가 아니다, 안나. 내가 아는 사랑법은 그게 전부다. 어쨌거나 나의 첫눈은, 비듬처럼, 쏟아졌기에.

폭설

―나무에게

너의 생일과 나의 생일, 밸런타인데이와 화이트데이, 크리스마스와 연말연시, 종종 연휴이게 되는 명절과 국경일…… 그리고 또 언제가 있을까, 우리가 결코 만나지 않는 날. 그래, 오늘. 정해진 날짜는 없지만 언젠가는 닥치게 마련인, 하지만 꼭 하루뿐인, 첫눈 오는 날.

극장과 영화관, 전시장과 공연장, 카페와 레스토랑, 테마파크와 쇼핑몰, 사찰과 명승지, 야구장과 경마장, 해운대와 설악산, 윤중로와 청계천, 상수동과 가로수길…… 그리고 또 어디가 있을까, 우리가 결코 가지 않는 곳. 그래, 나의 집. 그리고 너의 집.

그래도 우리에겐 갈 곳이 하나 있지. 오늘이 바로 그런 날만 아니라면.

우리가 갈 수 있는 유일한 그곳에 우리는 오늘 가지 못했어. 올해의 첫눈이 오늘, 내렸으니까. 몇 번째 애인인지 이제는 헤아리기도 어렵지만 어쨌든 오늘 너의 그녀는 오늘 너의 사랑. 그러니 첫눈은 당연히 그녀의 것이지. 그녀와 너의 것이지. 칠 년 전의 그 봄날. 봄이었는데, 화사한 봄날이어야 마땅한데, 때 아닌 폭설이 쏟아졌어. 지금까지도 거기 갇혀 있는 내게 첫눈이란, 그래, 네 말대로야. 물에 물 타기. 눈 위에 눈. 그래 봤자 눈. 겨우, 고작, 눈.

언제나 내리다 마는데 그치는 첫눈 정도가 추가된다고 해서 이미 폭설인 이곳의 풍광이 크게 달라지진 않을 거라고 너는 말했지. 그런 주제에 은근슬쩍 자꾸 더 쌓여봤자 점점 더 나빠지기만 할 뿐이라고. 여전히 폭설에 갇혀 있는 나, 영원히 갇혀서는 안 될 거라고.

그 봄날. 비가 올 거라 했지 눈이 올 거란 예보는 없었어. 꽃이라면 모를까 눈을 기다리는 사람은 아무도 없었지. 봄이란 마땅히 그래야 하는 계절이니까. 고급사양의 몇몇 모범택시 빼고는 대부분 내비게이션 같은 건 달고 다니지도 않던 시절이었지. 그런 게 있는지도 모르는 사람이 물론 더 많았고 말이야. 그 한 시절, 나는 내비게이션이 되어야 했어. 때가 되면 닥치는 휴일과 휴가철마다 어디든 가야 함에도 불구하고 갈 곳 몰라 하는 직장인들을 위한 내비게이션. 테마가 있는 국도 여행, 뭐 그런 콘셉트로 자동차 회사 사보에 일 년 정도 기사를 실었으니까. 7번 국도를 따라 남하해야 했던 그 봄날엔 항상 같이 취재를 다니던 사진기자 대신 네가 나타났어. 말하자면 너는 대타였던 거야. 그 계절에만 만났어야 할, 7번 국도를 다 달리고 나면 더는 유효하지 않은 그런 사람.

푸른, 하늘, 초록, 그리고…… 나무라고 했어. 푸른은 형, 하늘과 초록은 누나, 그리고 너는 나무. 재미있고 신기하고 이상한 이름들이었어. 이름 때문에라도 주목받지 않은 적이 없다고 했어. 너는 김나무. 흔하디흔한 김 씨였지만 이름이 나무인 탓에 종종 김 씨가 아니어야 했지.

감나무, 전나무, 배나무 정도면 괜찮죠. 어쨌거나 근본은 있으니까. 아, 오얏나무도 추가예요. 오얏 이(李)! 근데 항상 뽕나무, 졸참나무, 배롱나무까지 간단 말이죠. 뽕 씨, 졸참 씨, 배롱 씨는 좀 너무하지 않아요?

너는 투정부리듯 말했고 나는 숨이 넘어가라 웃었어. 그렇게 웃긴 얘긴 들어본 적이 없었거든. 사실을 말하자면…… 잘 모르겠어. 웃긴 얘기라 웃었던 건지 네가 내게 들려주는 너의 이야기이기에 웃을 수밖에 없었던 건지.

너무하긴요. 덕분에 이 세상의 모든 나무가 다 되어봤잖아요. 안 그래요?

그렇긴 해도 말이죠, 사람들이 하도 이 나무 저 나무 해대니까 이젠 이런 생각이 다 들어요. 아, 나는 나무구나. 그냥 나무구나. 그러니까 나는 그냥 '나, 무'였구나.

어머 썰렁해라. 설마 그게 유머?

팔뚝에 돋지도 않은 소름을 쓸어내리는 시늉을 하긴 했지만 난 이미 나무, 너의 말장난에 빠져버린 뒤였어. 나무가 '나, 무'라면 그럼 나는 '안, 나'인 걸까. 나는 내가 아니란 걸까. 언제부터 나는 내가 아니었을까. 내가 아니라면 나는 무엇일까. 나도 모르게 그런 생각, 하고 있었거든. 참 이상한 사람이다. 꼭 외계인 같다. 그렇게 너를 처음 내 안에 담았다 생각했었는데 지금 돌이켜보니…… 그래서였나 봐. 우린 그래서 만났나 봐. 너는 존재하지 않는 존재. 그런 너와 만날 수 있는 사람은 나 아닌 나밖에 없었던 건가 봐. 그 봄날에 쏟아진 폭설에 갇힌 사람도 그러니까 내가 아니야. 영원히 갇혀 있게 되더라도 난 상관없어.

나는 '안, 나'니까.

　기점으로 삼은 고성에 도착했을 때만 해도 하늘은 막 닦아놓은 거울처럼 반짝였지. 눈은커녕 비가 올 거란 일기예보조차 오보가 될 게 틀림없는 하늘이었어. 아, 날마다 하늘이 파래요. 뜬금없이 그런 문장이 떠올랐어. 오래전에 읽었던 어떤 소설의 여주인공은 날마다 일기를 썼어. 그 일기의 첫 문장은 항상 똑같았지. 아, 날마다 하늘이 파래요. 그녀는 사랑에 빠져 있었거든. 그녀가 보았던 하늘을 나도 그날, 보았던 거야. 장엄하고 비장하고 애련할 줄 알았던 그 순간이 실은 그토록 유치할 뿐이라는 사실도 나는 받아들였어. 아무래도 좋았던 거야, 난. 도로를 타고 남하하는 우리의 왼편으론 종종 바다가 누워 있었으니까. 덕분에 나는 줄곧 바라볼 수 있었으니까. 나의 왼편에서 너의 픽업트럭을 몰고 있던 너의 프로필을.

　하늘이 얼룩덜룩해지기 시작한 건 양양에서부터였어. 내 눈엔 여전히 파랗게 보였지만 말이야. 강릉쯤에선 하늘이 아예 사라져버렸지. 산산이 부서진 거울의 잔해가 지상으로 마구 쏟아져 내렸으니까. 봄꽃의 개화 소식을 들은 게 엊그제인데 웬 눈이냐며 깜짝 선물이라도 받은 양 득의만만했던 우리는 순식간에 얼어버렸어. 말 그대로 장난이 아니었어, 그 눈은. 컵에 물을 따르듯 눈이 차오르고 있는 게 훤히 보였으니 말이야. 너의 픽업트럭보다 눈이 쌓이는 속도가 훨씬 빨랐지. 봄꽃 구경이나 떠나야 할 봄날, 월동 준비라곤 당연히 되어 있지 않았던 자동차들이 일제히 제자리걸음을 시작했어. 헛바퀴 도는 차들이 속출하는데도 제설차는 나타나지 않았어. 제아무리 제설차라 해도 일기예보조차 없었던 그 눈을 헤치고 달려오기에는 역부족이었던 거야. 발 빠른 장사꾼들이 스노우 체인을 다 팔아 치웠을 때쯤 제설 작업이 시작되었지. 하지만 제설이란 말이 무색할 만큼 눈은 치우기 무섭게 쌓이고 또 쌓였어. 제설이 아니라 새로 눈이 쌓일 자리를 만들어주는 셈이었지. 취재는 고사하고 7번 국도의 종점인 호미곶까지 마냥 내달리는 일조차 불가능해졌다는 사실을, 우리는 알았어.

그래도 우리는 포기하지 않았어. 심지어는 그 와중에 고개도 넘었잖아. 폭설이 아니었다면 이십 분 만에 통과했을 그 길을 이십 분의 열여덟 배인 여섯 시간이나 허비해가며. 우리를 마지막으로 그 고갯길은 폐쇄되었지. 애초 일정대로 취재할 수 없다는 사실을 빤히 알면서도 우리는 끝끝내 억지를 부렸던 거야. 우리는 다만 일하는 중이라고. 그래야만 한다고.

하지만 차창 밖은 이미 화이트아웃.

산도 나무도 이정표도 도로도 자동차들도 온통 하얗기만 해서 뭐가 뭔지 구분이 되지 않았어. 솔직히 무서웠어. 소실점이 사라져버린 차창 밖 세계는 더 이상 내가 존재할 수 있는 삼차원의 공간이 아니었으니까. 이차원의 평면이거나 혹은 사차원의 시공간이었지, 그곳은. 새로운 차원에 맞추지 못한다면 나란 존재가 화이트아웃 되는 것도 시간문제일 것 같았어. 차선이 사라진 탓에 미처 깨닫지 못했지만 어쩌면 우리 그때 역주행했는지도 몰라. 폭설에 파묻혀 보이지 않는 중앙선을 수차례 넘나들면서도 줄곧 정주행만 했다고 착각했는지도. 네 잘못은 아니야. 너는 그저 대타였잖아. 픽업트럭의 핸들은 네가 쥐고 있었지만 그래도 내 마음의 핸들만은 내가 쥐고 있었어야 했는데. 그때 내게는 오래도록 나만 바라보고 있던 연인도 있었는데. 그 봄날의 나, 왜 그렇게 내가 아니어야만 했을까.

화이트아웃은 네게도 영향을 미쳤어. 너, 눈이 부시다고 했어. 이대로 가다간 곧 실명해버릴지도 모르겠다고. 그제야 우리는 고속도로를 찾아 기어갔지. 다만 일하는 중이라며 억지를 부리는 일도 그만두고 우리가 만나기 전의 처음 그 자리로 돌아가기 위해. 하지만 끝끝내 우리는 돌아가지 못했어. 고속도로는 아예 진입 금지. 예보도 없었는데 심지어 불가항력적으로 쏟아지는 눈 때문에 고속도로도 더는 고속도로일 수가 없었으니까. 그 봄날. 자기 자신으로 존재할 수 없었던 것들은 나 혼자만이 아니었어. 나뿐만 아니라 그날은 그러니까 모두가 '안, 나'

였던 거야. 면죄부가 될 순 없겠지만 그래도 그게 내게는 유일한 위로.

7번 국도도 고속도로도 아닌 새로운 길을 우리는 찾아나서야 했어. 아, 새로운 길이라니. 참 말도 안 되는 말. 우리는 그저 난데없는 봄날의 그 폭설이 어딘가에 열어뒀을지도 모를 길을 찾아 오직 그 길밖에 갈 수 없었는데. 설사 지뢰가 묻혀 있다 해도, 그 사실을 빤히 알았다 해도 그 길밖에 길이 없었는데.

그렇게 우리, 그곳에 들어갔지. 그럴 수밖에 없었지. 내 눈에 담긴 하늘이 여전히 파랗게 빛난다 해도 현실적으론 폭설을 치울 수도, 어둠을 밝힐 수도 없었으니. 이른 아침부터 밤까지 차 안에 갇힌 채 아무것도 먹지 못한 우리의 허기를 채울 수도 없었으니. 이미 깊어버린 밤. 배가 부른 것은 너의 픽업트럭뿐이었어. 그곳에 차를 세우고 나와 보니 짐칸엔 눈이 한가득. 그날의 폭설을 전부 짊어진 채 우리는 거기까지 가버린 것이었어.

폭설에 발이 묶인 사람들이 넘쳐났기에 우리는 그들과 방을 나누어야 했지. 기꺼이 그들과 나누었기에 우리끼리는 더 이상 나눌 것도 없었어. 1101호. 난데없는 봄날의 그 폭설이 유일하게 열어두었던 길의 종착지. 그곳에서 나, 나무를 심었지. 내게 있는 줄도 몰랐던 내밀한 나의 장소에. 배나무도 아니고 졸참나무도 아닌 너, 김나무를.

폭설은 계속되었어. 커튼이 드리워진 창문은 스크린이 되어 밤새도록 눈의 그림자를 상영해주었지. 실제 눈송이보다 서너 배는 더 커 보이는 눈 그림자들은 누군가 실수로 쏟아버린 낱말 카드처럼 보였어. 이상하게 눈물이 났어. 내가 알지 못하는 세상에 존재하는, 그래서 결코 읽을 수 없는 아주 낯선 낱말들이 적혀 있을 것만 같았거든. 내 눈에 널 담은 순간 하늘은 막 닦아놓은 거울처럼 반짝반짝 빛났는데. 그 하늘은 여전히 파랗기만 한데. 내 눈물은 어디서 비롯된 것이었을까.

폭설의 다음 날도 폭설이었어. 전날 폭설로 포식을 했던 너의 픽업트럭이 이번에는 폭설에 반쯤 먹혀버린 상태였어. 당연히 바퀴는 모조리 눈에 파묻혀버렸지. 말 그대로 발이 묶인 것. 우리는 픽업트럭과 운명을 함께하기로 했어. 간밤에 잠도 부족했는데 잘됐다며 너는 심지어 쾌재를 불렀던가. 그렇지만 잠은 아마도 또 부족하게 될 거라며 악동처럼 웃었던가. 그래, 네 말대로였어. 포클레인까지 동원해 눈을 치우고들 있었으니 그곳을 떠나려면 떠날 수도 있었어. 하지만 우리는 나흘이나 그곳에 머물렀어. 그곳에만, 있었어. 그래, 폭설이 나를 그곳으로 데려간 게 아니야. 그곳에 가기 위해 나에겐 폭설이 필요했던 거야. 폭설에 나를 가둔 사람도 그러니까 나였던 거야. 내가 심고픈 나무는 오직 김나무, 뿐이었으니까. 하필이면 네가 바로 그 김나무였으니까.

그런데 너는, 너는 도대체 왜 그랬던 거니? 너는 그때 어떤 나무였니?

너는 말했어. 단 한 번도 김나무였던 적, 없다고. 김나무가 아니기에 김나무가 줄 수 있는 사랑 같은 건 없다고. 옻나무쯤으로 치부해버리라고 했어, 너는. 그러니까 이 모든 건 다만 옻이오른 고통. 결코 사랑이 아닌.

그곳에서 돌아온 뒤 우리는 주기적으로 만났어. 제어할 수 없는 사랑의 열망만이 궤도를 이탈하게 할 수 있는 법인데 우리는 사랑이 아니었으니까. 사랑이 아니라는 사실을 주기적으로 확인시켜줄 필요가 있었으니까. 우리는 오로지 그곳에서만 만났어. 그곳은 어디에든 있었어. 어디에도 없는 특별한 장소에 우리가 가야 할 이유는 없었어. 우리는 연인이 아니었으니까. 너의 일상과 꿈, 너의 미래와 결핍…… 그 어떤 것도 너는 말해주지 않았어. 나의 일상과 꿈, 나의 미래와 결핍…… 그 어떤 것도 너는 묻지 않았어. 우리에겐 함께해야 할 그 어떤 현실도 없었으니까. 그래도 너에겐 항상 사랑이 넘쳐났지. 너를 설레게 한 수많은 애인들이 있었지. 우리가 나눌 수 있는 얘기는 그녀들에 관한 너의 이야기, 뿐이었지. 우리는, 아무것도, 아니었으니까.

너에게 내가 있듯 내게도 나 같은 사람이 있다면…… 아, 에

둘러 말하진 않겠어. 내게도 섹스파트너라는 게 있다면, 있어야만 한다면, 그건 결코 네가 아닐 거야. 그는 내가 절대 사랑하지 않는 사람이어야 할 거야. 혹시라도 그가 나를 사랑하게 된다면 오히려 귀찮은 생각이 들 것 같은 꼭 그런 사람이어야만 할 거야. 그래, 너에겐 내가 꼭 그런 사람이지. 그래서 난 널 사랑할 수 없지. 사랑 따위로 널 귀찮게 만들 수는 없으니까.

하지만 난, 설사 그런 사람이 있더라도 그럴 수 있을까? 여자에게 섹스란 무엇일까? 사랑받고 싶은 마음. 사랑을 잃지 않으려는 안간힘. 사랑에 대한 예의. 그러니까 그 자체로는 목적이 될 수 없는 것. 그래서 때론 거짓인 것. 가짜 교성. 가짜 희열. 진짜는 언제나 사랑받고 싶은 마음. 사랑을 잃지 않으려는 안간힘. 사랑에 대한 예의. 그러니 설사 그런 사람이 있더라도 난 그럴 수 없는 여자. 물론 모든 여자가 나 같진 않겠지. 어떤 여자는 꼭 너와 같을 수도 있겠지. 하지만 난 그럴 수 없는 여자이기에 그런 사람, 필요 없어. 너에겐 내가 필요할지 몰라도 나에겐 나 같은 사람…… 필요 없어. 그러니까 나, 필요해서 널 만나는 게 아니야. 너이기에 만날 수밖에 없는 거야. 사랑 따위 너는 결코 주지 않겠지만. 어쩌면 넌 정말 옻나무에 불과한지도 모르겠지만. 그럼에도 불구하고 그게 바로 너. 그래서 나도 너처럼 모든 게 섹스 때문인 양. 때론 너를 안심시킬 가짜 교성과 가짜 희열도 함께. 하지만 진짜는 언제나 눈물, 눈물. 난데없이 쏟아진 봄날의 그 폭설에 갇혀버렸어, 난.

사랑은 없다, 너는 말했어. 네 눈앞에 있는 날 사랑한다면 사랑은 지금 여기 있는데. 영원한 사랑은 없다, 너는 말했어. 누군가가 널 버려도 네가 버리지 않는다면 네가 바로 영원한 사랑인데. 사랑이 넘쳐날 수밖에 없는 너의 속사정, 조금은 알 것 같았어. 사랑이 너무 많아 하나만 갖는 게 불가능한 세상 속에서 잠시나마 눈 붙일 곳, 필요했겠지. 잠들었으니 가끔은 꿈도 꾸었겠지. 그래서 너는 꿈꾼다 치고 날 만난 것이겠지.

나를 만나는 그동안이 네가 꿈을 꾸는 시간. 하지만 네가 꿈에서 깨면 난 어디에 존재해야 하는 걸까. 현실이 아닌 다만 꿈속에서 나를 아프게 했을 뿐이지만…… 너는 아니? 그곳이야말로 내가 살고 있는 유일한 현실이라는 것을. 너의 꿈속에서 칠년을 사는 동안 나, 서른일곱이 되었어. 나의 현실에 들어와본 적 없는 넌 실감할 수 없겠지. 더구나 넌 이제 서른셋. 그리고 남자.

서른 살 무렵 보았던 어떤 영화가 있어. 삼십대 여자들의 사랑과 우정에 관한 영화였지. 서른여덟을 앞두고 그녀들은 결정을 해야 했어. 자신들의 인생에 아이를 포함해야 할지 말지를. 같은 삼십대임에도 서른 살인 나는 알지 못했어. 굳이 포기하지 않는 이상 여자에게 아이란 당연히 주어진 가능성이었으니까. 이제야 알 것 같아. 여자의 몸은 아이를 가질 수 있지만 언제까지나 그럴 수 있는 건 아니야. 가능성조차 가능하지 않은 순간이 곧 오고야 마는 거야. 그러니 가능성이 있을 때 결정해야 하는 거야. 내 삶을 내가 산다는 건 그런 거니까. 여자에게 서른여덟이란 바로 그런 나이니까. 며칠 안 남은 올해가 가고 나면 나도 그 나이. 너의 아이도 갖지 못한 채. 너의 아내도 되지 못한 채. 여전히 너의 애인조차 되지 못한 채. 이제 나도 선택을…… 해야겠지.

오늘, 올해의 첫눈이 왔어. 심상한 첫눈답게 쌓이다 말았지. 순식간에 물이 되어버렸지. 쌓이면 단단한 얼음벽이 되기도 하는 눈이 한편으론 그저 물이었어. 아직 얼지 않은 얼음, 울지 않은 울음…… 그런 게 눈이었나 봐. 내 눈에 너를 담은 그 순간부터 내 눈은 다만 물이었나 봐. 내 눈에 담긴 너, 그렇게라도 조금씩 흘려보내라고.

깨끗하게 닦아놓은 거울 같았던 그 하늘은 지금도 여전해. 거기 비친 너를 어떻게든 이해하고 싶었는데 이젠 그만해야겠어. 나의 논리 안에 들어 있지 않은 것들을 내가 무슨 수로 이해할 수 있을까. 내가 이해하든 못 하든 너는 다만 너. 네가 내 눈앞에 있는 동안 그저 바라볼 수밖에. 미루나무 옆을 지나가는 시냇

물처럼. 흐르는 물처럼. 넌 때때로 수면에 투영되기도 하겠지만 널 가지고 가지는 못할 거야. 넌 그대로야. 다만 내가 흐를 뿐.

내 눈에 너를 담은 그 순간, 내 눈은 이미 물이었어. 네가 누군지도 모르면서 널 사랑했어. 이해 못 한 채 사랑했으니 영원히 널 이해하지 않을 거야. 달라질 건 없어. 나, 제법 옻 타는 사람이 되리란 것 말고는.

설산

— 아무나 혹은 누군가에게

푸른 하늘의 아버지는 한 사람입니다. 초록 나무의 어머니도 한 사람입니다. 달리 말해 푸른 형과 하늘 누나는 어머니가 같지 않습니다. 초록 누나와 나의 아버지도 다른 사람입니다. 또 다른 말로 얘기해볼까요. 하늘과 초록과 나무는 각각 다른 아버지, 그러나 같은 어머니의 자식들입니다. 푸른 형의 어머니가 누군지 우리는 모릅니다. 하지만 그런 건 중요하지 않습니다. 우리는 어쨌거나 푸른에서 시작된 형제들입니다. 푸른이 먼저 있었기에 자연스레 그다음은 하늘이 되었던 것이니까요.

유전자를 최대 50퍼센트, 최소 0퍼센트 공유하고 있을 우리 형제들은 생김새만으론 별로 비슷한 구석이 없습니다. 하지만 우리의 이름은 우리가 같은 별자리에 속해 있음을 표명해줍니다. 외따로 존재해도 상관없었을 우리는 작명을 통해 서로 간에 연속성을 지닌 필연의 존재가 되어버렸습니다. 우리의 이름을 지어준 사람은 어머니였습니다. 내 어머니는 그런 사람인 것입니다.

어머니는 자신이 쓰는 동화만큼이나 천진하고 사랑이 많은 여자였습니다. 그 진심을 잘 알았기에 우리는 누구도 불평하지 않았습니다. 불평할 틈도 없었습니다. 천진한 어머니의 아이들은 빨리 어른이 되어야 했습니다. 사랑만큼 많은 사랑의 이면도 감내해야 했습니다. 생김새가 다른 우리, 이름마저 불연속적이었다 해도 형제일 수밖에 없었을 겁니다. 어쨌거나 우리는 한 어머니 손에서 함께 자랐으니 말입니다.

남다른 가족 구성이었지만 어머니 안에서 우리는 행복했습니다. 진심입니다. 상처가 없진 않았지만 그건 집 밖에서의 일이었습니다. 나는 그래도 막내라 괜찮았습니다. 아버지가 바뀔 때마다 성씨가 바뀐다거나 형제 중에서 혼자만 다른 성씨를 가져야 하는 경험은 하지 않아도 됐으니까요. 어머니의 동화는 순수하다 못해 유치한 경우가 더 많긴 했지만 우리가 상처받았을 때마다 어머니는 반드시 우리를 치유해주는 그런 동화를 써주셨습니다. 덕분에 우리는 자신을 객관화할 수 있었고 또래들보다 조금은 더 성숙할 수 있었습니다.

다른 아버지들에 대해선 잘 모릅니다. 내가 아는 아버지는 내 아버지 한 사람뿐입니다. 내 눈에 비친 어머니는 정말로 아버지를 세상에서 가장 사랑하는 것처럼 보였습니다. 나중에 다른 형제들에게 들어보니 그들도 그랬다더군요. 그러니까 어머니는 각각 다른 사람들을 마치 처음인 양 그리고 마지막인 양 전심을 다해 사랑했던 것입니다. 사랑하니까 당연히 결혼했고 사랑하니까 당연히 아이를 낳았던 것입니다.

한 사람의 인생에서 그런 사랑이 몇 번이나 가능한지는 모르겠습니다. 그런 사랑이 여러 차례 올 줄 알았다 해도 어머니가 과연 같은 선택을 했을지, 그것도 잘 모르겠습니다. 이제는 어머니에게 물어볼 수조차 없으니 답을 찾는 일은 오로지 나의 몫입니다. 많은 사랑을 목격했으니 누구보다 사랑에 대해 잘 알 것 같지만 그래서 더 사랑에 대한 의문이 많은 사람. 난 겨우 그런 사람입니다. 바라는 게 있다면 그것이 다만 사랑의 습관만은 아니었기를.

어머니가 실족사했던 산에 지금, 와 있습니다. 이번에 맡은 프로젝트가 하필이면 그렇습니다. 반년에 걸쳐 각국의 설산을 파인더에 담을 예정입니다. 시간이 촉박하긴 하지만 혼자 하는 일도 아니고 소위 말하는 아트도 아니니 이번에도 무난하게 완수할 수 있을 것 같습니다. 아웃도어용품 매출이 급신장하고 있다고 합니다. 의류와 장비만으론 이제 더 이상 아마추어와 프로를 구분할 수도 없다고 합니다. 요컨대 대세는 아웃도어용품 시장의 고급화라는 얘기겠지요. 오더를 준 기업에선 그런 추세에 발맞춰 내년 겨울, 설산 등반용으로 특화된 새로운 브랜드를 론칭할 계획이라고 했습니다. 시장 선점을 위한 대규모 론칭쇼도 준비 중이라지요. 설산을 찍은 사진들도 3D 작업을 거친 후 그때 공개가 될 예정입니다. 나답지 않게 일 얘기를 길게 늘어놓는 이유는, 이런 식으로 오더를 받아 하는 일이 나로선 꽤 만족스럽기 때문입니다. 셔터를 누르는 손은 분명 내 손이지만 순간 포착된 그 풍경은 내 것이 아니니까요. 사진을 찍기 위해 굳이 나의 눈으로 어떤 풍경을 보아낼 필요가 없으니까요. 이 일은 클라이언트의 눈이 본 것을 대신 찍어주는 것에 지나지 않습니다. 내가 찍었지만 내 안에 남겨둘 필요는 없는 풍경들인 것입니다. 나라는 인간은 아무거나 원하는 것을 찍어 오라면 분명 아무것도 찍지 못할 겁니다. 그런 식의 오더는 없다는 사실이 천만다행이지요.

아시다시피 한반도엔 만년설이 존재하지 않습니다. 설산을 아무 때고 볼 수는 없다는 말입니다. 얼마 전 큰 눈이 내려주었으니 기회는 지금입니다. 저 설산의 풍경을 오늘 반드시 담아가야 합니다. 그런데 어쩐 일인지 작업을 시작조차 못하고 있습니다. 설산을 봐야 하는데 자꾸만 설연에 눈이 갑니다. 작업이 안되는 걸 보니 설연을 보는 이 눈이 클라이언트의 눈은 분명 아닌 듯합니다. 그렇다면 지금 이 눈은 누구의 눈인 걸까요? 어머니? 당신? 설마 나?

어느 봄날. 난데없는 폭설이 쏟아졌던 때가 있습니다. 폭설에 고립되어 나흘을 지낸 적이 있었습니다. 자발적인 고립이었습니다. 나로선 꼭 확인해야 할 것이 있었고 그러려면 시간이 필요했기 때문입니다. 나는 그때 폭설 속으로 뿌리를 내려버리고 싶었습니다. 그런 확신이 든 건 처음 있는 일이었습니다. 확신을 믿을 수 없어 확신이 불신이 되기를 기다려야 할 지경이었습니다. 하지만 그런 일은 일어나지 않았습니다. 오히려 더 확고해지는 확신이 두려워 나흘 만에 나는 폭설에서 탈출해버렸습니다. 제아무리 확신이라 해도 전적으로 믿을 수는 없습니다. 이 세상에 영원한 확신이란 없으니까요. 다만 확신하는 그 순간만이 존재할 뿐. 그 순간은 말 그대로 순간일 수도, 나흘일 수도, 혹은 십 년일 수도 있을 겁니다. 하지만 영원할 수 없다는 점에선 모두가 순간에 지나지 않습니다. 비겁하게도 난 그렇게밖에 생각할 수가 없습니다.

　한 여자가 있었습니다. 그녀를 사랑하는 한 남자도 있었습니다. 남자는 여자를 너무도 사랑했습니다. 아무도 만지지 말라며 여자의 두 팔을 잘랐습니다. 아무에게도 가지 말라며 두 다리마저 잘랐습니다. 남자가 원한대로 아무것도 만질 수도, 아무 데도 갈 수 없게 된 여자는 오직 남자만 바라보았습니다. 여자가 할 수 있는 일이라곤 그것밖에 없었습니다. 여자의 눈 속에 오직 자신만 담길 수 있어서 남자는 행복했습니다. 비로소 남자는 온전히 그 여자에게 속하게 되었다고 믿었습니다. 하지만 여자의 눈 속에서 남자가 할 수 있는 일은 별로 없었습니다. 어느 날 부턴가 남자는 자신이 갇혀버린 것이라고 생각하기 시작했습니다. 평생을 여자의 눈 속에서 그렇게 살 수는 없는 노릇이었습니다. 마침내 남자는 말했습니다. 이만큼 사랑했으니 됐다고. 이제 그만 네 갈 길 가라고. 팔이 없는 여자는 남자를 붙들 수 없었습니다. 다리가 없으니 어디에도 갈 수가 없었습니다. 할 수 있는 일이라곤 오직 눈물을 흘리는 것뿐. 남자가 말했습니다. 이별이란 원래가 슬픈 거라고. 그래도 사랑했던 기억만은 잊지 말라고. 사랑했던 기억의 힘으로 살아가는 거라고. 미안하다고. 그 말밖에 할 수가 없다고. 남자의 말은 물론 진심이었습니다. 그리고 최선이었습니다. 하지만 가장 중요한 그 진심을 가지고도 여자가 할 수 있는 일은 아무것도 없었습니다.

어머니의 유고를 정리하다가 그런 내용의 동화를 발견했습니다. 어쩌면 동화가 아닌지도 모르겠습니다. 하지만 내가 아는 어머니는 평생 동화만을 썼습니다. 그러니 그게 동화가 아니라면 무어라 불러야 맞는 걸까요. 사랑이 올 때마다 전심을 다해 그 사랑을 살아낸 어머니였습니다. 그것이 어머니의 삶 어디쯤 존재하는 이야기인 것인지 나는 짐작조차 할 수 없습니다. 어머니가 누구였는지도 가늠이 되질 않습니다. 완전한 허구라 해도 그렇습니다. 발표하지도 않을, 아무런 목적도 없는 그런 이야기가 어머니에게 왜 필요했던 것일까요.

명백히 눈앞에 보이나 붙잡을 수는 없는 저 설연처럼 내가 잘 알던 어머니는 죽고 나서 내가 전혀 모르는 사람이 되어버렸습니다. 나는 어머니를 보고도 못 봤던 것이었습니다. 그러니 내가 나만의 눈으로 뭔가를 본다는 것을 어떻게 믿을 수 있겠습니까. 모든 확신은 불신이 되기 위해 존재할 뿐입니다. 그래서 나는 아무런 확신이 들지 않는다면 언제든 사랑한다고 말할 수도 있었던 것입니다. 사랑이 없어야만 사랑할 수 있었던 것입니다. 습관처럼 사랑하고 습관처럼 이별했던 것입니다. 이미 폭설임에도 불구하고 습관처럼 언젠가 내릴지도 모를 첫눈을 기다리는 꼴이었습니다. 모르지는…… 않았습니다.

평소 산을 좋아했던 어머닌 생의 마지막에 이 산에 있었습니다. 좋아하는 것 때문에 그리 됐으니 참 딱한 일일까요, 좋아하는 것 때문에 그렇게 될 수도 있었으니 다행한 일일까요. 어머니의 대답을 듣는다 해도 그건 어디까지나 어머니만의 대답에 지나지 않겠지요. 압니다. 준봉의 정수리에 착지하고도 금세 설연이 되어 흩어져버릴 수밖에 없는 이유가 어찌 어머니 때문이겠습니까. 언젠가는 눈 녹듯 사라질 수밖에 없는 필연을 감당하지 못해 서둘러 바람의 등에 올라탄 사람은 다름 아닌 나 자신입니다. 그것이 필연이라면 차라리 가장 먼저 사라지는 쪽이 되겠다며.

  혹시 모르겠습니다. 만년설이라는 것을 보게 된다면 혹시 모르겠습니다. 언제 내렸는지도 모를 눈이 그대로 영원이 되어버린 설산을 보게 된다면, 확신을 불신하지 않아도 좋을 순간이 내게 올지도. 당신이라 불러도 좋을 사람이 내게 있다면…… 당신은 내게 그런 사람입니다.

7

연인에게

필요한

것

해질 무렵은 청혼하기 좋은 시간입니다. 태양이 이글이글 타오르는 한낮은 사랑의 시간이구요. 자칫 잘못하면 연인에게 화상을 입힐지도 모르지요. 뜨거운 사랑의 이름으로. 하루의 해가 저물 듯 사랑이 사라지고 나면 깊은 밤이 찾아옵니다. 밤을 건너는 힘은 사랑이 아니라 인내입니다. 다음 해가 뜰 때까지 참고 또 참는 수밖에 다른 방법이 없습니다. 한동안은 사랑의 기억을 연료 삼아 견뎌내겠지요. 그러나 연료가 다 떨어지기 전에 다음 해가 뜨리란 보장이 없는 게 문제입니다. 가진 걸 모두 잃고도 견뎌야 하는 것. 오직 견디는 것만이 유일한 목적이 되어버린 것. 밤의 시간입니다. 낮이든 밤이든, 사랑이든 사랑의 소멸이든, 언제나 문제는 사랑인 것입니다. 누군가의 연인이 되려는 당신은 그러므로 분명히 알아야 합니다. 사랑과 연애의 차이를 이해하는 사람만이 최고의 연인이 될 수 있다는 사실을 말입니다.

연애의 정점은 청혼입니다. 결혼이 아니라 청혼인 것입니다. 사랑의 정점은 그것이 어떤 사랑인가에 따라 제각각 그 정점이 다를 테지만 연애에서는 오직 청혼뿐입니다. 청혼은 낮과 밤 사이에 존재합니다. 해질녘에 빨래를 걷듯이 당신은 밤과 낮 사이의 그 찰나를 온전히 거두어 당신 연인의 가슴 한편 깊은 서랍 속에 넣어두어야 할 것입니다. 열기도 냉기도 아닌, 당신 연인의 체온과도 같은 온기의 순간들을. 되지 않는 일을 억지로 되게 만드는 게 아니라 당신 자신을 버리지 않고도 그렇게 할 수 있을 때 당신은 비로소 최고의 연인이 될 수 있을 겁니다.

나는 지금 빌딩 꼭대기에 있습니다. 33층입니다. 아니, 사실은 잘 모르겠습니다. 33층이라고는 하지만 내 발밑으론 열한 개 층이나 비어 있는걸요. 그러니까 33층 밑에 32층이 있는 게 아니라 22층이 있다는 말입니다. 22층과 33층 사이엔 아무것도 없습니다. 텅 비어 있는 그곳이 구름의 행로인지 새들의 행로인지 나는 모릅니다. 어쩌면 겨우 자동차 배기가스들의 인터체인지인지도 모르지요. 아무려나 나는 텅 비어 있는 그곳이 마음에

듭니다. 아무거나 다 받아들이지만 그 무엇도 담아두지 않는 성정을 닮고 싶을 정도입니다. 매일 밤 유성들이 내 가슴으로 쏟아져 들어와 그대로 나를 통과해버리기를 나는 여러 날 꿈꿔왔으니까요.

33층의 이 레스토랑은 벽면이 전부 유리로 되어 있습니다. 사방 유리벽이 아니라 360도 유리벽입니다. 이곳의 벽은 완벽한 원형이니까요. 나는 그랜드 피아노 근처에 자리를 잡았습니다. 피아노를 중심으로 각도를 측정한다면 30도 이내에 앉아 있는 것입니다.

— 유리벽너머로함수그래프같은능선이펼쳐져있어그대를기다리다지쳐미적분이나하는따분한남자로만들테야?나의연인아제발빨리와!

나의 연인에게 문자 메시지를 날립니다. 약속 시간이 되려면 십 분쯤 여유가 있는데도 말입니다.

— 그러시든가말든가 :-P

곧바로 답장이 옵니다. 나의 연인은 역시나 여유만만입니다. 우리 사인 늘 이렇습니다. 나 혼자 안달복달하고 투정부리고 섭섭해 합니다. 나의 연인은 나 따위는 잃게 되어도 상관없는 모양입니다. 아니면 지나치게 신뢰하고 있던가. 나의 연인이 원하는 게 정확히 무엇인지는 모릅니다. 그러나 그 사람이 언제나 그 사람답기를 나는 바랍니다. 사랑하지 않아도 좋습니다. 사랑 때문에 나의 연인이 그 자신이 아닌 다른 사람이 되어야 한다면 나는 그 사람의 연인이길 그만두어야 할 것입니다.

발밑으로 시폰 스카프 같은 노을이 깔리기 시작합니다. 저걸 거두어 내 연인의 목에다가 둘러주고 싶습니다. 밤과 낮 사이, 청혼하기 좋은 이 시간을 온전히 연인에게 바치고 싶습니다. 며칠 전 내가 예약한 것은 33층 레스토랑의 그랜드 피아노 근처 좌석이 아니라 어쩌면 바로 이 시간인지도 모르겠습니다.

"미분계수는 다 구했어?"

나의 연인입니다. 늘 그랬듯 오늘도 오 분쯤 늦었군요.

"어떻게 계산해도 답은 하나. 모조리 다 당신, 당신이야. 왜 이렇게 늦었어? 십 초만 더 늦었어도 그대로 미라가 되어버렸을걸?"

"억지 좀 그만 부려. 겨우 오 분 가지고."

말은 그렇게 하지만 연인의 얼굴에서 짜증스런 기색이라곤 전혀 찾아볼 수 없습니다. 그렇다면 여기서 멈추면 안 됩니다. 나의 연인이 필요로 하는 걸 나는 제법 알고 있거든요.

"당신에겐 오 분이지만 나에겐……."

"나에겐 뭐? 오십 년이라고?"

나의 연인께선 내 말을 냉큼 잘라 잡수십니다. 소프트 아이스크림이라도 한 입 베어 먹은 듯이 보이는군요. 말투는 저리도 쌀쌀하지만 말입니다. 나는 짐짓 얼굴을 붉히고 쩔쩔매는 시늉을 합니다.

속마음과 다르게 말한다고 해서 나의 연인더러 정직하지 못하다고 하진 마십시오. 그 사람은 단지 부끄러움이 많을 뿐입니다. 부끄러움이 많다는 건 또 그만큼 순수하다는 뜻이지요. 너무도 순수한 그 사람은 정말 순수한 마음으로 한 남자를 사랑했습니다. 사랑하기 때문에 뭐든지 그 남자의 뜻대로 했습니다. 아무것도 원하지 않았습니다. 뭘 원하는지 알고 싶어 하지도 않았습니다. 사랑하기 때문이었습니다. 내 연인의 사랑이 조금은 나를 속상하게 합니다. 그 사람을 사랑하진 않아도 연민하게 합니다. 나의 연인(戀人)은, 연인(憐人)인 것입니다. 내 연애의 핵심은 그것입니다.

사랑이 아니라고 비난하지 마십시오. 나의 연인은 나를 만나고 나서야 비로소 자신이 무엇을 원하는지 알게 되었습니다. 진정한 연애와 사랑 사이엔 아무런 교집합도 없습니다. 최고의 연인이 되고픈 당신, 밥 먹는 일은 잊어도 그것만은 꼭 기억하십시오.

"빙고! 당신은 천재야! 큰 상을 받아도 부족해."

나는 호들갑을 떱니다. 내 말을 냉큼 잘라 잡수신 후 오십 년이라고 정답을 말해버린 나의 깜찍한 연인에게 자연스럽게 포상을 하려면 어쩔 수 없습니다. 정색하고 말을 했다간 부끄럼 많이 타는 나의 연인이 그놈의 부끄럼 속으로 익사해버릴지도 모르니까요.

테이블 근처에서 대기하고 있던 지배인을 향해 나는 눈짓으로 신호를 보냅니다. 그 또한 눈빛으로 알았다고 대답해줍니다.

인디언핑크빛 셔츠에 쥐색 슈트, 사선으로 줄무늬가 들어간 넥타이를 매고 창백한 푸른빛이 도는 행커치프를 가슴에 꽂은 지배인의 패션 감각은 상당히 훌륭한 편입니다. 각진 턱이 흠이지만 다행히 광대뼈가 튀어나오진 않았고 얼굴형도 긴 편입니다. 그러다 보니 흠일 수도 있는 각진 턱이 오히려 호남으로 보이도록 한몫 거드는 것 같습니다. 단정하게 깎은 머리와 선명한 눈매, 그리고 알맞게 데워진 수프 같은 미소가 그에 대한 신뢰를 불러일으킵니다.

나이는 오십대 초반이라고 들었습니다만 그는 나이보다 훨씬 생동감 넘쳐 보이고 한편으론 나이에 걸맞게 진중하고 사려 깊어 보입니다. 물론 그의 직업 때문이겠지요. 그란 인간의 본질이야 어떻든 직업상 그는 그렇게 보여야만 하겠지요. 속으론 손님을 있는 대로 무시하면서도 겉으로만 친절하기도 하겠지요. 그러나 그러면 또 어떻습니까. 나는 저 지배인처럼 프로페

셔널한 사람이 좋습니다. 더 극단적으로 말하자면 나는 오직 프로만을 신뢰합니다. 아무리 노력해도 프로가 될 수 없는 일들은 믿지 않습니다. 일테면 사랑이 그렇습니다. 사람들은 열심히 사랑들을 하죠. 하지만 아무리 사랑해도 사랑 앞에선 언제나 아마추어일 뿐이죠. 사랑에 눈멀어 정작 연인이 원하는 게 뭔지 알아보지도 못합니다. 연애는 다릅니다. 노력한다면 우리는 누구라도 연애에서 프로가 될 수 있습니다. 최고의 연인이 되고자 하는 당신. 당신 연애의 목적은 바로 프로가 되는 데 있는 것입니다. 이 레스토랑의 지배인은 프로 중에 프로입니다. 나는 한눈에 알아봤습니다. 굳이 지배인의 서빙을 원한 건 바로 그래서입니다.

나와 내 연인 앞으로 샴페인 두 잔이 놓입니다. 길쭉한 샴페인 잔이 나는 아주 마음에 듭니다. 체온이 전달되지 않도록 샴페인 잔의 다리는 굉장히 길지요. 이걸 마실 땐 절대 손으로 잔을 감싸 쥐거나 해선 안 됩니다. 샴페인의 기분 좋은 차가움을 망치는 것밖에 안 되니까요. 반대로 코냑 같은 건 술잔의 다리를 손가락 사이에 끼우고 손바닥 전체로 잔을 감싼 채 마셔야 제격이지요. 얼음 따위는 절대로 넣지 말구요. 술에 어울리는 술잔, 술잔에 걸맞은 음주 방법…… 수학 공식처럼 아주 분명하지요? 머지않아 우리의 연애도 이렇게 공식화될 날이 올 거라 믿고 싶군요.

샴페인 잔에 담긴 황금색 액체 속에선 연거푸 기포가 올라오고 있습니다. 우주가 팽창하면서 별들이 마구마구 돋아나는 것처럼 보입니다. 이걸 마시고 나면 수많은 별들이 마침내 나를 통과해 어딘가 아주 먼 곳으로 흘러가버릴지도 모르겠습니다.

테이블에 잔을 내려놓자마자 지배인은 피아니스트에게 신호를 보냅니다. 원격조종된 로봇처럼 피아니스트의 손가락이 건반을 짚기 시작합니다. 엘비스 코스텔로의 〈She〉입니다. 줄리아 로버츠와 휴 그랜트가 주연한 영화 〈노팅힐〉에서 엔딩 크레디트가 올라갈 때 나왔던 음악이지요. 내 연인의 눈동자가 굉장히 커지고 있네요. 누군가가 그 눈 속에 이스트라도 집어넣은 모양입니다. 물론 그 누군가는 당연히 나이겠습니다만……

"이 노랜……."

"맞아. 당신이 가장 좋아하는 노래. 그리고 이것도!"

나는 테이블 밑에 감춰두었던 꽃바구니를 꺼냅니다. '머라이어 캐리'란 이름을 가진 장미꽃 백 송이입니다. 다른 장미꽃보다 송이가 두 배는 더 크고 탐스러운 데다가 흰색과 분홍색이 황금비율로 섞여 있는, 나의 연인을 위한 장미꽃입니다. 물론 꽃값도 다른 장미꽃보다 두 배는 더 비싸답니다. 그러나 절대로 가격에 연연해선 안 됩니다. 세상의 모든 연인들에겐 최고의 대우를 받을 권리가 있는 것이고 우리의 사랑스런 연인들은 항상 받은 것보다 더 큰 것을 되돌려주기 마련이니까요. 잘 아시겠습니까?

플로리스트의 손을 거친 '머라이어 캐리'들은 영적인 아우라마저 내뿜고 있습니다. 예술 작품이 따로 없습니다. 그런데 가수 머라이어 캐리와는 무슨 관계가 있는 건지 모르겠군요. 언젠가 당신 또한 당신의 연인에게 이 꽃을 선물하게 될 때를 대비해 이 꽃과 가수 사이의 상관관계를 알아두는 것도 나쁘진 않으리라 생각되네요. 당신의 연인이 될 그 사람이 사소한 것에 지독히 많은 관심을 갖고 있을 수도 있으니까요.

"실은 휴 그랜트가 그랬듯이 장미꽃을 하얀 종이에 둘둘 말아서 가지고 오고 싶었어. 하지만 당신은 줄리아 로버츠 따위가 아니잖아."

"오버 좀 그만해, 제발."

나의 연인은 여전히 뻣뻣하게 말합니다. 그러나 나는 압니다. 그 말이 오버 좀 더 해달라는 뜻이라는 걸. 그리고 난 이미 보았습니다. 순정 만화에 나오는 여주인공들처럼 그 사람의 눈 속에도 별들이 총총 떠오른 것을. 연인의 눈동자를 두고 누가 호수라고 했나요? 내 연인의 눈동자는, 천공입니다.

"우리가 만난 지 백 일째 되는 날을 축하하며!"

내가 건배를 권하자 그토록 뻣뻣하던 나의 연인이 온순하게 자신의 잔을 내 잔에 갖다 댑니다. 이래도 내 연인의 눈에 뜬 별들이 진심이 아니라 조작된 것이라고 하시겠습니까? 나는 잘 알고 있습니다. 나의 연인은 마음을 마음으로 보여주는 걸 결코 좋아하지 않습니다. 예컨대 휴 그랜트가 장미꽃을 흰 종이에 둘둘 말아 가지고 줄리아 로버츠에게 달려간 건 마음을 마음으로 보여주는 행동이지요. 그녀는 인기 절정의 여배우이고 휴 그랜트는 보잘것없는 서점의 주인일 뿐이니 아마 그렇게밖에 할 수 없었을지도 모릅니다. 그러나 나는 그게 다 핑계라고 생각하는 쪽입니다. 마음이란 건 눈에 보이지 않는 것이죠. 보이지 않으니까 어떻게 해서라도 보이게 해야 합니다. 가능하면 더 크고 더 반짝거리고 더 향기롭고 더 화려하게. 마음을 마음 그 자체로 봐달라는 건 나는 원래가 이렇게 생겨먹은 놈인데 그래도 날 사랑할 테면 해봐라, 배 째라, 뭐 그런 종류의 똥배짱일 뿐이죠. 마음을 곧이곧대로 보여줄 수 있다는 믿음 자체가 허상입니다. 사랑에 빠졌다고 자부하는 철면피들의 자기 합리화에 불과합니다. 마음은 보이지 않습니다. 보이지 않는 건 존재하지 않는 것입니다. 나의 연인은 그러므로 정당합니다.

"우리 벌써 백 일이구나. 그 사람은 내가 로맨틱 코미디 좋아하는 거 한심하게 생각했는데…… 그것도 알고 있었어?"

"알 리가 있겠어? 나는 그 남자의 연인이 아니라 당신의 연인일 뿐이야."

꽃가루처럼 가볍게, 대답해줍니다. 내 연인의 사랑을 받고 있는 그 남자를 나는 결코 질투하지 않습니다. 나는 그저 내 연인이 행복하기를, 온전히 그 자신이 되기를 바랄 뿐입니다. 자신의 연인을 진정으로 이해한다면 그가 좋아하는 것들에 대해선 저절로 알게 되는 법입니다. 그러므로 가벼운 말투와 표정에 내장된 진심을 나의 연인은 알아야 할 것입니다. 그리고 연인에게 오해를 불러일으킬 수도 있는 표현은 가급적, 아니 절대적으로 안 쓰고 있다고 나는 자부합니다.

이제 식사를 주문할 시간입니다.

미소 드레싱을 곁들인 참치샐러드, 오리엔탈 소스와 모듬꼬치구이, 하와이풍의 포크찹이 오늘 우리의 메뉴입니다. 와인도 빼놓을 순 없죠. 바롤로 같은 숙성 와인은 내 연인의 취향이 아닙니다. 오래 묵으면 묵을수록 포도의 좋은 성분들도 깊이 우러나올 테지만 마찬가지로 나쁜 성분도 덩달아 증가하지 않겠습니까? 더 좋은 동시에 더 나쁘기도 한 것보다는 차라리 좀 덜 좋고 덜 나쁜 것을 선택하는 게 현명합니다. 보졸레처럼 어린 와인 쪽이 훨씬 깔끔하죠. 곁들이는 치즈 역시 오래 숙성하지 않은 페코리노나 바농이 제격입니다.

와인이 아니라 친구를 선택하라고 해도 나는 그렇게 했을 것입니다. 그러나 나의 연인은 와인을 고르는 기준과 친구를 고르는 기준이 불일치합니다. 아니, 기준은 같지만 뜻대로 되지 않는다고 합니다. 그 사람 생의 한가운데가 왜 그렇게 뻥 뚫렸는지 이제 이해가 되나요? 당신이 누군가에게 최고의 연인이 되고자 한다면 가장 먼저 할 일은 바로 그의 구멍 속으로 들어가 보는 것입니다. 당신이 연애를 걸어야 할 그가 바로 그 안에서 울고 있으니까요.

나의 연인이 주문한 메인 요리 한 개를 제외하곤 모두 내가 선택했습니다. 별로 어려울 것도 없습니다. 연인의 이름에 들어 있는 글자와 같은 글자가 보이는 메뉴면 무조건 오케이이니까요. 그렇다고 해서 당신, 우리의 주문 전표를 근거로 함부로 내 연인의 이름을 유추하려 들진 마십시오. 그렇게 저급한 호기심으론 결코 최고의 연인이 될 수 없습니다. 물론 아무리 유추해 보려 해도 되지도 않을 겁니다. 내 연인의 이름은 내 연인의 프라이버시. 이름이 공개될 수도 있는 상황이라면 나는 우리가 선택한 메뉴의 이름도, 내가 메뉴를 선택한 방식도 결코 발설하지 않았을 테니까요. 그 사람의 프라이버시를 지켜주지도 못할 만큼 나는 형편없는 연인이 아닙니다. 당신도 그 점은 항상 명심하시길 바랍니다.

어쨌든 간에 황당한 나의 메뉴 선택 때문에 내 연인이 또 조금 웃습니다. 아무런 그늘도 지지 않은 웃음이 보기 좋습니다. 이런 게 바로 연애하는 즐거움이겠죠.

유리벽 밖으로 펼쳐진 세상의 조도가 조금 더 낮아졌습니다. 낮과 밤 사이에서 중립을 지키고 있던 시간이 잰걸음으로 밤을 향해 이동하는 중입니다. 도시의 전구들이 하나둘씩 점등되기 시작합니다. 불빛들은 나의 발아래, 까마득히 낮은 데에 모여 있습니다. 추락한 별들 같습니다. 그러나 창공에 박힌 무수한 별들의 이야기를 내가 알지 못하듯 나는 지상의 불빛이 어떤 사연을 담은 채 제각각 빛나고 있는 건지 알지 못합니다.

한때는 내게도 익숙한 불빛이 있었습니다. 어떤 모양의 전구에 담긴 빛인지, 전구가 매달린 방의 풍경은 어떠했는지, 그리고 그 방의 주인이 누구였는지, 그 사람의 속눈썹이 무슨 소리를 내며 떨렸었는지…… 나는 다 알고 있었습니다. 내 손금보다도 정확하게.

내가 알았던 불빛의 주인은 하얀색 린넨 식탁보를 적신 수박 국물을 보고 흥분하던 여자였습니다. 능소화처럼 예쁜 꽃을 보고도 우선 짓이기기부터 하던 과격한 여자였습니다. 제 몸이 아플 때도 비싼 한약재로 약을 달여 먹기는커녕 그것을 오히려 기저귀감 같은 천들에게만 하염없이 먹여주던, 낭비벽 심한 여자였습니다. 그뿐인 줄 아십니까? 그 여잔 의심도 많았습니다. 붉은색에서 붉은색이 나오는 게 아니며 푸른색 또한 푸른색에서 나오는 게 아닐 거라고 생각했습니다. 매염제에 따라 이렇게도 저렇게도 바뀔 수 있는 그런 색이 아닌 진짜 색을, 색깔의 본질을, 그 여자는 찾고 싶어 했습니다.

아, 매염 같은 전문 용어를 예고도 없이 써버려서 정말 미안합니다. 내가 아니라 그 여자의 전문용어였을 뿐인데 이렇게 자연스럽게 튀어나오다니 나도 좀 놀랍군요. 그 여자는 염색 전문가였죠. 염색이란 게 쉽게 말해서 섬유에 색을 가두는 것 아니겠습니까? 색을 좀더 잘 가둬두기 위해서 사용하는 특수한 약제가 바로 매염제라고 이해하시면 됩니다. 일테면 백반이나 녹반, 타닌 같은 것들이죠. 소목이란 염료를 예로 들어볼까요? 소목은 산성 매염제를 쓰면 노란색을, 알칼리성 매염제를 쓰면 자주색을 띠게 됩니다. 그 여자가 알고 싶었던 건 그러니까 소목의 본래 색깔은 무엇인가, 뭐 그런 것이었던 거죠.

이제야 하는 말이지만 그 여잔 정말 복잡한 사람이었습니다. 대다수 사람들이 좋아할 만한 아름다운 색을 만들어내면 그만이지 도대체 무엇 때문에 먹고사는 일과 하등 상관없는 그런 질문들로 스스로를 괴롭히는지 알다가도 모를 일이었죠. 철학적이고 심리적이며 우주적인 궁금증이라고 나는 그 여자에게 농담조로 말하곤 했습니다. 그때만 해도 몰랐습니다. 먹고사는 일과 마찬가지로 그 여자를 지배했던 질문 역시 바로 생존의 문제였음을. 알았더라면 그렇게 가볍게 농담처럼 말하지 않았을 겁니다. 그 여자를 사랑했기에 나는 그 여자의 모든 걸 다 알고 있다고 생각했습니다. 내 사랑의 바늘이 그 여자의 심장을 꿰고 지나간 자리마다 내 이해의 실이 어떤 아름다운 문양을 수놓았을 거라고 믿었습니다. 버튼홀스티치가 됐든 단순히 홈질이나 박음질이 되었든 간에 실과 바늘은 언제나 함께라고, 인과관계라고, 삼쌍둥이라고…… 믿어 의심치 않았던 것이지요.

그러나 사랑의 바늘귀엔 반드시 이해의 실이 걸려 있다는 생각은 그야말로 환상에 불과합니다. 사랑에 눈먼 자들의 환각일 뿐입니다. 우리들 사랑의 바늘귀엔 아무것도 걸려 있지 않습니다. 내가 열심히, 사랑의 이름으로, 그 여자의 심장을 꿰고 지나간 자리에 남은 것은 무수한 통증과 바늘 자국들, 그리고 뻥뻥 뚫린 그곳을 통과하는 바람 소리와 지독한 출혈…… 뿐이었습니다.

곰국 솥. 오래전 가스불 위에 올려놓고 불 끄는 것을 잊어버린 곰국 솥. 우리들 사랑의 불꽃이 진국을 우려내줄 거라 믿고 고고 또 곤 곰국 솥. 마침내 새카맣게 타버려 닦고 문지르고 박박 긁어보아도 눌어붙은 흔적을 영원히 없애지 못할 곰국 솥.

그 여자는 그렇게 잔인하고 서글픈 색깔로 내게 남았습니다. 세상의 모든 사랑이 그러한 것처럼.

"소금 좀 그만 치는 게 좋지 않겠어?"

내 연인의 걱정스런 말투에 곰국 솥에 빠져 있던 나는 퍼뜩 33층 레스토랑으로 되돌아옵니다. 하와이풍의 포크찹이라는 이름을 가진, 내 몫의 저녁 식사가 어느새 내 앞에 놓여 있군요. 하와이, 그 뜨거운 땅 위에 눈이라도 뿌리듯 나는 계속 소금을 뿌려대고 있구요. 나의 곰국 솥, 그 여자는 소금이나 눈 같은 색을 원했습니다. 흰색이 아니었습니다. 분명히 소금이나 눈 같은 색이라고 했습니다. 도대체 그게 무슨 색인지 당신은 감이 잡히시나요? 아마 나만큼이나 어이가 없으시겠죠? 그 여자는 정말 골치 아픈 여자입니다. 사랑을 우습게 만든, 나쁜 여자입니다.

"그만 뿌려!"

내가 꼭 움켜잡고 있던 소금통을 나의 연인께서 드디어 강탈해 가시는군요. 기분이 썩 괜찮습니다.

"나이스! 나에게 관심 좀 보여달라고 그런 건데 비교적 성공인걸?"

"웃겨. 한 번만 더 주목 끌다간 장아찌 되겠다."

"모든 일엔 다 노력과 희생이 필요한 법이지."

"어련하시겠습니까? 프로이신데……."

내 연인의 입에서 프로라는 말이 나옵니다. 아, 아직은 나의 연인에게 현실을 환기시켜주고 싶지 않습니다. 틀림없이 우울해질 테니까요. 연인의 입을 막아야 합니다. 감정의 전이를, 막아야만 합니다.

"근데 음식이 좀 느끼하지 않아? 장아찌 안 필요해? 간이 아주 딱인데."

내 연인의 코앞에다 손가락을 들이민 채 나는 말합니다. 나의 연인이 실소합니다. 포크를 들어 내 손가락을 찌르는 척하더니 입가로 가져가 먹는 시늉까지 합니다. 너무 짜다고, 손 좀 씻고 다니라는 말도 잊지 않습니다. 다행입니다. 현실의 문지방을 밟고 있던 나의 연인이 도로 안으로 들어갑니다. 내가 청혼을 하기 전까진 다소곳이 그곳에 있었으면 좋겠습니다. 정성껏 고른 돌들로 지금까지 탑을 잘 쌓아 올렸는데 막판에 찐빵을 올려놓을 수는 없는 일 아닙니까?

아이 주먹만 하게 뭉친 볶음밥 위에 둘둘 만 돼지갈비를 올려놓고 또 그 위에 오븐에서 구워낸 체리토마토와 파인애플 조각을 얹은 게 하와이풍의 포크찹입니다. 내 접시엔 그런 덩어리가 세 개나 놓여 있습니다. 나는 그중에 하나, 운 좋게도 소금의 폭격을 받지 않은 것 한 덩어리를 골라 연인의 접시로 옮겨줍니다. 자주색 강낭콩과 노란색 칠리도 적당량 덜어줍니다. 나의 연인도 자신의 접시에 담긴 각종 고기와 야채, 해산물, 그리고 무화과까지 골고루 나에게 나눠주는군요. 그렇습니다. 나의 연인은 자기가 받은 만큼 돌려주고 싶어 하는 그런 여자인 것입니다. 뒤집어보자면 그 말은 준 만큼 받고 싶어 한다는 뜻이기도 하겠지요.

내 연인이 사랑한다는 그 남자는 자유롭기 짝이 없는 영혼의 소유자라고 하더군요. 사진도 찍고 드럼도 치고 만화도 그리고 또…… 하여튼 이루 헤아릴 수 없이 많은 일들을 하고 있습니다. 자유로운 사람이라니까 그런가 보다 이해는 합니다. 하지만 그 많은 일들 중에 그가 프로답게 할 수 있는 일이 단 하나라도 있을까 의심이 가는 것도 어쩔 수 없습니다. 단적으로, 그 남자는 자신이 사랑한다는 여자와 연애도 제대로 못하고 있으니까요. 그 남자도 나의 연인을 사랑한다고는 합니다. 나보다 먼저 청혼도 했답니다. 어떻게 했는지 아십니까? 나의 연인을 어떻게 보고 그딴 식으로 청혼을 했는지 어이가 없습니다. 어디 한 번 들어보시죠.

내 연인이 사는 아파트 근처에 무슨 초등학교가 하나 있답니다. 그 남자는 그 근처 문구점을 순례하는 게 중요한 하루 일과라더군요. 문구점 앞에 놓인 오락기계를 붙들고 초등학생들과 종일 게임을 하기도 하고 아주 자주 문구점에서 파는 불량식품

들을 사들고 들어온답니다. 왜 있잖습니까? 쥐포니 쫀드기니 아폴로니 하는 것들. 우리가 어렸을 때 일용할 양식처럼 입에 물고 다녔던 것들 말이에요. 그것도 대단한 전리품인 양 들고 들어온다는군요. 군것질 취향을 따라가는 건지 그 남자가 좋아하는 영화도 죄다 B급 영화입니다. 아무 맥락 없이 신체를 절단하고 하드코어 포르노를 방불케 하는 섹스 신이 남발되며 광대처럼 화장한 연인이 등장해 사랑의 이름으로 서로를 학대하고 물론 존속 살해도 빠지지 않는. 예, 인정합니다. 그 남자의 취향을 가지고 그의 인간성에 대해 이러쿵저러쿵해선 안 된다는 것, 잘 압니다. 그러나 말입니다. 자신의 개성을 존중받으려면 타인의 그것을 먼저 존중해줘야 옳지 않겠습니까? 나의 연인이 로맨틱 코미디 영화를 좋아하는 걸 가지고 신데렐라 콤플렉스니 뭐니 하며 비하할 필요 없지 않습니까?

재주는 많은지 몰라도, 아니 재주가 넘치기 때문인지는 몰라도 그 남자, 밥벌이도 제대로 못하는 눈칩니다. 내 연인이 담배까지 사다 바친다니 말해 무엇하겠습니까. 자유로운 영혼의 소유자이기 때문에 그는 내 연인에게 결코 얽매이는 법도 없습니다. 나의 연인 혼자서만 안달복달하고 투정부리고 섭섭해합니다. 그 남자가 어느 날 홀연히 사라져버릴까 봐 두려워합니다. 남들이 몰라서 그렇지 사랑할 만한 구석이 아주 많은 남자라고

치켜세우기까지 합니다.

내 연인의 말이 맞을지도 모릅니다. 사랑의 눈으로 보면 우리들이 미처 못 보는 것도 볼 수 있을 것입니다. 그러나 나의 연인은 왜 반대의 경우는 상정하지 않는 것일까요? 우리들 모두가 보고 있는 걸 보지 못하는 것도 바로 사랑의 눈으로 보았기 때문이라는 사실을 말입니다.

아, 나의 연인이 다른 사람들보다 특별히 더 어리석은 건 아닐 겁니다. 나의 연인은 그 남자와는 비교도 할 수 없을 정도로 품위 있는 직업과 세련된 취향을 가지고 있습니다. 그 사람이 그렇게 된 건 오로지 사랑에 빠졌기 때문입니다.

비단 내 연인만이 아닙니다. 사랑에 빠질 줄은 알아도 연애는 할 줄 모르는 사람들이 도처에 널려 있습니다.

나와 절친한 직장 동료의 연인도 한 예가 될 수 있을 겁니다. 그녀는 국내 굴지의 광고회사에서 가장 잘나가는 카피라이터입니다. 입사 칠 년차인데 나의 동료를 만나기 전까지 어떤 남자도 사귀어본 적이 없다고 합니다. 단 한 사람, 그녀의 직속 상사를 제외하고 말입니다. 칠 년이나 그녀의 연인이었던 상사는 이미 가정이 있는 사람이었습니다. 쉬운 말로 불륜이었던 거죠. 물론 그녀와 그녀의 상사에겐 사랑이었겠습니다만. 그녀의 사랑을 비하하려는 의도에서 한 말은 아닙니다. 단지 불륜의 특징을 당신에게 지적해주고 싶었던 것뿐입니다. 불륜 커플이 둘 다 가정을 갖고 있다면 상관없지만 어느 한쪽만 그럴 경우 가정이 없는 쪽의 상황을 당신은 이해해야 할 것입니다. 아무래도 그쪽이 당신의 연인이 될 확률이 높으니까요.

카피라이터인 그녀는 불륜의 연인을 만나고 있는 그 순간에만 존재합니다. 그녀에게는 일상이란 게 전혀 존재하지 않습니다. 연인과 함께 여행을 다녀왔다고 말할 수도 없고 연인과 팔짱을 낀 채 번화가에서 데이트를 할 수도 없습니다. 연인과 섹스는 할 수 있어도 함께 잠들고 함께 일어나 함께 식사를 하지도 못합니다. 여느 연인들처럼 퇴근 후 전화통을 붙들고 길고긴 통화로 밤을 새우지도 못합니다. 친구들과 더불어 만나거나 상대방 부모에게 인사하는 일은 더더구나 불가능하죠. 그녀의 연인은, 유령이니까요.

나의 직장 동료는 철저히 그녀의 일상이 되어주었습니다. 그녀가 불륜의 연인과 할 수 없었던 모든 일을 나의 동료는 다 해줄 수 있었습니다. 나의 동료의 품 안에서 그녀는 잠시 사랑을 쉴 수 있었습니다.

그러나 그녀는 결코 불륜의 사랑을 포기하지 않았습니다. 나의 동료와 연애를 끝내며 그녀는 이렇게 말했다는군요. 이루어질 수 없는 사랑만이 진정한 사랑이라고. 아, 사랑으로부터 우리의 연인들을 구해내기는 이처럼 지난한 일입니다. 그러하기에 당신은 더더욱 프로를 지향해야 할 것입니다.

나의 연인이 청혼받은 얘기를 한다는 것이 어쩌다 여기까지 흘러왔는지 모르겠습니다. 하지만 당신에게 도움을 주고 싶은 마음에 이 얘기 저 얘기 떠들고 말았다는 걸 이해하시리라 믿습니다.

초등학교 앞 초라한 문구점 순례가 중요 일과인 그 남자가 어느 날 반지를 가지고 왔더랍니다. 탁구공만 한 원형 케이스에 들어 있었다지요. 너무도 자랑스러운 얼굴로 남자는 그것을 나의 연인에게 내밀었습니다. 초등학교 앞 문구점 자판기에서 백 원이면 뽑을 수 있는 것들 중에 하나였습니다. 사과를 반으로 쪼개듯이 해서 나의 연인은 원형 케이스를 열었습니다. 진초록색의 플라스틱 반지가 그 안에 들어 있었습니다.

이게 뭐야?

당연히 나의 연인은 그렇게 물어보았습니다.

보면 몰라? 반지잖아, 옥반지.

이건 옥이 아니야. 옥 색깔도 아니고.

왜? 마음에 안 들어?

자유로운 영혼의 소유자인 그 남자는 금방 시무룩해졌습니다. 그 남자를 사랑하는 내 연인의 마음이 편했을 리가 없습니다. 얼른 수습에 들어갔지요.

아니야. 마음에 들어. 아주 마음에 들어. 나, 키치적인 거 좋아하잖아.

그렇지? 그럴 줄 알았어? 그럼 내 맘 받아주는 거지?

당연하지. 근데 무슨 마음?

내가 당신에게 주는 처음 반지. 뭐겠어? 청혼하는 거지!

말이 끝나기가 무섭게 남자는 상대방 대답은 들을 필요도 없다는 듯 나의 연인을 안고 들고 업고 돌리고…… 갖은 '쌩쇼'를 다 했다는군요. 아무튼 그 일이 있고 나서 우리는 연인이 되었습니다. 나를 처음 만나던 날 나의 연인은 이렇게 말했습니다.

유해 색소처럼 보이는 진초록도 진초록이지만 무엇보다 참을 수 없었던 건 반지에 쓰여 있던 글자였어요. 글쎄, 뭐라고 쓰여 있었는 줄 아세요? 아, 아무도 상상할 수 없을 거야. 글쎄 말이에요, 글쎄 말이죠, 거기엔 '긴또깡'이라고 쓰여 있었어요. 정말 '긴또깡'이라고 쓰여 있었다니까요.

'긴또깡'을 발견한 순간 내 연인의 자아는 반지가 들어 있던 원형 케이스를 쪼개듯이, 하늘과 땅이 분리되듯이, 딱 절반으로 나눠졌습니다. 반은 내게로 왔지만 반은 여전히 그 남자에게가 있습니다. 그 말끝에 나의 연인은 또 이렇게 말하기도 했으니까요.

솔직히 기쁘기도 했어요. 훌쩍 떠나버릴까 봐 늘 두려웠는데 내 사람이 되겠다고 약속한 거니까…….

사랑은 정말 어쩔 수 없습니다. 지독합니다. 내가 사랑의 해독제 노릇을 안 하려야 안 할 수가 없습니다.

메인 식사가 끝났습니다. 우리는 칵테일을 한 잔씩 주문했습니다. 나는 샴페인을 베이스로 한 블루버드를, 나의 연인은 화이트 럼을 베이스로 한 옐로버드를. 이름대로 내 것은 파랗고 연인의 것은 노랗습니다. 내 것은 얼음이 없지만 연인의 것은 얼음이 잔뜩 들어 있습니다. 내 잔은 날씬하고 연인의 잔은 풍성합니다. 우리는, 서로 다른 새입니다.

파란 새와 노란 새가 결혼을 하고 아이를 낳으면 초록색 새가 나올까요? 초록색 새들끼리 교미를 하면 초록색 새만 나오는 걸까요? 색깔이란 건 맨 처음 어디서부터 시작된 것일까요?

소금이나 눈 같은 색을 찾고 싶어 했던 그 여자는, 내가 사랑했던 그 여자는, 한 번도 내게 사랑을 보여달라 떼쓰지 않았습니다. 나는 그 여자가 좀 무심한 편이라고 생각했습니다. 엄살이 심했던 그 여자의 친구와는 아주 대조적이었죠.

내 친구이기도 했던 그 여자의 친구.

그 친군 현재 사귀고 있는 사람이 어떤 사람인지, 얼마나 진행됐는지, 뭐가 힘든지를 나와 그 여자에게 낱낱이 고한 후 격

려받고 위로받아야만 직성이 풀리는 스타일이었습니다. 남녀 간의 사랑이든 부모 자식 간의 사랑이든 혹은 친구 간의 사랑이든 세상의 모든 사랑을 다 받고 싶어 했던 것이죠. 그 친구 같은 사람들은 아마 당신 주변에서도 쉽게 찾아볼 수 있을 겁니다. 자신을 격려하거나 위로해줄 사람은 많을수록 좋다고 생각하는 그런 사람들. 첫번째 사람에게 위로받고 두번째 사람에게도 위로받고 세번째 사람에게 또 위로를 받아도 성에 차지 않아 네 번째, 다섯번째, 여섯번째…… 계속 찾아 헤매는 사람들.

그 친구가 몇 번째 남자를 사귀고 있었을 때였을까요. 나는 또 그 친구가 넋두리 늘어놓는 전화를 받았습니다. 너무도 사소한 얘기였기 때문에 통화 내용은 기억도 나지 않습니다. 도대체 몇 사람에게나 위로를 받은 후 내게 전화한 것인지도 물론 나는 알지 못합니다. 다만 그 친구가 술에 취했었다는 사실은 확실히 기억나네요. 맥주를 세 병 마셨다고 그랬는데 그 친구에게 그건 거의 치사량이었습니다. 그렇게 마셔놓고 전화를 해서는 자기가 지금 어디 있는지 모르겠다고 하니 아무리 엄살이라고 치부해도 좀 불안하더군요. 확실한 장소를 얘기하기 전에는 전화를 끊을 수도 없었습니다. 몇 시간이 소요됐는지 모를 정도로 통화가 길어지긴 했지만 전에도 종종 있던 일이라 나는 대수롭지 않게 여겼습니다.

그러고 나서 사흘쯤 지났을 때였습니다. 그 여자, 소금이나 눈 같은 색을 찾고 싶어 했던 그 여자, 내가 사랑했던 그 여자에게 도무지 연락할 길이 없다는 얘기가 들려왔습니다. 그 여자는 누구에게도 먼저 전화하지 않는 스타일이었습니다. 명색이 애인이었던 내게도 그랬습니다. 나는 그 여자에게 매일 전화하는 편이었지만 문득 자존심이 상해서 며칠 건너뛸 때도 있었습니다. 매일 하나 건너뛰고 하나 반응이 매양 같았던 나의 애인에게 서운한 생각이 들기도 했습니다. 그러나 나는 기본적으로 내 애인의 무소식은 희소식이라 믿고 있었습니다. 경험상 쭉 그래 왔으니까요. 그런데 그땐 달랐습니다. 전화를 하다하다 안 돼서 직접 집으로 찾아갔을 때 그 여자는 이미 이 세상 사람이 아니었습니다. 그 여잔 자신의 토사물에 얼굴을 묻은 채 죽어 있었습니다. 주변에는 위스키 병들이 어지럽게 널려 있었습니다. 몸을 가눌 수 없을 정도로 취한 상태에서 벌어진 일이었습니다. 그리고 그 여자가 움켜쥐고 있던 휴대폰 통화 기록엔 온통 내 이름 천지였습니다. 맥주 세 병에 취해 울던 나와 그 여자의 친구. 줄줄이 위로받고도 또 내게 위로를 청했던 그 친구. 내가 그 친구와 통화를 하는 동안 나의 애인은 계속해서 내게 전화를 걸었지만 끝내 통화할 수 없었던 것입니다. 자신을 위로해줄 사람을 단 한 사람, 오직 나 하나밖에 갖고 있지 못했던 나의 애인은 아무런 위로도 받지 못한 채 그렇게 떠났습니다.

그 여자가 죽기 전, 때때로 통화 중에 혼자 술을 마시고 있다는 그 여자에게 나는 이렇게 말하곤 했습니다.

술꾼! 중독자! 적당히 마시라고. 술이 그렇게 좋아?

정말로, 정말로 나는 그 여자가 술을 좋아해서 마신다고만 생각했습니다. 그 여잘 사랑하니까 그 정돈 알고 있다고 생각했습니다. 그러나 처참한 시신 옆에 나뒹굴고 있는 술병을 보았을 때 나는 술병을 깨어 내 가슴을 긋고 싶었습니다. 널 사랑해, 널 이해해…… 그런 말들로 그 여자가 자신을 보여줄 수 있는 기회를 미리 차단해버렸던 나를 없애버리고 싶었습니다. 바보 같은 그 여자. 바보 같은 사랑을 했습니다. 아예 사랑이란 걸 하지 않았더라면, 차라리 아주 많은 사랑을 욕심냈다면…… 그 여잔 죽지 않았을지도 모릅니다.

"오늘 이곳에서 가장 아름다운 숙녀 분께 제가 디저트를 서비스해도 되겠습니까?"

프로페셔널해 보이는 지배인이 내 연인의 얼굴을 보며 그렇게 묻고 있습니다. 그의 손에는 이미 은쟁반이 들려 있습니다. 도대체 얼마나 대단한 디저트이기에 반구형의 은색 뚜껑까지 덮여 있군요.

"제게 말이죠?"

나의 연인, 얼굴에 흥분한 빛이 역력합니다. 아무렴 그래야지요. 저 디저트는 지배인의 서비스가 아닙니다. 내가 오히려 그에게 봉사료를 줘가며 부탁한 특별 디저트인 것입니다. 백 일 동안 쌓아 올린 탑. 이제 마지막 돌을 얹어야 할 순간이니까요.

"오미자 소스를 곁들인 아이스크림 튀김입니다. 아름다운 숙녀 분을 위해 특별히 만들었습니다."

지배인은 역시 프로답습니다. 자신이 맡은 배역을 꽤나 그럴 듯하게 연기하고 있네요.

"아!"

뚜껑이 열리자 연인의 입에선 저절로 탄성이 터져 나옵니다. 심플한 흰 접시에 깔려 있는 연지색 오미자 소스. 소스 속에 점점이 들어 있는 붉은 오미자 열매. 접시 한가운데 황금색 아이스크림 튀김. 그 위에 슈거 파우더. 아이스크림 옆엔 하트 모양의 퍼프 페이스트리도 곁들여 있습니다. 아, 가장 중요한 걸 빼먹었군요. 아이스크림 정수리엔 반지 하나가 떡하니 박혀 있습니다.

"우리 만난 지 백 일째 날. 당신에게 프러포즈하고 싶었어."

나는 마침내 연애의 정점에 놓여 있는 그 말을 하고야 말았습니다. 말이 채 끝나기도 전에 피아니스트가 〈Moon River〉를 연주하기 시작합니다. 지배인이 때맞춰 신호를 보냈기 때문입니다. 물론 저 피아니스트에게도 나는 상당한 액수의 팁을 약속했습니다.

"정말 꿈꿔왔어…… 이런 프러포즈……."

세상에, 연인의 눈에 눈물이 다 맺혔네요. 연인이 사랑한다는 그 남자는 별로 어렵지도 않은 이걸 왜 못해주나 모르겠습니다. 아마 연인이 뭘 원하는지 모르기 때문일 테죠. 사랑은 사랑으로 다 된다고 생각하기 때문일 테죠. 그 남잔 사랑에 있어선 우등생일지 몰라도 연애에선 지진아, 그 자체입니다.

"결혼……해야 되겠죠?"

부끄러움이 많은 나머지 쌀쌀한 말투가 입에 배었던 나의 연인, 이제 정색을 하고 존댓말을 하기 시작합니다. 우리 연애의 정점인 청혼이 끝났으니 당연한 일입니다. 나도 이제부턴 공적인 대화에 돌입해야겠군요.

"정말 원하신다면 그렇게 하셔야겠죠."

"…… 당신을 만나는 동안 심각하게 고려해봤어요. 당신이 청혼하면 진짜로 당신과 결혼할 수도 있을까…… 안 되겠죠?"

"우린 결혼을 계약하진 않습니다."

나는 냉정하게 대답해줍니다. 그렇습니다. 우리는 직업 연인일 뿐 직업 남편은 아닙니다. 또한 섹스가 포함된 연애도 사절입니다. 우리가 하는 건 연애 사업이지 매춘이 아니니까요. 사랑에서 섹스를 분리하는 직업은 이미 널리고 널렸습니다. 우리가 하는 일은 사랑에서 연애를 분리하는 것일 뿐입니다. 당신도 명심하시길 바랍니다.

"그 사람과 결혼……해야겠지요?"

"결혼은 누구와 해도 마찬가지입니다. 사랑 때문에 생긴 문제든 사랑이 소멸했기 때문에 생긴 문제든 간에 언제나 문제는 사랑인 거니까요."

"당신 말이 맞아요. 사랑만 아니면 내겐 아무 문제도 없어요. 당신을 만나는 동안 나의 그 사람이 사실은 사랑할 구석이 별로 없다는 생각, 많이 들었어요. 하지만 난 또 이렇게 생각해요. 사랑할 만한 사람만 사랑하는 건 진짜 사랑이 아니라고…… 그렇지 않나요?"

"죄송하지만 전 사랑 전문가가 아니라서 잘 모르겠군요."

지난번 다른 연인들이 그랬듯 지금 연인도 결국 사랑을 택하는군요. 사랑을 택하는 이유는 날이 갈수록 다양하고 교묘해져 갑니다. 또 그만큼 점점 더 어리석어지고 있습니다. 대단한 프로가 되지 않고는 당신이나 나나 결코 그놈의 사랑을 이기지 못할 것입니다. 당신이 정말로 이 일에 뛰어들고자 한다면 단단히 마음먹을 게 한둘이 아닙니다. 혹시라도 '무자본 창업' 같은 말에 혹해서 그런 거라면 다시 생각해보셔야 할 겁니다.

"지난 백 일 동안 즐거웠어요. 그렇게 원했던 청혼도 뜻대로 받아봐서 정말 후련하구요. 그 사람이 그렇게 안 해줘도, 어차피 해주지도 않을 테지만 이젠 미련 같은 거 하나도 없는걸요. 감사합니다. 잔금은 오늘 낮에 온라인 송금했는데…… 받으셨죠?"

내 연인의 마지막 말입니다.

연인의 칵테일 잔에 든 얼음도 어느새 다 녹아버렸습니다. 그 기분 좋은 차가움은 이제 영원히 사라졌습니다. 다시 얼음을 채워 넣는다 해도 얼음 또한 다시 녹아버리겠지요? 사랑에 빠진 사람들의 체온이란 열병에 걸린 사람보다 훨씬 높은 법이니까요. 아, 세상의 모든 사랑을 희석시키기 위해선 도대체 얼마나 많은 얼음이 필요한 것인지.

유리벽 너머로 펼쳐진 세상은 이제 완벽한 어둠 속에 있습니다. 함수그래프처럼 보이던 능선도 모두 사라졌습니다. 어디가 산이고 어디가 하늘인지 모르겠습니다. 산이 정말로 저기에 있었는지도 의심이 갑니다. 익숙한 풍경이 사라진 자리엔 온통 소금처럼 뿌려진 불빛들뿐입니다. 지상에도, 그리고 창공에도. 지상에 등불이 켜질 때 창공에선 별이 돋아납니다. 그 시간은 대부분 일치합니다. 서로 다른 두 세계의 불빛이 언제나 함께 점등되고 함께 소등된다는 사실을 나는 받아들일 수가 없습니다. 소금이나 눈 같은 색이 어떤 색인지 알지 못하는 한 아마도 영원히 그러할 것입니다. 이 세상엔 정말 많은 색깔이 존재하지만 또한 너무 많은 색깔이, 없습니다.

백 일의 연애가 끝나고 다시 사랑을 택한 나의 연인. 소금처럼 웃고 있습니다. 내 연인의 눈동자에 비친 별 하나. 그 맛이 무척 짤 것 같군요.

8

하루의

인생

태양이 뚝 떨어졌어요.

그러곤 와장창 깨졌지요.

오늘 아침 나는 분명히 눈을 감고 있었어요. 그럼에도 불타는 태양이 보였어요. 눈꺼풀을 덮는 것만으론 결코 외면할 수 없는 세계가 있었던 거예요. 그것도 바로 내 집 천장에 말예요. 눈 감았는데도 보이는 강렬한 그 빛을 피하기 위해 나는 잽싸게 오른쪽으로 몸을 돌렸어요. 그와 동시에 태양이 뚝 떨어졌어요. 나의 왼쪽 어깨와 흐트러진 머리칼을 살짝 건드리며.

순간 몸을 돌리지 않았다면 태양은 그대로 내 품에 안겼을 거예요.

나는 그대로 타버렸을 거예요.

곧이어 와장창 소리가 들렸고 나는 침대에서 벌떡 일어났어요. 내 오른편에서 자고 있던 남편도요. 희끄무레한 독일제 전구가 여전히 천장에 매달려 있더군요. 그이와 내가 잠들어 있는 동안 불을 밝히지 않았으니 당연히 전구는 버려진 아궁이처럼 차디찼을 테지요. 만져보지 않아도 알 수 있는 사실이었지만 그래도 뭔가 이상했어요. 내가 왜 저 전구를 보고 있어야 하는 건지 도통 알 수가 없었어요. 그건 남편도 마찬가진 것 같았어요. 우리는 멀뚱히 서로의 얼굴만 바라보았지요.

따지고 보면 겨우 몇 초에 불과한 시간이었지만 그때만큼 서로를 유심히 봤던 적도 없었던 것 같아요. 멀뚱하지만 유심했던 눈빛. 멀뚱한 동시에 유심할 수 있던 시간. 불가능하기에 가능했던 영원. 돌이켜보니 그때가 바로 그런 순간이었어요. 동등하게 우리에게 던져진 어려운 질문 앞에 벌벌 떨면서도 함께였기에 조금은 덜 외로웠던.

그런데 지금은 당신과 함께인데도 너무 외롭네요. 지금 이 문제를 풀기에 당신과 난 좋은 파트너가 아닌 모양이에요. 당신과 난 어쩌다 이렇게 잘못 연결된 것인지요.

잠시 후 방문이 열리고 문틈으로 아이들의 얼굴이 먼저 들어왔어요.

엄마, 무슨 일이야?

푹 잠긴 목소리로 큰애가 물었고 대답을 하기도 전에 왕왕 울음을 터뜨리며 작은애가 침대 쪽으로 달려왔어요.

저리 가. 오지 마. 다쳐.

갑자기 남편이 소리를 질렀어요. 일시정지 버튼이라도 누른 듯 작은애의 움직임이 멈춰졌고 울음소리가 소거되었지요. 그와 반대로 나의 현실감각은 비로소 플레이되기 시작했어요. 유리 파편들로 어질러진 방바닥과 침대 한 귀퉁이가 그제야 눈에 들어오더군요. 독일제 전구를 덮고 있던 불투명 유리 전등갓이 산산조각 난 것이었어요. 나중에 알고 보니 전등갓을 고정시키는 나사가 어느 틈에 느슨해졌던 모양이더라고요. 항상 천장에 매달려 있었던 전구가 생뚱맞아 보인 이유가 바로 그것이었어요. 전구를 갈아 끼우는 그 잠깐이 아니고선 목격할 일 없는 전등갓 너머의 세계가 불현듯 내 집 천장에 적나라하게 펼쳐져 있었으니까요.

자다가 얼굴 위로 형광등 떨어질까 봐 잠도 못 잔다는 미친놈 얘긴 들어봤어도 진짜로 자는 동안 형광등이 떨어졌단 얘긴 들어본 적도 없다. 나 원 참.

비교적 크기가 큰 파편부터 치우기 시작하며 남편이 말했어요. 우리를 향해 낙하했던 건 형광등이 아니라 전등갓이었지만 사실 별 차이는 없었죠. 아무런 예고도 전조도 없었던 건 마찬가지니까요. 아, 눈을 감아도 보였던 강렬한 태양이 전조라면 전조였을까요. 태양을 피하고 싶어서 몸을 돌려버린 덕분에 아무런 화상도 입지 않았으니까? 0.1초의 시차를 두고 꾸었던, 일종의 예지몽?

헐~.

남편의 말이 끝나기 무섭게 큰애 입에선 그런 말이 튀어나왔어요. 좀 전에 푹 가라앉았던 목소리는 온데간데없더군요. 다행이었어요. 그 상황을 이해하고 판단하는 데 필요한 말이 다만 '헐'일 뿐이라니 다행이고말고요. 왕왕 울며 이쪽으로 오다가 일시정지 상태로 얼어 있던 작은애도 그제야 큰애 쪽으로 되돌아갔어요. 옳은 플레이였죠. 이건 그 애들과는 아무 상관 없는 일. 그러니 그 애들이 뒤치다꺼리 할 필요도 맘을 다칠 필요도 없는 일. '헐' 하나면 충분한. 앞으로도……… 그래야 한다, 내 새끼들.

아직까지 한 번도 일어나지 않은 일이라고 해서 앞으로도 일어나지 말란 법은 없겠지요. 그렇지 않고서야 그날 아침 난데없이 전등갓이 떨어졌으려고요. 그러나, 그렇다고 해서 한 번 일어났던 그 일이 또다시 일어나리란 보장도 할 순 없어요. 한 번도 일어나지 않았던 일이기에 오직 단 한 번만 일어나고 마는 건지도 모르지요.

인생을 다 살아본들 우리가 알 수 있는 건 별로 없는 듯해요. 인생은 언제나 더 큰 생의 일부에 지나지 않으니까요. 있는데 못 찾는 게 아니라 답이란 애초에 없는 거라면 답을 찾느라 허둥댈 시간에 나는 그냥 살겠어요. 어떤 문제지가 주어져도 이제부터 내가 쓸 답은 '헐' 하나뿐예요. 정말이지 그럴 수 있음 좋겠어요.

그걸 가르쳐주려고 큰애가 내게 왔던가 봐요.

돌이켜 생각해보니 그러네요.

여긴 내가 치울 테니 영은아, 넌 나가서 애들 좀 챙겨줘라.

남편 말대로 나는 나왔어요. 여섯시도 안 되었더군요. 보통 여섯시 반에 하루 일과를 시작하니까 평소보다는 이른 아침이었지요. 그러니 바쁠 건 없었어요. 남편과 같이 치우고 나서 할 일을 해도 충분했지요. 다만 난, 그이가 미안해하는 것 같기에 그곳에서 떠나췄던 거예요.

어젯밤 우리는 하필이면 침대 발치 쪽에 머리를 두고 잠을 청했어요. 침대 헤드는 당연히 전등과 거리가 먼 쪽의 벽에 닿아 있었죠. 침대가 놓인 방향에 맞춰 몸을 누이고 잤더라면 떨어지는 전등갓을 피하기 위해 내가 굳이 온몸을 돌릴 필요까진 없었을 거예요. 무릎만 살짝 구부려도 됐을 테지요. 하지만 어젯밤 남편은 허리가 아프다고 했어요. 오래도록 한쪽 방향으로만 놓여 있던 스프링 매트리스 때문이었어요. 두어 달에 한 번쯤은 위아래 방향을 바꿔줘야 매트리스가 그간 견뎌낸 우리의 하중도 골고루 분산됐을 텐데 그러지 못했거든요. 당연히 꺼진 곳이 점점 더 꺼져갔어요. 매트리스가 태어나던 날의 쾌적한 수평은 사라진 지 오래였어요. 그런 데서 계속 자다 보면 어느 날엔 허리가 아플 수도 있는 일이었지요.

그이는 매트리스의 방향을 바꾸는 대신 그 하룻밤만 우리가 거꾸로 자보자고 했어요. 그이는 혼자서 매트리스를 옮겨야 한다고 생각했나 봐요. 나랑 같이 해도 됐을 텐데 그조차 미안했나 봐요. 혼자 해야 하는데 혼자 할 수 없을 만큼 허리가 아팠던가 봐요. 그이는…… 그런 사람이에요.

남편이 허리 아프다고 말하기 전에는 왜 몰랐을까요. 사물이 균형을 잃으면 몸의 균형도 깨져버린다는 사실을요. 그러니 정말 미안해할 사람은 그이가 아니라 나예요. 예방할 방법을 알고 있었음에도 일이 벌어지기 전에는 예방할 생각 따위 하지 않았으니까요. 그이에게 너무 의존한 탓인지도 모르겠어요. 그이는 그렇거든요. 남들이 못한 일에 대해 자기 자신이라도 했더라면 좋았을 거라고 자책하는. 맞아요. 좋은 사람이죠. 그런 성향에 기대어 사느라 예방주사 같은 거 왜 맞아야 하는지 모르고 살았어요. 당연히 이 세상에 대해서도 내 인생에 대해서도 아무런 면역력이 생기지 않았겠지요. 것도 모르고 내가 타고난 건강 체질인 줄 알았지 뭐예요. 인생이 예기치 않게 가져다주는 질병에 걸릴 사람들은 미리 정해졌다고 착각했지 뭐예요.

당신과 내가 이렇게 만나게 된 것도 미리 정해진 일은 아닐 겁니다. 당신이 아프다면 아픈 것도요.

인생에서 이미 일어난 일들이 잘 포장된 아스팔트 도로라면 아직 일어나지 않은 일들은 그 밑에 깔린 자갈길인지도 몰라요. 정말로 미래가 궁금하다면 아직 우리에게 일어나지 않은 일부터 헤아려야 하는지도. 우리가 가진 게 아니라 갖지 못한 것, 우리가 남에게 준 것이 아니라 주지 않은 것, 우리가 웃었던 시간이 아니라 웃지 않았던 시간…… 그런 것들이 자갈이 되고 쌓이고 쌓여 우리의 미래로 가는 길을 만들어낸 건 아닐까요. 가질 수 없는 하나 때문에 수많은 다른 것들을 소유하게 되고, 절대로 주고 싶지 않은 어떤 것을 지키기 위해 넉넉히 베풀 수도 있었던 건 아닐까요.

그이는 허리가 아픈 적 없었기에 언젠간 허리가 아플 수밖에 없었어요. 우리가 한 번도 침대에서 거꾸로 자보지 않았기에 어제만큼은 그럴 수도 있었던 거예요. 전등갓 또한 어느 날 갑자기 추락하기 위해 그동안 추락하지 않았을 테고요. 그러니 누가 누구에게 미안하달 것도 없는 일이지요. 굳이 말하자면 인생이 우리에게 미안하다고 해야겠지만 어쩌겠어요, 인생이 본래 그렇게 생겨먹은 것을요. 인과관계 없음의 인과관계라고나 할까요. 다른 건 몰라도 그것만큼은…… 여보, 당신도 꼭 알아야 해.

오늘 아침에도 난 가마솥에다 밥을 지었어요. 잘 길들여진 사인용 가마솥에다가요. 작년에 생협을 통해 공급받은 것이었지요. 길들이기가 생각보다 쉽지 않더군요. 걸핏하면 녹이 났고 그때마다 기름칠을 해 가스 불에 굽는 과정을 반복, 또 반복했어요. 덕분에 밥 짓는 일에서조차 매너리즘에 빠질 겨를이 없었죠. 밥을 짓고 솥을 씻고 말리는 모든 순간이 첫 데이트처럼 긴장됐으니까요. 마침내 난 가마솥에 길들여졌어요. 어떻게 해야 그의 생에 녹이 슬지 않는지 터득하게 되었어요. 그러니 내가 가마솥을 길들였다는 말은 곧 내가 그에게 길들여졌다는 것과 다르지 않은 말. 길들이는 것이야말로 길들여지는 것. 포장된 아스팔트 도로를 따라 달리느라 가지 못했던 길이 바로 그 아스팔트 도로 밑에 자갈길이 되어 깔려 있는 것처럼 말이죠.

그래서였나 봐요. 잘나가는 연예인들이 최첨단 신형 전기밥솥을 앞에 두고 밥 한번 먹자거나 집에서 쿠쿠 하라고 유혹해도 흔들리지 않았던 것. 홈쇼핑 쇼 호스트들이 밥솥보다 더 솔깃한 사은품을 줄줄이 끼워주며 거머쥐라, 소유하라 떠들어대도 귓등으로도 안 들었던 것. 본능적으로 난 알았던 것 같아요. 난 항상 멀고 먼 어떤 날의 밥을 그리워했어요. 그대가 곁에 있어도 그대가 그립다는 유명한 시가 있지요. 밥이 내겐 꼭 그랬어요. 할머니의 시골 부뚜막에 붙박이가구처럼 걸려 있던 가마솥. 그 밥만이 내겐 정말 밥이었어요. 그러니까 난 오래도록 굶은 셈이었지요. 내 몫의 가마솥을 갖기 전까지는요.

아무튼 나 같은 사람이 꽤 많았나 봐요. 일 년에 두 차례 생협에선 조합원을 대상으로 가마솥을 주문받아 제공하는데요, 선착순으로 정해진 인원 안에 드는 게 쉬운 일은 아니거든요. 그러니 난 제법 부지런했다고 할 수 있겠죠. 최소한 가마솥에 대해서만큼은요. 그만큼 굶주렸단 소릴 수도 있고요. 밥이 남아돌 정도로 넘쳐나는 세상이었지만 그만큼 내게는 밥이 없었으니까요. 이상한 말이지만 정말 그랬어요. 아스팔트 도로가 앞으로 쭉쭉 뻗어갈수록 그 밑에 자갈길도 함께 연장될 수밖에 없듯이요.

이 이상한 말을 어쩐지 당신은 알아들을 것만 같은 느낌이 드는군요. 내가 무엇 때문인지 몰라도 항상 굶주려 있었듯 당신도 당신이 알 수 없는 어떤 이유에서 아프다면 아픈 건지도 모르니까요.

할머니의 시골 부뚜막엔 아기들 목욕통만큼이나 커다란 가마솥이 붙박이 가구처럼 걸려 있었어요. 그 솥이 내려와져 있는

건 한 번도 본 적이 없어요. 밥때가 되면 밥이, 명절엔 조청이, 잔
칫날엔 꽃 모양으로 잘라낸 당근을 넣은 닭볶음 같은 것들이 솥
을 배부르게 했어요. 그게 아니라도 솥에선 항상 물이 끓고 있었
죠. 솥은 부뚜막에서 내려온 적도 없었지만 비어 있던 적도 없었
어요. 언젠가 내려오는 날이 비는 날이고 비는 날이 내려오는 날
이었겠지요. 할머니의 시골집이 어떻게 헐렸는지 모르는 난 다
만 추측할 뿐이에요.

　그 집을 꼭 '할먼네 집'이라 부르며 명절이나 방학엔 '할먼네
집'에 간다고 신나서 떠들 정도로 그 집을 친근하게 여겼던 나지
만 그곳에서 직접 살아본 기간은 고작 두 달 정도예요. 일곱 살
의 가을이었어요. 영문도 모른 채 나는 거기 맡겨졌어요. 부모가
있음에도 고아가 된 기분이었죠. 할머니의 가마솥 밥이 그 시절
나의 엄마였고 밥을 다 퍼내고 나면 황금빛으로 솥 바닥에 깔려
있던 누룽지가 그 시절 나의 아빠였어요. 그때 난 결심했어요.
난 저 솥처럼 붙박이가 될 것이다, 나는 언제나 내게 밥을 해줄
것이다……. 그런 게 바로 진짜 어른일 거라 믿었으니까요.

　내 몫의 가마솥을 갖게 되고서 나는 비로소 내가 나의 엄마
가 됐다고 생각했어요. 먼저 자기 자신의 엄마와 아빠가 되어
야 어떤 자식의 엄마와 아빠도 될 수 있는 것 아닐까요. 그렇다
고 해서 엄마와 아빠를 원망한다는 얘긴 아니야. 가마솥이 내내

같은 자리에 걸려 있었다는 게 정말 말이 되는 말일까. 부뚜막에서 내려 닦고 말린 후 새로 걸었던 날, 많았을 거야. 다만 내가 못 봤을 뿐. 엄마에게도 엄마가 그리운 날 많았을 텐데, 아빠에게도 아빠가 절실한 날 많았을 텐데, 끝끝내 나는 그냥 자식일 뿐이었어. 그마저도 제대로 하지 못했어. 엄마와 아빤 당신 부모님들께 훌륭한 자식이었는데 말이야. 십사 년 전에 먼저 가신 할머니도 그건 인정할 거예요. 그러니 원망할 대상이 꼭 필요하다면 그건 바로 나야, 엄마. 잊지 마세요, 아빠.

오늘 아침 식구들은 여느 때와 같이 내가 지은 가마솥 밥을 먹고 출근을 하고 등교를 하고 어린이집엘 갔어요. 밥을 먹으며 남편은 심지어 농담도 했어요. 꿈속에서 나를 향해 낙하하던 태양을 품에 안았다면 틀림없이 셋째가 생겼을 거라고요. 큰애가 그 얘길 듣더니 픽 웃으며 이렇게 말하더군요. 로또나 사세요, 완전 대박이라니까. 그 옆에서 작은애는 후렴을 읊듯 대박, 대박 해댔고요. 남편은 출근길에 정말로 로또를 샀어요. 아무에게도 말하지 않았지만 난 알아요.

이렇게 당신을 만나게 된 탓에 그만…… 알게 돼버렸네요.

아무튼 그이는 당첨되지 않았음을 확인하기 위해 그것을 사야 했을 거예요.

로또 일등에 당첨될 확률이란 이런 거라죠. 아주 맑은 날 벌판에서 번개를 맞아요. 그야말로 마른하늘에 날벼락이죠. 근데 번개를 맞고도 멀쩡해요. 곧이어 또 번개를 맞아요. 비로소 응급실로 실려 가죠. 여전히 목숨엔 지장이 없어요. 다만 진정이 필요할 뿐이에요. 그렇게 도심의 병원에서 진정을 취하고 있는데 난데없이 뱀이 나타나요. 그러곤 그 뱀에게 물려 죽어버려요. 바로 그런 확률. 수학적으로야 어떤 확률이든 가능하겠지요. 하지만 추상의 확률을 구체적인 이야기로 풀어내면 도무지 인과관계라곤 찾을 수 없는 이야기가 되곤 하죠. 일어날 수 없는 일이 일어나게 되는 것이죠. 그이는 믿고 싶었을 거예요. 일어날 수 없는 일이 일어나는 일은 없다고. 전등갓이 추락하는 일은 다만 해프닝에 지나지 않았다고.

남편 말마따나 꿈속의 태양을 품어버렸다면 그 꿈은 태몽이 되었을까요.

그걸 품지 못해 겨우 0.1초의 예지몽이 되어버린 걸까요.

가끔 이런 꿈들을 꿔요. 이가 모조리 빠져서 입안이 빠진 이들로 가득해요. 이물감에 뱉어보지만 뱉어내는 족족 또 다른 이들이 입안을 가득 채워요. 며칠 연속 그런 꿈을 꾸다 치과를 찾으면 충치 하나가 도져 있지요. 어느 꿈에선 방의 한 면을 차지하고 있던 장롱이 성큼성큼 걸어오더니 그 육중한 발을 내 가슴에 올려놓아요. 숨이 막혀 깨어보면 남편의 머리가 명치를 꽉 누르고 있어요. 나도 모르게 있는 힘껏 그이를 밀쳐내면 그이는 그 순간 토네이도에 휩쓸린 꿈을 꾸다가 대기 밖으로 튕겨 나가기 직전 꿈에서 깨어나요. 꿈이 현실에 개입하기 위해선 아무래도 그런 식의 과장이 필수인 모양이에요.

한편으론 이런 꿈도 있다고 하죠. 꿈에서 죽은 이를 만났는데 그가 가자는 대로 따라가면 정말로 죽게 되는 거라고요. 충치 하나를 알리기 위해 그토록 요란해야만 했던 꿈에 비하면 참 담백하기 그지없는 꿈이에요. 현실에 개입하려는 꿈은 대부분 과장된 어법을 필요로 하지만 그 현실이 죽음일 경우엔 예외인 것 같아요. 죽음의 현실이란 건 꿈과 다르지 않기에 과장 따위가 필요 없는지도. 꿈에서 깨지 않은 채 꿈의 끝까지 가게 되면 그것이 곧 죽음인가 봐요. 꿈을 꾼다는 자체가 이미 죽음의 세계에 한 발을 들여놓았다는 뜻인가 봐요.

난 지금도 궁금해요. 추락하는 태양을 피하지 않고 품에 안 았다면 나는 정말 어떻게 됐을는지. 대부분의 태몽이 그러하듯 태양을 품는 순간 꿈에서 깨어나고 얼마 뒤 셋째 아이의 소식을 듣게 됐을까요? 혹은 떨어지는 전등갓에 맞아 그 자리에서 어떻게 돼버렸을까요? 꿈에서 만난 죽은 이를 따라가듯 그렇게 자연스럽게 꿈에서 깨지 못한 채 꿈의 끝까지 가버렸을까요? 하지만 꿈의 끝이란 뭘까요? 죽음? 죽음의 죽음? 우리가 현실이라 부르는 이곳에서 잠이 들었다가 꿈을 꾸고 그 꿈에서 만난 죽은 이를 따라간 사람들이 정말로 죽는 거라면 그들은 그 어느 곳에서도 다시는 깨어나지 못하는 걸까요? 그렇다면 죽음이란 영원히 꿈속에 갇혀버리는 것? 꿈의 끝까지 가는 게 아니라?

내가 참 질문이 많네요. 왜 아니겠어요. 당신과 난 대답할 수 없는 대답을 하기 위해 이렇게 만난 거잖아요. 오버한다는 생각이 들 수도 있겠지만 당신이 내 입장이라면 당신도 분명 이럴 거예요.

지나간 일에 대해 후회하는 성격은 아니지만 오늘 아침 가마솥에다 밥을 한 건 두고두고 후회가 되네요. 물론 후회할 줄 알았다면 안 그랬을 테지만요. 난 어느 쪽이냐면요, 처녀 시절 화이트데이 같은 때에 최고급 레스토랑에서 맛본 랍스터 요리보다 엄마가 평소 상에 올리던 나박김치나 김구이 같은 걸 더 그리워하는 편이에요. 어디에나 있는 음식이지만 어디에도 없는 맛이거든요. 그리고 오늘만 맛볼 수 있는 것과 언제든 맛볼 수 있는 것의 진정한 차이는 더는 그것을 먹을 수 없게 됐을 때 비로소 명확해진다고 봐요. 아무래도 후자 쪽의 상실감이 더 크지 않겠어요. 어느 한쪽이 부에노스아이레스로 떠난 탓에 만날 수 없게 된 연인들보다 여전히 같은 서울에 살고 있음에도 더는 만날 수 없게 된 연인들이 더 안타깝듯 말이에요.

가장 그리운 건 언제나 가장 가까이에 있는 것이 아닐는지. 그대가 곁에 있어도 그대가 그립다는 그 시처럼. 멀고 먼 날의 시골 부뚜막에 걸려 있던 나의 그 가마솥처럼.

우리 애들이 그런 그리움을 갖게 될까 봐 솔직히 마음이 좋지 않군요.

그런데 그 시 말이에요. 그 시가 어떻게 시작돼서 어떻게 끝이 나는지 확실치가 않네요. 그대가 곁에 있어도 나는 그대가 그립다. 그것은 시의 처음인가요, 끝인가요. 시의 어디쯤 자리 잡고 있든 간에 핵심 구절임에는 틀림없는 건가요. 핵심도 아닌데 나 혼자만 핵심인 양 착각하고 있는 건 아닌지. 핵심이든 아니든 어째서 그 시는 유독 그 한 구절로만 내게 남아 있는지요.

고등학생 시절엔 「목마와 숙녀」처럼 긴 축에 드는 시도 단숨에 외어버리곤 했어요. 박인환 시인을 좋아하던 영어 선생님 앞에서 외운 그대로 낭송한 적도 있지요. 수업 도중 선생님은 누가 시키지도 않았는데 노래 한 곡 하겠다고 했어요. 지루해진 수업 분위기를 환기시킬 요량이었죠. 〈You mean everything to me〉라는 노래였어요. 분명 그날 배운 영문법과 관계가 있는 노래였는데 어떤 문법이었는지는 가물가물해요. 처음 듣는 노래였어요. 기억해야 할 영문법은 기억나지 않는데 그날 처음 딱 한 번 들었던 그 노랜 지금까지도 제 기억 속에서 끝없이 반복

재생 중이에요. 그러니 한 번은 한 번이 아니고 순간도 순간이 아닌 것이지요. 고교 삼 년 동안 영어수업 시간은 헤아릴 수 없이 많았어요. 그런데도 그 많았던 시간은 온데간데없고 오직 그 순간만 영원하네요.

난 시간을 낭비한 걸까요, 압축한 걸까요.

당신은 내가 낭비해버린 시간들을 일깨워주고 싶은 건가요, 압축된 나의 시간을 풀어주고 싶은 건가요.

노래가 끝나고 선생님은 우리더러 답례로 시를 읊어보라고 했어요. 잠시 환기되는가 싶던 아이들 표정이 다시금 탁해지더 군요. 선생님이 자진해서 노랠 부른 것까진 좋았는데 난데없이 시라니 그야말로 시시했던 것이죠. 나도 모르게 손이 올라갔어요. 영어 성적이 좋지도 않은 주제에 말이에요.

밤 열한시까지 이어지던 야간자습 시간에 다른 애들은 영어 단어를 외우느라 연습장을 한 권씩 써버리곤 했는데 난 안 그랬어요. 왠지 그럴 수가 없어서 그러지 못했어요. 대신에 난 맘에 드는 시들을 찾아 적고 또 적었어요. 각기 다른 글씨체로요. 하나의 시에 가장 어울리는 글씨체를 찾을 때까지 쓰고 또 썼지요. 시는 절로 외워졌어요. 그러니까 난 시라면 자신 있었어요. 시만 안 시시했던 거예요. 선생님이 불렀던 그 노래도, 불현듯 노래를 불렀던 그날의 선생님도, 시만큼이나 안 시시했던 거예요.

유일하게 손을 들었기에 당연히 지명되었지요. 수많은 시들이 동시다발로 떠올랐어요. 할 수만 있다면 메들리를 부르듯 끝없이 읊어대고 싶었어요. 수업 끝을 알리는 종이 울릴 때까지. 내 인생이 다 끝날 때까지.

「목마와 숙녀」를 선택한 건 필연이었어요. 너무 짧은 시는 안 되었어요. 나의 시가 고작 입시용 영어 단어 몇 개로도 번역이 가능한 그런 것이길 원치 않았으니까요. 그렇다고 너무 길어도 곤란했지요. 시를 읊는 그동안이 누구에게도 지루한 시간이어서는 안 되니까요. 적당히 긴 시여야만 그걸 읊는 나도 조금은 특별해 보일 것 같았어요.

나는 한 잔의 술도 마시지 않은 채 버지니아 울프의 생애와 목마를 타고 떠난 숙녀의 옷자락에 대해 이야기하기 시작했어요. 그 교실의 아이들은 외롭지도 않았고 그저 잡지의 표지처럼 통속했지만 선생님께선 한탄할 그 무엇이 무서운 듯 결국 내 쓰러진 술병 속에서 목메어 울고 말았죠.

송영은이라고 했니?

선생님이 물었어요. 질문이었지만 질문이 아니었어요. 시 낭송이 끝난 순간, 아니 시작되던 순간에 이미 내 이름은 선생님에게 각인이 됐는걸요. 내가 필연적으로 선택할 수밖에 없었던 그 시가 우연히도 선생님이 가장 좋아하는 시인의 시였으니 말예요. 필연과 우연이 만났으니 그것은 필연인가요, 우연인가요.

그 순간부터 선생님은 영어 과목 점수도 별로였던 날 무조건 예뻐하셨어요. 관심과 사랑을 받다 보니 덩달아 내 영어 실력도 점점 좋아지더군요. 언젠가부터 나도 다른 애들처럼 영어 단어를 외우기 위해 연습장을 소비하고 있더라고요. 그전에는 내가 왜 그럴 수 없어서 그러지 못했다는 것인지 전혀 기억도 나지 않더라고요.

영어 점수가 일취월장한 덕에 부모님이 친척들 앞에서 부끄러워하지 않아도 좋을 정도의 대학에도 갈 수 있었어요. 나름 괜찮은 결과였죠. 아이러니한 결과이기도 하고요. 선생님은 분명 시 때문에 날 예뻐했는데 결과적으로 난 시를 잃고 영어 점수를 얻었으니 말예요. 그럼에도 선생님은 여전히 날 예뻐했으니 우린 결국 그러려고 서로에게 관심과 사랑을 보였던 걸까요. 우린 가야 할 곳에 간 걸까요, 전혀 엉뚱한 곳에 도착해놓고도 그 사실을 깨닫지 못한 걸까요. 계속해서 내가 연습장을 시로 채웠더라면, 그러다가 어느 날부턴가는 내 시를 쓰기 시작했다면 진짜 가야 할 그곳에 갈 수도 있었을까요. 정말로 우리가 불시착했을 뿐이라면 그건 필연의 결과인 우연일까요, 우연의 결과인 필연일까요.

확실한 건 그때 그 교실의 아이들처럼 내 인생도 더는 외롭지 않게 됐지만 외롭지 않은 만큼 잡지의 표지처럼 통속해졌다는 사실이에요. 나는 아주 오래 그렇게 살았어요. 심지어는 한 잔의 술을 마셨을 때조차 목마를 타고 떠난 숙녀의 옷자락에 대해 이야기하지 않았으니까요. 나쁘진 않았어요. 나쁠 수가 없었어요. 그 무엇에 대해서도 질문하지 않는 삶인데 나쁠 리가 있겠어요. 이제 와 생각해보니 질문할 게 없어서 질문하지 않았던 게 아니라 뭘 질문해야 하는지조차 모르는 삶이었지만요. 그래서 내가 오늘 이리도 질문이 많은가 봐요. 그간 한 번도 하지 않았던, 그러나 언젠가는 꼭 했어야 할 질문들이 방학 숙제처럼 잔뜩 밀렸으니 말예요.

송, 영, 은? 송영은! 근데 쟤가 그 송영은이가 맞아? 맞나?

일요일 아침. 그러니까 내일모레가 되겠군요. 그래요, 내일모레. 선생님은 텔레비전 교양오락프로그램에 나온 날 알아봤어요. 긴가민가하셨지만 그게 어디예요. 거의 이십 년 만인 데다 그마저도 아주 잠깐이었는걸요. 이십 년 뒤의 송영은을 보고 이십 년 전의 송영은을 떠올렸다는 그 자체가 놀라운 일이지요. 선생님이 먼저 날 알아봤기에 나도 알았던 거랍니다. 내일모레, 선생님이 텔레비전에 나온 날 알아보리란 사실을요.

이상하게 들리는 말인가요?

하지만 지금 나의 시간은 어쩔 수 없이 그러해요.

시간은 과거에서 현재로 현재에서 미래로 흐르지 않아요. 여러 개의 방이 있는 공간이 일테면 시간이지요. 어떤 방에서 난 가마솥에 밥을 지어요. 또 다른 방에선 첫사랑과 이별을 해요. 한 번도 방문이 열려본 적 없는 구석방에선 시를 쓰고 있을지도 몰라요. 남의 시를 필사하는 게 아니라 나의 시를요. 지금 이 순간 누가 어떤 방문을 여느냐에 따라 오늘 하루가 결정되는 거예요. 오늘은 다만 오늘이 아니고 하루도 겨우 하루가 아닌 거지요. 무에 가깝게 축소될 수도, 무한히 확장될 수도 있어요. 그러니 미래도 과거와 현재를 거쳐야만 도달할 수 있는 곳이 아니에요. 오늘 하루 속에 다 들어 있는 것이지요. 따지고 보면 별로 이상하지도 않아요. 선생님이 알아봤듯 이십 년 뒤의 송영은이 이십 년 전의 송영은이니까요.

그리고 오늘 나의 방문들은 대부분 열려버렸어요.

그것만큼은 당신과 내가 이렇게 만난 덕분이라고 해둘게요.

오늘 하루, 행복할 것 같은데요.

선생님이 보고 있는 텔레비전 속에서 내가 그렇게 말해요. 간단한 코멘트를 요청한 피디에게 내가 했던 말도 그게 전부였어요.

행복할 것 같으냐? 그럼 됐다. 어쩌고 사는지 모르겠다만 행복하다면 됐지.

선생님이 내 코멘트에 대해 또 코멘트를 하시네요.

방송용 멘트는 아니었어요, 선생님. 결코 의례적으로 한 말이 아니었는데 말하자마자 공교롭게도 거짓말이 되어버렸지만요. 결국 선생님은 거짓말을 들으신 셈이네요. 얼마나…… 다행인지요. 그대가 곁에 있어도 그대가 그립다. 제가 그 구절만 기억하고 있듯 선생님도 행복할 것 같다는 저의 그 말만 기억해주세요. 그대가 곁에 있어도 그대가 그립다. 그것이 시의 처음이든 끝이든 핵심이든 아니든 어쨌든 그게 빠지면 시는 완성되지 않을 테니까요. 오늘 하루, 행복할 것 같은데요. 그 말이 제 인생의 핵심이든 아니든 제 인생이었음에는 틀림없는걸요. You mean everything to me. 행복할 것 같다는 저의 그 말이 선생님에겐 'You'가 되기를. 알아봐주셔서 고맙습니다…… 선생님.

공중파 방송인 데다 꽤 장수하고 있는 인기 프로그램인데도 선생님 말고는 나를 알아본 사람들이 얼마 없네요. 섭섭하단 소린 아니에요. 어쩌면 나도 당신과 별반 다르지 않은 존재인지도 모르겠어요. 내 이름 석 자도 함께 전파를 탔지만 누구도 선뜻 나를 떠올리지 못하잖아요. 이름이 있어도 무명씨와 다를 바 없지요. 그런 게 바로 고독일까요. 고독이 혹시 당신을 아프게 한 건 아닐까요.

대번에 날 알아볼 수 있는 사람이라면 역시 식구들뿐이겠죠.

하지만 우리 식구들은 내일모레 텔레비전을 볼 겨를이 없을 거예요. 종일 텔레비전 밖에 있는 나와 함께 있어야 할 테니까요. 실은 우리 식구들은 내가 그 프로그램에 나왔는지도 몰라요. 말해준 적 없으니 당연하지요.

이른 아침부터 난데없이 전등갓이 떨어지긴 했지만 오늘도 여느 날과 다를 바 없는 하루였어요. 식구들이 모두 나간 후 늘 하던 대로 청소를 하고 빨래를 널고 산책을 나왔지요. 아파트 단지를 지나 천변에 조성된 공원 쪽으로 가는 코스였어요. 휴일도 아니고 일주일에 한 번 아파트 단지에 장이 서는 날도 아닌데 오늘따라 유난히 사람들이 많더군요.

무슨 일인지 아파트 단지 입구에 방송국 차량 한 대가 주차되어 있었어요. 카메라를 든 남자가 오리걸음으로 무언가를 좇아가며 촬영 중이었고 사람들이 무리를 지어 그런 그를 좇고 있더군요. 사람들이 그렇게 많은데도 아주 고요했어요. 나도 절로 나란 존재의 볼륨을 최저치로 낮추게 되더라고요.

카메라에는 프로그램 로고 스티커가 붙어 있었어요. 〈놀라운 TV 동물의 세계〉. 십 년이 넘도록 장수하고 있는 프로그램이지요. 우리 애들이 좋아하는 프로그램이기도 하고요. 필살기를 자랑하는 애완동물이 출연한 날이면 온종일 아이들의 애완동물 타령에 시달려야 했어요. 반면 전문가의 행동 교정이 필요할 정도로 문제가 심각한 동물이 출연한 날엔 모처럼 내 목소리가 당당해졌고요. 일요일 아침마다 아이들과 함께 그 프로그램을 즐겨 본 덕에 애니멀 커뮤니케이터라는 생소한 직업도 알게 되었고 모피 옷과 식용 동물의 불편한 진실도 목격하게 되었지요. 애완동물을 반려동물 수준으로 끌어올리려고 애쓰는 태도도 나쁘지 않았어요. 재밌는 데다 교육적이기까지 하니 아이들과 함께 보면 딱 좋은 프로그램이지요.

오늘의 동물은 오리였어요.

왜 저렇게 힘든 자세로 촬영을 하나 싶었는데 그럴 수밖에 없었던 거예요. 그가 카메라에 담아야 할 것이 바로 그 오리였으니까요. 어미 오리를 선두로 갓 태어난 아기 오리 다섯 마리가 생애 처음으로 한 모금의 물을 먹기 위해 개천 쪽으로 생애 첫 이동을 하는 중이었어요. 큰애 말마따나 '완전 대박'이었죠.

오리는 아파트 단지의 어느 화단에 알을 낳았다고 해요. 중간 평수가 몰려 있는 구역에 조성된 화단이었죠. 화단은 어른 무릎 정도의 높이로 원형이었어요. 회양목으로 둘러싸인 덕분에 화단의 정중앙은 요새와 다를 바 없었지요. 십 년 가까이 이 아파트에 살았음에도 여기서 무슨 일이 벌어지고 있는지도 난 몰랐네요. 왜 아니겠어요. 내 방 천장에 뭐가 있는지도 모르는 사람이 바로 나인걸요.

알은 원래 여덟 개였어요. 어미는 부리로 알을 굴려가며 골고루 따뜻하게 품기 시작했지요. 그럼에도 어떤 알은 좀체 온기를 유지하지 못했어요. 어미는 차가운 알을 계속 품는 대신 부리로 깨버리는 쪽을 택했어요. 남은 알은 일곱 개. 시간이 흐르고 첫번째 알에서 기척이 들려요. 새끼는 알 속에서 어미는 알 밖에서 껍데기가 깨질 때까지 쪼고 또 쪼아요. 그렇게 하나, 둘······ 새 생명들이 이 세상에 당도하네요. 하지만 셋, 넷, 다섯······ 거기까지예요. 여섯번째와 일곱번째 알은 여전히 알일 뿐이에요.

오리가 되지 못한 알들은 모두 죽은 걸까요?

여전히 알일지라도 어쨌든 어미의 몸에서 나왔으니 이미 태어난 것 아닌가요. 꼭 알을 쪼고 나와야만 태어났다고 할 수 있는 건가요. 그럼 부화되지 못한 알은 죽은 채 태어난 것? 부화되지 못했기에 태어나자마자 죽었다고 할 수도 있겠고요. 몇 번을 태어나야 우린 정말로 태어날 수 있을까요. 또한 몇 번을 죽어야만 정말로 죽게 되는 걸까요.

나는 궁금해요. 당신과 충돌한 순간 난 알에 갇혔으니까요.

두 개의 알을 버려둔 채 다섯 마리의 새끼만 데리고 어미 오리는 개천으로 이동하기 시작했어요. 아파트 단지를 나서는 순간부터 난관의 연속이었죠. 오리 따위는 안중에도 없는 자동차들의 질주. 차도와 확실히 구분되는 보도조차도 오리들에겐 쉬운 코스가 아니었지요. 차도에서 보도로 올라가기 위해 새끼들은 제 키에 맞먹는 높이의 턱을 올라가야만 했으니까요. 천신만고 끝에 개천 근처에 도착했네요. 방죽을 만난 새끼 오리들은 걷기를 포기한 채 온몸을 굴려 방죽 아래로 내려갔어요. 드디어 개천에 입수. 하지만 이곳은 아직 절반은 인공 개천이에요. 인공적으로 조성된 조류 탓에 오리들 입장에선 래프팅을 해야만 통과할 수 있는 급류가 곳곳에 숨어 있었지요. 급류에 휩쓸렸다 추락하길 거듭한 끝에 마침내 오리들은 인공 개천의 끝, 자연하천에 당도했어요. 그곳이야말로 그들이 가야 할 곳이었어요. 그들이 원래 존재했던 바로 그곳이었어요. 그들은 보이지 않는 또 하나의 알을 깨고서 기어코 그 세계에 도착한 것이었어요.

기다렸다는 듯 여기저기서 박수와 함성이 터져 나오네요. 물론 나도 보탰지요. 어쩐지 눈물이 나는 광경이에요. 용케 내 눈물을 알아본 피디가 코멘트를 부탁하는군요. 난 거절하지 않아요. 심지어는 절대 편집하면 안 된다는 농담 섞인 협박마저 날려요. 인상적인 코멘트를 한 것도 아니면서. 오늘 하루, 행복할 것 같은데요. 겨우 그 말만 한 주제에. 최종적으로 편집되지 않은 걸 보면 그래도 꽤 진정성 있게 들렸나 봐요. 그게 아니라면 다만 방송용으로 적합했거나. 내 입장에선 둘 다 맞아요. 난 오늘 하루, 행복하길 바라요. 그리고 내가 원한 건 언제나 무난한 것들뿐이었어요. 공중파 방송이 대부분 무난하듯 말이에요. 난 그런 사람이에요. 더구나 이건 우리 애들이 좋아하는 프로그램이잖아요. 그러니 미리 말해주지도 않을 거예요. 그만한 깜짝 선물도 없을 테니까요.

물론 내일모레, 우리 애들은 이 프로그램을 못 볼 거예요. 하지만 언젠가는 보게 될 거예요. 워낙 인기 프로그램이라 유선이나 케이블 채널에서도 자주 재방송을 해주거든요. 아, 정말로 깜짝 놀랄 만한 깜짝 선물이 되겠군요. 어쩌자고 그런 선물을. 후회를 부를 일이 또 하나 늘었네요. 행복할 것 같다고 하지 말고 그냥 행복하다고 말할걸 그랬어요. 애들도 그렇고 남편도 그렇고 내 부모님도 마찬가지예요. 우리 식구들에게 내가 해야 할 말은 행복할 것 같은 게 아니라 행복하다는 것이었어요. 미안하다, 얘들아. 여보, 난 행복해. 진심이야, 엄마. 그게 전부예요, 아빠.

오리걸음에 맞춰 걷느라 평소와 같은 거리를 산책했는데도 시간은 더 많이 걸렸더군요. 서둘러야 했어요. 작은애를 어린이집에서 데려와야 하는 시간은 늘 그렇듯 정해진 것이었으니까요. 그 이후의 스케줄도 마찬가지고요. 산책 시간을 내 맘대로 늘릴 수는 없는 노릇이었죠. 하지만 시간 조절만 잘한다면 산책 코스만큼은 얼마든지 마음대로 할 수 있었어요.

천변 공원은 오늘 산책의 반환점이 아니라 새로운 기점이었죠. 나의 산책이 언제나 그랬듯 말이에요. 천변 공원을 기점으로 우리 동네가 아닌 남의 동네로 갔어요. 내가 아는 남들이 사는 동네도 아니에요. 내가 알지 못하는 남들만 사는 동네죠. 아파트 단지 일색이라 눈에 보이는 풍경은 사실 그게 그거예요. 심지어는 상가에 입주한 프랜차이즈들도 거의 흡사한걸요. 다만 내 마음의 풍경이 조금 다를 뿐. 산책의 진짜 목적은 바로 그것이었어요.

잡지의 표지처럼 통속해진 나는 이제 더 이상 외롭지 않다고 했지요? 아무렴요. 난 혼자가 아니잖아요. 그런데 말이에요. 그래서 난 자꾸만 고독해졌어요. 이상한 말이지만 정말로요. 고독하기를 그만두려면 다시 외로워져야만 했어요.

하루 중 내가 혼자 있을 수 있는 유일한 시간은 어차피 정해져 있었지요. 시간을 늘릴 수 없다면 공간도 시간이 돼야 한다고 생각했어요. 내가 혼자가 될 시간에 그야말로 혼자가 되기 위해 나는 철저히 내가 혼자일 수 있는 곳을 찾아다녔어요. 야간자습 시간마다 영어 단어 대신 시를 외웠던 날들처럼 말이죠. 날마다 낯선 동네를 산책한 것 같지만 실은 다 같은 외로움의 장소였던 거예요. 고독하기 싫으면 외로워져야 하니까요.

오늘도 난 남들의 동네에 있어요. 그렇지만 익숙한 풍경이에요. 아파트 단지와 단지 사이, 아파트 단지와 상업 지구 사이, 상업 지구와 관공서 지구 사이. 그 사이사이에 존재하는 소규모 공원들. 크게 다르지 않은 수종. 비슷한 정자. 하나같은 패션. 똑같은 벤치. 나 또한 특별하지 않아요. 나는 잠시 그곳에 앉아 있어요. 하지만 나는 달라요. 그곳에서 나는 혼자거든요. 다들 삼삼오오거나 둘인데 나만 하나거든요.

그래서 당신은 내게로 오지요. 내게만 오지요.

공원 초입에서 당신은 0.1초 정도 두리번거리네요. 자신을 고정시키는 나사가 느슨해진 걸 눈치챈 전등갓도 이대로 떨어져버릴까 말까 0.1초쯤 망설여요. 태양이 가장 뜨거울 시각이에요. 그런데도 태양은 겨우 핀 하나에 의지해 하늘에 걸려 있어요. 곧 떨어질 것 같아요. 그렇게 보여요. 익숙한 풍경은 그대론데 순식간에 낯설어졌어요. 공원에 있던 모두가 당신을 쳐다봐요. 당신의, 미친, 존재감.

그런 당신이 나를 봐요. 나만 봐요. 순간 내가 아는 사람인가 싶어 인사를 해야 하나 말아야 하나 헷갈려요. 태양을 피하기 위해 몸을 돌려야 하는지 그대로 품어줘야 하는지도 잘 모르겠어요. 그새 당신은 성큼 내게로 와요. 지독한 술 냄새가 한발 먼저예요. 코가 뚫리자 귀도 뚫려요. 비명 소리가 들려요. 삼삼오오거나 쌍쌍으로 함께 달음질치는 소리도 들려요. 나만 혼자 붙박이처럼 거기 있는 소리마저 들려요. 들을 수 없는 소리들 들고 보니 눈도 번쩍 떠져요. 당신의 손에는 뭔가가 들려 있어요. 너무 무거서 오히려 더 고통스러울 것 같은 그런 것이에요. 이제야 난 그걸 보아요. 실핏줄이 모조리 터진 당신의 눈이 내 눈앞에 있어요. 대체 며칠이나 못 잔 건가요? 묻고 싶지만 묻지 못해요. 씨발, 내 잘못이 아니잖아. 묻지도 않았는데 당신이 답해요. 헐~ 전등갓이 추락해요. 레드 썬! 태양을 품에 안기 무섭게 난 그만 잠이 들어요. 결국 난 태양을 품어버렸어요. 하지만 그건 내 잘못도 아니에요. 나는 잠꼬대를 해요. You mean everything to me.

이상한 꿈을 꿨어요. 처음 만난 당신이 나를 죽이는 꿈. 처음 만난 당신과 내가 동시에 같은 질문을 하는 꿈. 내 잘못이 아니잖아. 내 잘못도 아니에요. 다만 변명 같았지만 실은 질문이었지요. 그럼 누구의 잘못이란 말인가요? 우리는 정말 무고한가요?

나는 시를 잃고서 외롭지 않게 되었어요. 더는 단독자가 아니었으니까요. 그러고는 무명씨가 되었어요. 외롭지 않기에 고독한 그런 사람이 돼버린 거예요. 그 무엇에 대해서도 질문하지 않았기에 내 삶은 무난해졌지요. 당신의 삶은 아마 너무도 지난했을 거예요. 그래서 그 무엇에 대해서도 질문할 겨를이 없었을 거예요. 내 삶은 무난하고 당신의 삶은 지난했지만 당신도 나만큼이나 질문하지 않고 살았던 것 같아요. 그래서 당신은 불현듯 내게로 추락했을 거예요. 당신 또한 단독자임을 증명하고 싶었을 테니까요. 어느 꿈속에서 처음 만난 당신과 나. 다른 인생을 살아왔을 당신과 내가 서로 다른 입장에 처했음에도 불구하고 동시에 같은 질문을 던진 것도 그래서였을 거예요.

레드 썬! 내 안에서 무엇인가가 신호를 보내요. 나는 꿈에서 깨어나요. 나는 난막 같은 것에 갇혀 있어요. 꿈에 보았던 그 공원이 난막 밖으로 펼쳐져 있어요. 모든 게 다 보여요. 오늘 하루뿐 아니라 내일도 모레도 보여요. 하지만 어떻게 해야 난막 밖으로 나갈 수 있는지 알 수가 없네요. 난막은 비눗방울처럼 내가 움직이는 대로 자유자재로 모양을 바꾸지만 결코 터지지는 않네요. 아직도 난 꿈을 꾸고 있는 걸까요. 그 꿈은 어떤 꿈인가요. 내가 살아 있는 꿈인가요, 죽어 있는 꿈인가요.

레드 썬! 또 신호가 와요. 내 안에 존재하는, 아직 부화되지 못한 알 하나를 비로소 감지해요. 그것이 보낸 신호예요. 알 속에 갇혀 있는 내 안에 또 다른 알 하나가 갇혀 있네요. 그러고 보니 꿈에서 난 태양을 품에 안았어요. 내가 살아 있는 꿈속에서 난 또 꿈을 꾸었지요. 내가 죽는 꿈이었어요. 내가 죽어 있는 그 꿈속에서 나는 또 꿈을 꾸었어요. 낙하하는 태양을 그대로 품에 안는 꿈이었어요. 나는 타버리지 않았어요. 남편 말대로 그건 정말 태몽이었나 봐요. 레드 썬! 막내가 될 이 아이가 이젠 알을 깨고 나갈 때가 됐다며 자꾸만 신호를 보내네요. 어서 빨리 꿈에서 깨라고요. 그래야 태어날 수 있다고요. 하지만 난 어떤 꿈에서 먼저 깨어야 하는지 알 수가 없어요. 알을 깨고 나오는 것이 정말로 태어나는 것인지도 모르겠어요.

　모피용으로 사육되는 너구리는 평생을 철창에 갇혀 살아요. 그가 철창 밖으로 나올 수 있는 날은 평생에 단 하루뿐이에요. 바로 그가 죽는 날이지요. 어떤 송아지는 태어나서 열두 시간이 다 되도록 물 한 모금 마시지 못해요. 열두 시간이 지났어도 마시지 못하는 건 마찬가지예요. 탄생 후 정확히 열두 시간이 경과되는 그 순간 그는 동맥이 끊겨요. 그러고는 부드러운 송아지 가죽 구두로 재탄생해버려요. 그 하루가 바로 그들 인생의 전부였던 거예요. 나의 오늘 하루는 여느 날과 다를 바 없는 하루였어요. 하지만 그런 하루는 존재하지 않아요. 하루는, 하루도 같은 날이 없어요. 그래서 하루인 거예요. 하루가 인생의 전부인 거예요.

　여느 날과 다를 바 없는 이 하루가 오늘 나의 인생이었어요.

작가의 말

해설

작가의 말이라니, 나 원 참. 이봐, 분명히 말해두는데 이건 작가의 말이 아니야. 내가 데리고 사는 작가라는 작자는 편집자의 전화를 받을 때마다 내일까지는 꼭 작가의 말을 쓰겠다고 뻥을 치더군. 내일이 오면 또 내일 쓰겠다고 할 거면서 말이지. 십 년 넘게 소설을 쓰더니 입만 열면 뻥인 거야, 이 작자가. 그러니 어쩌겠어. 작가임에도 작가의 말을 쓸 수 없는 작가를 위해 내가 대신 왈왈 짖어줄 수밖에. 작가를 데리고 사는 개는 아, 이렇게나 피곤해. 특히나 소설을 쓸 때의 그 몰골! 못 본 사람은 말을 마세요. 내가 전생에 무슨 죄를 지었기에 그 꼴을 보나 몰라. 여차하면 난 컹컹, 다 불어버릴 수도 있어. 그 몰골이 공개되면 정말 치명적일 테니까. 물론 난 그렇게까지 치사한 인간 같은 놈이 아니야. 그러니까 내가 데리고 사는 이 작자도 무려 소설씩이나 쓰며 어떻게든 개 같은 삶을 살려고 애쓰고 있는 것 아니겠어. 개뼁을 쳐서라도 나 같은 개를 좀 닮아 보겠다고 말이지. 그래, 가끔은 이 작자의 뼁이 영 안 풀린다 싶을 땐 내가 나서서 산책도 좀 시켜주고 그랬어. 여기 모인 뼁은 대부분 그 산책길에 물어온, 멍멍! 왜 자꾸 애매하게 왈왈 짖다가 컹컹 짖다가 멍멍 짖느냐고? 이거 왜 이러셔. 내가 어떻게 말하는지는 내가 제일 잘 알지 않겠어? 내가 멍멍 놀았다면 멍멍 논 거야. 컹컹 눈물을 삼켰다면 컹컹 삼킨 거고. 그 무슨 개소리냐고? 이봐, 벌써 잊었어? 내가 바로 그 개라니까. 그러니 나더러 다른 존재가 되어 말하라고는 하지 말아줘. 나는야 왈왈. 이미 개이기에 개뼁을 쳐도 좋은. 나는, 개야.

김현영

삶은 꿈이 꾸는 죽음, 죽음은 삶이 깨우는 꿈
― 김현영의 소설을 읽기 위한 한 악몽과 태몽의 해몽서

최 정 우

어쩌면 삶은 죽음이 꾸는 꿈이며, 아마도 죽음은 삶이 깨우는 꿈일 것이다. 어쩌면 그 반대가 되어도 좋을 것이고, 또한 이 어구들 안에서 단어들이 서로의 자리를 치환하거나 침식한다고 해도 좋을 것이다, 그럴 것이다. 김현영의 『하루의 인생』에 수록된 여덟 개의 단편들을 연이어 읽으며, 역설적이게도 내게 오롯이 떠오른 가장 '불확실한 확실성'의 느낌은, 바로 이러한 추측과 의심과 확신의 문장이었다. 따라서 이하의 '해설'은, 말하자면 하나의 해몽(解夢)을, 더 정확히 말해서, 꿈에 대한 하나의 '해석'을 따르는 길이 될 예정이다. 그리고 나는 그 예정된 꿈속에서 다음과 같은 이야기의 물음과 마주칠 것이다, 그 꿈속에서

내 앞을 가로막고 있을 한 그루의 거대한 나무와 맞닥뜨리듯, 그리고 그 거대한 나무의 육중한 추락을 빈약한 몸뚱이 하나로 온전히 받아내듯, 그렇게 마주칠 것이다, 그럴 것이다: 아무도 없는 숲속에서 커다란 나무 한 그루가 쓰러진다. 그렇다면 그 소리는 들릴 것인가, 아니면 들리지 않을 것인가. 아마도 조지 버클리(George Berkeley)가 매우 좋아하며 반복했을, 그리고 알베르트 아인슈타인(Albert Einstein)이 그의 유대교 성년식에서 질문 받았다고 전해지는, 이 가장 기초적이고 근본적이면서도 동시에 가장 신비한 인식론적 물음으로부터 시작해보자. 그 아무도 없는 숲속에서, 기이하게도 나는 다시 하나의 꿈을 꾼다. 그 꿈속에서 나는 의심한다, 내 눈앞에 보이는 세계만이 실재하고 내 시선 바깥의 세계는 모두 꿈이 아닌가, 그 꿈은 텅 비어 있는 공허가 아닌가 하고, 그렇게 가장 기초적으로, 가장 기초적인 인식론의 물음으로, 그렇게 나의 세계를 의심하는 꿈을 꾼다. 그 꿈 안에서 내가 고개를 돌리면, 인공의 배경을 준비하고 있던 꿈의 기술자들이 마치 그 꿈의 공허를 막아줄 실재의 병풍을 임시방편처럼 펼치듯 거기에 있을 법한 세계의 한 환영을 순식간에 펼치는 것이 아닌가 하고, 나는 꿈속에서 또다시 꿈을 꾼다, 꿈을 꾸듯 받아들이고 꿈을 꾸듯 다시 그 꿈을 의심한다, 그 꿈속에서 현실을 꿈꾸고 다시금 그 현실을 꿈이 아닌가 의심한다. 그리고 나는 그 꿈속에서(마저) 한 가지 확실한 사실을 흐릿하게 느낀다. 이것은 악몽이라는 사실 하나. 그러나 그 꿈은 단지 기분이 나쁘기 때문에 악몽인 것이 아니라 가장 있을 법한 일이 가장 있을 법한 형태로 일어나기에 오히려 하나의 불길한 악몽일 수 있는 것. 그러나 그 악몽에서 깨어날 때, 나를 기다리고 있는 것은 실재인가, 아니면 또 다른 꿈인가. 바꿔 묻자면, 나의 꿈속에서 한 그루의 나무가 쓰러진다면, 그 꿈 바깥쪽에 있을 내 귀에, 그 추락의 소리는, 과연 들릴 것인가, 아니면 들리지 않을 것인가. 나는 김현영 소설들의 질문이 아마도 이러한 악몽의 소리들, 꿈과 실재 사이의 경계들이 내는 소리들, '나'와 '그'가 맞닿거나 떨어지게 되는 어떤 접점들과 한계들과 시선들의 침묵과 소음에 주목한다고 생각한다, 그렇게 의심한다, 그렇게 그 꿈속으로 잠수한다. 그러므로 나는 김현영에게 바로 그의 소설 속 문장을 그대로 되돌려주면서 아마도 "그가 정말 들려주고 싶은 소리는 그러나, 들리지 않는 소리였다"*고 말해야 한다, 그렇게 말하고 그렇게 들어야 한다. 첫 소설집 『냉장고』를 통해 차가운 아가리이자 동시에 포근한 아가미가 되는 생경한 세계

---

* 김현영, 「달은 해가 꾸는 꿈」, 『하루의 인생』(자음과모음, 2012), 10쪽. 이하 본서에서의 인용은 작품의 제목과 쪽수만을 본문 안에 표기하기로 한다.

가 곧 우리의 익숙한 세계임을 보여줬고, 두번째 소설집 『까마귀가 쓴 글』을 통해 비일상적 균열들이 곧 우리의 일상적 세계를 채우고 있는 것들임을 알려줬으며, 첫 장편소설 『러브 차일드』를 통해 도축되는 몸과 살처분되는 삶의 디스토피아적인 세계가 곧 우리가 사는 바로 이 세계임을 잔인하게 드러내었던 김현영은, 이제 그의 네번째 책이자 세번째 소설집이 되는 『하루의 인생』에서 서로가 서로를 연기하고 그 역할을 바꿔 놀이하는 '나'와 '그'의 평행적 우주와 현실, '삶'과 '죽음'이 교차적으로 죽고 살아내는 악몽과 태몽을 동시에 보여준다. 이 소설들은 모두 서로 독립적인 단편들이지만, 마치 현실의 삶과 그 이면의 죽음처럼 서로 서로의 꼬리를 물며 이어지는 꿈의 연작들로 읽힐 수 있다. 말하자면 나는 이 단편들을 일종의 연작들로 읽는 하나의 독법을 제안하는 것, 나는 이 모든 소설들을 하나로 이어진 꿈으로 읽는 그런 꿈을 꾸는 것이다. 그 꿈은 아마도 원인과 결과가 확실하게 떨어지는 일반적인 인과관계를 벗어나 있는 것이겠지만, 그것이 꿈인 한에서, 오직 그러한 한에서, 이 역시 그 꿈만의 인과관계를 갖는다. 그리고 아마도 그 인과관계란 우연 그 자체의 필연성으로 이루어진, '나'와 '당신'과 '그'와 '그녀'의 상호교환성, '삶'과 '꿈'과 '죽음'의 상호텍스트성으로 구성되는 기이하면서도 친숙한, 낯익으면서도 낯선 모습을 띨 것이다. 첫번째 이야기 「달은 해가 꾸는 꿈」은 세계 곳곳에 흩어져 있을 모든 이들이 그 자신의 꿈속에서 또한 다른 이들의 꿈이 되며 동시에 그 다른 꿈 안에서 다시 자신의 꿈을 깨거나 되풀이하고자 하는 장면들의 연쇄로부터 시작한다. 그리고 그 연쇄는 삶과 죽음, 이 세계와 저 세계의 경계를 오가면서 한 곳으로 수렴하거나 다른 때로 확산한다. "꿈이라 해도 죽기 전에는 깨어날 수 없는 꿈이었다."(「달은 해가 꾸는 꿈」, 15쪽) 삶은 죽기 전에는 결코 깨어날 수 없는 꿈 혹은 그런 꿈들의 연쇄, 그러나 그러한 꿈은 동시에 살아가기 위해 계속 기대야 하고 곱씹어야 하는 독약 같은 영양분이다. 따라서 "꿈이 없다면 실재도 없다"(「달은 해가 꾸는 꿈」, 18쪽)는 하나의 선언은 철학적 형태의 확신범적 단언이라기보다는 그러한 꿈에 불가항력적으로 의지해 살아내는 삶과 그 삶에 이어진 죽음을 받아들이는 일종의 체념적 확인사살에 가깝다. 여기서의 꿈이란 흔히들 말하듯 희망의 대체어가 아니라 이러한 체념에 대한 역설적 희망의 은유라는 형태를 띤다. 그러므로 "한 존재에 대한 전적이고 무한한 책임감"(「달은 해가 꾸는 꿈」, 23쪽)이란 확실한 시공간에서 확고한 도덕적 의무로 느끼게 되는 어떤 다짐이나 의지라고 볼 수 없다. 그러한 책임감은 내부로부터 가지는 것이 아니라 외부로부터 주어지는 것이다. 다른 언어를 말하는 '완벽한' 타자와 그 타자와의 불통 속에서 그러한 책임감은 비로소 무한하고 전적인 형태로 그렇게 주어지고 부과된다. 따라서 이러한 존재에 대한 책임감은 자부심을 가질 수 있는 어떤 뿌듯함과 의지의 형태가 아니라 오히려 자괴감을 느낄 수밖에 없는 어떤 찌름과 상처의 형태로 찾아온다. 여기가 아니기만 하면 되는 모든 곳에 대한 동경 속에서, 그러나 동시에 그 모든 곳이란 실제로 지금 여기와 크게 다를 바 없는 무한하고도 전적인 편재성(遍在性) 앞에서, 꿈은 인물들의 삶을 배반하면서도 동시에 그 죽음에 삶의 기억들을 불어넣는다. "거기가 어디든, 여기만 아니라면, 그곳은 마이가 꿈에 그리던 바로 그곳일 테니까."(「달은 해가 꾸는 꿈」, 26쪽) 여기서 꿈이란 다시 한 번 가능한 삶과 불가능한 죽음 사이를 매개하는 다리가 아니라 그러한 가능성과 불가능성 사이의 끊어진 다리가 남겨놓은 어떤 흔적이다. "그래서,/ 이곳에서 손전등은 손전등이다./ 저곳에서는 당연히, 손전등이 아니다."(「달은 해가 꾸는 꿈」, 29쪽) 이 일견 지극히 당연한 듯 여겨지는 말이 왜 그토록 생경하게 발음되어야 했는가. 여러 개의 '가능한' 가능성들이 공존하고 있는 이 평행우주의 세계, 어긋나고 뒤틀린 가능성들의 세계, 고로 불가능의 세계이기도 한 이 '가능한' 세계에서, 오히려 '당연히'라고 말할 수 있는 모든 것들이 실은 전혀 당연하지 않은 것일 수 있기 때문에, "있을 수 있는 일이란 것이 실은 있을 수 없는 일에 더 가까"운(「달은 해가 꾸는 꿈」, 29쪽) 것일 수 있기 때문에, 그런 세계들, 그런 삶과 죽음들이 다시금 여기가 아닌 모든 다른 곳의 꿈을 추동하며 삶은 또다시 그 꿈에 기대어 지속되기 때문에. 하여 "우린 모두 죽음이 걸쳤던 옷에 불과해"(「달은 해가 꾸는 꿈」, 31쪽)라고 말해버릴 수 있는 삶, 죽음의 다양한 의장(衣欌/意匠)들을 지닌 삶이 비로소 꿈으로서/써 '가능'해진다. 이 세계가 그 처음과 끝에서 '동시에' 도달하며 '동시에' 시작하고 있는 악보의 지점은 어디인가. "한 곡도 쓰지 못한 아마추어 작곡가이고 이미 많은 곡을 만든 대가이기도 하다. 그는 여러 번 다시 태어났고 아직 태어나지 않았으며 이제 막 최초로 탄생하기 직전이다."(「달은 해가 꾸는 꿈」, 34쪽) 이 최초의 시간 혹은 최후의 기억은 첫번째 이야기에서 하나의 원점이자 종점으로서, 하나의 기원이자 종말로서 제시되는 이 소설적 세계의 시공간이다. 말하자면 그곳은 나무 한 그루가 홀로 쓰러지는 아무도 없는 숲속인지도 모르지만, 또한 그 들리지 않을 소리는 침묵과 소음의 형태를 동시에 띠며 누군가의 또 다른 꿈으로, 삶으로, 죽음으로 공명되고 있는 그런 곳인지도 모른다. 이러한 청취 불가능한 소리들의 가청성(可聽性)이 지닌 꿈(들)의 연쇄, 세계(들)의 연쇄는 두번째 이야기 「얼룩말은 나의 발톱」으로 다시 이어진다. 그리고 여기서 그 꿈과 세계가 지니고 있던 기원적이고 종말적인 범위와 진폭은 다시금 두 인물, 두 개의 시공간이라는 제한적 테두리 안으로 좁혀진다. 마치 튀어 오르며 서로 교차하는 저 블룸펠트(Blumfeld)의 두 개의 공들처럼. "아무 데나 가요! 아무 데나요!"(「얼룩말은 나의 발톱」, 37쪽)라는 외침은 그래서 아무 상관도 없는 불특정한 장소를 목표로 하는, 아무렇게나 되어도 좋을 그런 명령이지만, 바로 그러한 이유 때문에 동시에 그것은 어떤 불가능한 명령, 곧 어쨌든 가능한 선택지 중 하나를 선택하게끔 되는, 그러한 선택 아닌 선택을 명령받게 되는 일종의 불가항력이기도 하다. 김현영의 모든 소설들 속에서 이 '불가항력'이라는 단어는 실로 불가항력적으로 반복된다. 모든 곳으로 갈 수 있는 듯 보이지만 그 모든 곳으로 나 있는 길은 역설적이게도 일방향의 도로 위에, 끝이 없는 터널 안에, 그렇게 무한한 직선으로 뻗어 있다. 갈 수 있는 곳은 많지만, 모순적이게도, 가고 싶은 곳으로는 갈 수 없다. 아무 데나 갈수 있지만, 동시에 아무 데도 갈 수 없는 것. 하여 이세경의 꿈속에서 그가 "가고 싶은 곳으로 갈 수 없는 꿈은 인생만큼이나 불가항력적이었다"(「얼룩말은 나의 발톱」, 40쪽)라고 말할 수 있는 어떤 체념적이면서도 동시에 자발적인 인식이 가능해진다. 'W'라는 표지판의 이니셜은 '서쪽(West)'이 아니라 그런 출구 없는 '세계(World)'의 약자이기도 했던 것. 말하자면, 그는, 그녀는, 그런 출구 없는 세계에서 계속해서 출구를 탐색하는 나와 당신의 또 다른 대명사이기도 했던 것. 그러므로 저 '블룸펠트'와 '이세경'이라는 고유명사, 그리고 그 이름들을 대체하는 3인칭의 시점들은, 다시금 나와 당신의 이야기인 1인칭의 시점들이 지닌 또 다른 역할을 놀이하고 연기하는 또 다른 세계이기도 했던 것. 하나의 인칭에서 다른 인칭으로, 하나의 삶에서 다른 삶으로, 하나의 시공간에서 다른 시공간으로의 이행은 이렇듯 비자발적인 이동과 그를 통한 자발적 주체화라는 역설적인 과정을 거치게 된다. 그리고 아마도 이것이 김현영 소설이 삶과 꿈의 경계들 사이에서, 잠과 죽음의 한계들 사이에서 드러내는 소설적 중핵일 것이다. "꿈속에서 잠이 들었으니 이젠 현실을 꿀 차례였다."(「얼룩말은 나의 발톱」, 43쪽) 이러한 방식으로 꿈과 현실은 서로의 등을 맞대고 다른 곳에서 다른 형태로, 그러나 동시에 바로 여기에서 지금의 형태로 현시되고 경험된다. 그렇다면 꿈속에서 다시 잠이 든 이세경의 꿈은 이제 그의 현실이 되는가, 블룸펠트의 또 다른 꿈이 되는가. "그는 여기 있지만 저기엔 없었다."(「얼룩말은 나의 발톱」, 45쪽) 그러므로 여기서 나는 나의 저 인식론적 물음을 다시 물어야 하지 않는가. 이세경이 잠드는 소리는 블룸펠트의 귀에 들릴 것인가, 혹은, 꺼져 있는 텔레비전 화면에 비친 블룸펠트의 모습은 이세경의 눈에 보일 것인가. 프란츠 카프카(Franz Kafka)의 나이 든 독신주의자 블룸펠트는 본래 꿈이 없는 잠을 자는 이였지만, 「얼룩말은 나의 발톱」을 통해 그의 꿈 없는 잠 속에서 반대로 잠 없는 꿈이 탄생한다. 그렇게 두 개의 공들이 튀어 오른다. 그 두 개의 공이란 다름 아닌 블룸펠트와 이세경 사이에서 교차하고 대체되는 저 악몽과 태몽, 죽음과 재탄생이라는 두 개의 배다른 꿈들이다. 그리하여 프라하의 어느 시공간에서는 이세경이 블룸펠트의 삶을 살아내며 변화시키고, 직항로로 연결된 서울과 프라하의 어느 다른 시공간에서는 블룸펠트가 이세경의 삶을 살아내며 변화시킨다. 그들이 알던 세계는 이미 그들의 것이 아니지만, 동시에 그들이 따로 살았던 세계는 그들의 교차되는 꿈속에서 점점 더 다른 현실로, 생경하지만 동시에 익숙한 현실로, 그렇게 변신해가는 중이다. 그러므로 이러한 몰핑(morphing)이란, 이러한 역할놀이(role playing)란, 자아와 타자 사이의, 1인칭과 3인칭 사이의, 삶과 꿈과 죽음 사이의, 비자발적인 이동과 자발적인 주체화 사이의 또 다른 변신 이야기(metamorphosis)에 다름 아니다. 그 변신이란 단순히 한 형태에서 다른 형태로의 변형만을 뜻하는 것이 아니라 숫제 하나의 시공간이 다른 시공간으로 변모하고 교체되는 형태로 진행된다. "프라하는 하루 사이에 달라진 게 별로 없었다. 그러나 그 하루는 모든 것을 변화시키기에 충분한 시간이었다."(『얼룩말은 나의 발톱』, 68쪽) 그러므로 여기에서 비로소 이 모든 이야기들을 묶어내는 '하루의 인생'이라는 말이 가능해지지 않는가. 별로 달라질 것도 없을 그 하루 안에, 모든 것을 변화시키기에 충분한 인생의 시간이 담겨 있는 것. 동시에, 별로 다를 것도 없는 그 익숙한 하루하루의 시간은, 역설적이게도, 바로 그 순간들 속에, 잠처럼 꿈처럼 죽음처럼 이어지는 영원을 담고 있는 것. 그러므로 하루의 인생이란, 삶의 족쇄이자 동시에 세계의 출구, 세계의 막다른 곳이자 동시에 죽음과 재탄생의 교차로가 된다. 따라서 여기서 다시 한 번, 내가 내 자신이 아니거나 혹은 무수한 나로 현현하는 이 '나'의 시각은 굳이 제한적인 시각을 갖는 1인칭으로 국한될 필요가 없다. 주어의 이름은 '이세경' 혹은 '블룸펠트'였지만, 그 고유명들은 꿈과 잠 속에서, 현실의 안과 바깥에서, 직항로로 이어진 삶과 죽음 속에서, 기이하게도 '나'라는 1인칭 대명사를 대체하고 교체한다. 대명사가 다시금 '대체'되다니, 그리고 또한 대명사가 '고유명사'로 교체될 수 있다니, 곧 1인칭과 3인칭이 서로 교차하고 있다니, 아마도 또한 이것이 김현영 소설의 전략적이고 불가항력적인 중핵이라고 나는 생각한다, 의심한다, 고로 꿈꾼다. 세번째 이야기 「개를 닮은 말」에서 이러한 변신의 이야기는 다시금 '동물 되기'라는 형태로 반복된다, 그렇게 반복되며, 동시에 차이의 옷을 짓는다. "너는 내가 아니니, 모를 거야. 너에게 옷이란 더우면 벗고 추우면 입는 것에 불과할 테니. 하지만 죽기 전에는 결코 벗을 수 없는 옷도 있는 법이야. 내 털옷이 딱 그렇지. 너는 내가 아니지만, 언젠가 네가 죽게 되면 알 수 있을걸? 나처럼 털옷을 입은 채 살진 않았지만 너 또한 털옷 아닌 옷을 입은 채로 살아왔다는 사실. 지금 몸에 걸치고 있는 그 옷을 모두 벗어버려도 끝끝내 남아 있을 옷. 너라는 육신. 그러니 실은 우리가 별반 다르지 않았다는 사실."(「개를 닮은 말」, 81쪽) 내가 아니기에 나를 알 수 없는 너는, 그러나 동시에 별반 다를 것 없는 저 우리의 옷들 안에서, 그 옷들을 모두 벗어도 끝까지 남아 있을 텅 빈 공간을 느끼며, 그렇게 나를 알게 된다. 여기서도 저 무한하고 전적인 책임감, 그 외부성의 경험은 비자발적인 형태로 다가와 내부 안에서 자발적인 경험으로 변신한다. 아마도 이러한 윤리의 변증법 안에 김현영 소설의 유물론적 중핵이 놓여 있을 것이라고, 나는 다시 의심한다, 다시 꿈꾼다. "내가 겪은 그 시간을 그대로 겪어본다면 알 수 있겠지. 생긴 대로 사는 게 아니라 사는 대로 생긴다는 사실을. 그러니 그가 누구라도 꿈꾸는 대로 살아야 하는 거야. 내가 개 같은 놈이 된 것은 내 탓이 아니야. 당연하지. 단 한 번도 나는 개가 된 나를 꿈꾼 적이 없었으니까."(「개를 닮은 말」, 84쪽) 그 꿈이란 아마도 '개 같다'는 동물

적 직유법의 인간적 기원을 가리키고 있을 것이다. 그러므로 '개를 닮은 말'이란, 그 어구가 매우 동물적이고도 직설적으로 연상시키는 상이한 종(種)들의 연쇄와는 전혀 다른 곳에서, 우리의 언어와 비유법이 지닌 체계와 그 한계점으로 이어진다. 이 시점에서 나는 김현영 소설의 가장 핵심적인 지점들 중 하나와 맞닥뜨린다. 그것은 곧 꿈과 언어적 연쇄로 연결되는 삶/죽음의 붕괴와 재구축의 축들, 그리고 그 축들이 작동시키는 은유의 구조와 변신의 문법이다. "끝없이 계속되는 이 잠으로부터 보니를 벗어나게 해줄 출구란 어차피 이 세상에 존재하지 않았으므로"(「개를 닮은 말」, 95쪽) 역설적이게도 보니는 기면증에 불가항력적으로 빠져든다. 그의 증상이란 비자발적인 이행이 낳은 수동적인 것이지만, 동시에 그런 그의 증상이란 그 자신의 '불가능한 선택'이 낳은 결과, 자발적인 주체화의 과정이기도 하다. 그리고 바로 이러한 관점에서 다음과 같은 소설적 선언이 가능해진다. "잘못 편집된 영상처럼 무덤이 거기에, 있었다. NG였다. 잘 알지도 못하는 왕족의 무덤에 머리를 기대기 위해 보니는 입장료를 지불하고 입장했다. NG가 아니었다. 초현실적인 이 풍광이 진짜 현실이라면 현실에서 잠든 보니가 어떤 초현실적인 꿈을 꾸게 되더라도 그것은 가장 현실을 닮은 영상일 것이었다. 그러므로 이별의 중력에서 벗어나기 위해 꿈으로 도피한다는 말도 더 이상 맞지 않는 말. 보니가 꾸는 꿈이야말로 보니가 보니로서 존재할 수 있는 유일한 현실이었다."(『개를 닮은 말』, 99쪽) 개는 단지 인간과 치환되는 것이 아니라, 언어의 차원에서, 곧 '개'와 '걔(그 아이)' 사이의 착종과 전이 안에서, 다시금 대체되고 교체된다. 그러한 착란적인 치환의 꿈이야말로 삶을 삶으로서, 존재를 존재로서 유지할 수 있게 해주는 초현실적 현실이다. "내키는 대로 질주하다 펑크 나버린 누군가의 꿈을 교체하기 위해 항시 대기 중인 스페어타이어에 불과했다. 보니는 그렇게 잊혀졌다. 그리고 기면증이, 시작되었다. 보니는 시도 때도 없이 잠들었다. 불가항력적인 잠이었다. 오래도록 남의 꿈만 꾸어준 사람은 그렇게라도 언젠가는 자기 몫의 꿈을 꾸어야 하는지도 모를 일이었다."(『개를 닮은 말』, 102쪽) 그러므로 꿈을 꾸는 일이란, 마치 누군가의 삶을 담보로 잡힌 것처럼 누군가로부터 무언가를 꾸어가는/갚아가는 일, 다른 이의 이름과 삶과 죽음을 통해서 오히려 자기 몫의 꿈을 꾸게 되는 그런 역설적 이행의 과정일 것이다. "그것도 언젠가는 꾸다 만 꿈이 되어 더는 아무도 꾸지 않는 그런 꿈이 되는 걸까. 모두가 꾸는 꿈을 함께 꾸지 않는 것과 아무도 꾸지 않는 꿈을 홀로 꾸는 것 사이엔 또 어떤 꿈들이 존재하는 걸까. (……) 새로운 배역을 꿈꿔도 좋을 시간이 바로 지금이었다."(『개를 닮은 말』, 104~105쪽) 이 이야기들의 연쇄가 두번째 국면을 맞이하게 되는 것은 바로 이때부터, 이야기가 마치 다른 꿈을 꾸듯 자신의 배역을 바꿀 때부터이다. 피는 다시 피로 이어지는 피의 연쇄를 반복한다, 끊어낸다, 끊어낸 듯이 보이는 시점에서, 다시금 시작하여, 반복한다. 네번째 이야기 「피의 피」는 그러한 연쇄와 계보에 대한 고백으로부터 시작한다. "당신의 아들이 자기 아들을 죽였습니다, 아버지." (「피의 피」, 111쪽) 그러므로 이 절망적인 기도문은 바로 그러한 절단과 연결 사이의 반복을 고백하는 하나의 고해성사이다. 여기서 김현영 소설의 또 다른 핵심지점, 곧 소유격으로 연결되는 동어반복의 고리와 그 출구 없는 영점으로서의 소실점이 드러난다. "비범하지 않으면 평범할 수도 없게 되어버린 겁니다"(「피의 피」, 125쪽)라고 말할 수밖에 없는 어떤 '어중간한 극단'의 지점이 또한 김현영이 다루고자 하는 아포리아의 시공간이다. 왜이 아포리아는 아포리아일 수밖에 없는가, 왜 막다른 골목은 막다른 골목일 수밖에 없는가, 왜 길이 없는 곳에는 그렇게 길이 없을 수밖에 없는가. "사람들이 어떤 동네에 사는 이유는 그 동네에 살아야 하기 때문에 사는 것입니다. 거기 살아야 먹고 살수 있으니 사는 것입니다."(「피의 피」, 129쪽) 이 가장 물질적이고 경제적인 한계 앞에서, 존재에 대한 무한하고 전적인 책임감 앞에서 개방되었던 나의 삶은, 다시금 너의 피를 통해 회수되어야 할 꿈과 죽음의 지점이라는 막다른 골목에 봉착한다. "아버지도 늦지 않았어요. 이제부터라도 남의 피를 드셔야 해. 그래야 안 빨리지. 세상은 둘 중 하나야, 아버지. 피를 빨거나 빨리거나." (「피의 피」, 131쪽) 「피의 피」는 하나의 가정, 하나의 계보 안에 현재 우리 사회가 겪고 있는 거의 모든 사회적, 경제적, 세대적 문제들을 집약하고 있는 극히 현실적인 소설로도 읽히지만, 동시에 '죽이다', '가슴에 말뚝을 박다' 등의 살벌한 관용어구들이 기이한 실체감과 현실감을 갖게 되는 착란의 과정을 드러냄으로써, 역시나 일상적 언어와 비일상적 꿈 사이에 잠복해 있는 균열의 틈들을 끄집어낸다. 그렇다면 이러한 균열의 빈틈은 메워질 수 있는 것일까, 그 텅 빈 공간들은 해소 가능한 것일까. "이제 저는 아들에게 피를 빨리기도 전에 제가 먼저 알아서 세상에 피를 토해내는 지경에 이른 것이었습니다. 아들에게 빨릴 것조차 없는 것이었습니다. 어디서부터 유래되었는지 모를 이 더러운 피가 제 아들을 죽이고 있는 것이었습니다. 제 부모의 피를 빨아먹으며 기생하는 흡혈의 가계는 뿌리내리기 전에 뿌리 뽑아야 하는 것이었습니다."(「피의 피」, 140쪽) 그러나 저 은유와 직유의 문법이 현실적이고 물질적인 실체를 갖게 될 때, 저 관용적 어구들이 실제적이고 사실적인 내용을 얻게 될 때, 오히려 언어는 삶을 배반하고 악몽을 생산한다. 그 악몽에 대처하는 방법은 다른 꿈을 꾸는 것, 다른 이야기를 꿈꾸는 것. 말하자면 여기서 악몽은 해소되지 않고 또 다른 악몽으로 교체되고 치환된다. 은유와 직유와 관용어구들로만은 결코 이해할 수 없는 세상을, 그보다 더 이해할 수 없는 저 은유와 직유와 관용어구들의 '생생한 현실화'를 통해, 그렇게 대신 이해하는 것, 아니 그렇게 대체하여 이해하려고 하는 것, 아마도 그것이 출구 없는 세계로부터 나가는 가장 악몽 같은 출구일 것이다. 다시 말해, 있을 수 없다고 여겨지던 일이 현실로 닥쳤을 때, 그 현실을 이해할 수 있는 가장 분명하고도 확실한 방법은, 오히려 가장 있을 수 없다고 여겨지던 저 환상의 서사를 바로 그 현실에 직접적으로 대입하는 것, 은유와 직유와 관용어구들이 애써 가리고 있던 가장 즉물적인 형태의 언어에 가장 잔혹한 실체감의 옷을 입히는(혹은 벗기는) 것, 예를 들어, 흡혈귀 이야기라는 환상의 서사를 말 그대로 문자 그대로 곧이곧대로 현실에 대입하는 것이 된다. 피는 피로써 씻을 수밖에 없듯이, 꿈은 꿈으로써 피할 수밖에 없는 것, 이러한 반복의 고리가 또한 김현영 소설의 가장 비극적인 성격을 규정한다. 「피의 피」의 화자인 '아버지'는 오로지 그렇게 함으로써만 현실을 비로소 '이해'할 수 있게 되고 또한 스스로를 '살인자'라고 고백할 수 있게 되는 것. 말하자면 "저는, 제 아들을 죽인, 아비니까요"(「피의 피」, 111쪽)라는 고백이, 그리고 "저는 아들의 가슴에 말뚝을 박았습니다"(「피의 피」, 140쪽)라는 고백이, 단순한 비유적이거나 관용적인 표현이 아니라 문자 그대로의 의미에서, 오직 그러한 의미에서만, 그가 처한 불가해한 현실과 불가능한 사회를 비로소 '이해 가능한' 것으로 만들 수 있었던 것이며, 이것이 바로 삶과 꿈 사이의 비극을 구성하는 핵심적인 환상이다. 소유격 조사 '~의'로 이어지는 단어들과 제목들, 그리고 그것으로 구성되는 두 개 이상의 세계는, 말 그대로 단순한 (문)법적 소유관계를 표시하는 것이 아니라, 같은 단어의 동일한 반복이 계속해서 연쇄될 것이라는 사실을 보여주는 어떤 작은 고리, 그렇게 작지만 그만큼의 크기만으로도 불길한 악몽을 예고하고 있는 어떤 작은 단서, 거대한 빙산의 작은 일각이다. 그러한 소유격의 형태가 지닌 '소유할 수 없는 소유', '변신할 수 없는 변신'의 불가능성은 다섯번째 이야기 「옆방의 옆방」으로 이어진다. "이 극화는 픽션이오니 현실과 착오 없으시길 바랍니다."(「옆방의 옆방」, 145쪽) 아마도 거의 모든 소설들의 기원적 강점이자 궁극적 맹점일 이 하나의 친숙한 설명문, 현실과 꿈 사이에서 벌어질 수 있는 착오의 가능성을 원천적으로 차단하려는 듯 보이는 이 익숙한 경고문은, 어쩌면 그 익숙함만큼이나 낯익은 생경함으로 픽션과 현실을 오히려 뒤섞어놓는 것, 어쩌면 픽션과 현실이 서로 교환되거나 대체될 수도 있지 않을까 하는 불안과 기대를 자아내는 어떤 착종된 권유 같은 것이 되기도 한다. 이러한 픽션과 현실 사이의 괴리 안에서 다시 반복되어 재생되는 질문은 '나는 왜 나일 수밖에 없고 네가 아닌가', '왜 나의 소리는 너에게 들리지 않고 너의 소리는 나에게 와닿지 않는가'라는 물음의 변주라는 형태를 띤다. "아, 그 순간의 나는 어째서 '칠 년 묵은 거지'가 아니라 그냥 나였을까? '칠 년 묵은 거지'가 바로 나였다면 얼마나 좋았을까? 돌이켜 다시 생각해보아도 원통한 일이었다. 그리고…… 어쩔 수 없는 일이었다. 그건 갈색 구두 대신 빨간색을 샀어야 한다는 식의 후회, 또는 엔지니어가 아니라 화가가 되었어야 한다는 그런 종류의 회한과는 확실히 다른 것이었다. (……) 내가 아닌 '칠 년 묵은 거지'의 협박에 내가 아닌 옆방 아이는 겁을 먹었다. 결국 옆방 아이는 있지도 않은 심장병 핑계를 대며 육상부에서 빠져나왔다. 라면과 빵을 공짜로 실컷 먹을 수 있는 육상부를 왜 그만두느냐며 나는 진심으로 안타까워했다. 그 아이의 대답은 간단했다. 육상선수는 공부 못하는 애들이나 하는 거라는 것이었다. 역시, 그 아인 내가 아니었다. 공부도 못하고 또 달리기 왕도 아닌 나는 결코 그 아이가 될 수 없었다."(「옆방의 옆방」, 157쪽) 자발적인 자기규정이 아니라 언제나 오직 '아니다'라는 부정의 형태를 띠며 계속 미끄러져가며 규정될 수밖에 없는 이 비자발적인 '나', '그'가 아닌 '나'로서의 이 자기 존재가 '훔치기'라는 행위를 그 자신의 규정적 근거로 삼게 되는 일은 그러므로 어찌 보면 당연하다. 그리고 이러한 과정의 또 다른 당연한 귀결로서 절도의 대상은 더 이상 단순히 사물이 아니라 한 사람, 한 사람 의 삶, 그 자체가 된다. "내 일기장 속에서 옆방 아이가 맡은 역할은 희대의 거짓말쟁이였다. 새 학년이 시작될 때마다 나눠주 던 가정환경 조사서도 나는 직접 작성하기 시작했다. 그 애 아 버지의 직업은 곧 내 보호자의 직업이 되었다. 가족사항을 적는 칸에다가는 그 애의 자매들 이름을 쭉 써 내려갔다."(『옆방의 옆 방』, 159~160쪽) 존재 자체를 훔친다는 일은 아마도 가장 어려운 절도의 행위, 가장 불가능한 변신의 과정일 것. '얼굴 도둑'의 이 러한 불가능한 변태의 과정은, 하지만 오직 그러한 과정을 통해 서만 그의 삶이 가능해진다는 의미에서, 꿈과 삶 사이의 또 다 른 불가능한 관계를 궁극적으로 '가능한' 어떤 것으로 만들어준 다. "그 애네 식구들은 할아버지와 함께 살기 위해 이곳을 떠났 다. 그 애와 내가 같은 반이 될 가능성도, 그 애의 독후감을 베껴 쓸 기회도 모두 떠나버렸다. 그러나 나는 조금도 아쉽지 않았 다. 어쩐 일인지 그 아이가 떠난 뒤로 내 성적은 쑥쑥 올랐고 독 후감 같은 것도 일필휘지로 써 내려갈 수 있게 되었던 것이다. 어느새 나는 그 아이가 되어 있었다."(『옆방의 옆방』, 171~172쪽)

'어느새 그 아이가 될 수 있었던' 이 변신의 과정은 그러나 결코 당연하거나 자연스러운 것은 아니었다. 옆방 아이를 복제하는 또 다른 옆방의 아이는 오직 타자를 통해서만 구성될 수 있었던 자기, 오로지 꿈을 통해서만 지속 가능했던 삶의 불완전하고 불가능한 단면을 보여준다. 타자는 자기의 균열이고 꿈은 삶의 빈틈이지만, 오히려 자기와 그 자신의 삶은 바로 저 타자와 타자의 꿈을 통해서만 비로소 작동되기 시작한다. 이 '내가 아닌 나'의 모순을 깊이 응시하기 시작하면서 여섯번째 이야기 「눈의 물」이 흐르게 된다. "팔뚝에 돋지도 않은 소름을 쓸어내리는 시늉을 하긴 했지만 난 이미 나무, 너의 말장난에 빠져버린 뒤였어. 나무가 '나, 무'라면 그럼 나는 '안, 나'인 걸까. 나는 내가 아니란 걸까. 언제부터 나는 내가 아니었을까. 내가 아니라면 나는 무엇일까."(「눈의 물」, 194쪽) 이 존재론적인 아포리아 앞에서 나는 나에게 외부적이고 비자발적으로 주어진 공간, 그러나 동시에 내가 자발적으로 선택할 '수밖에 없었던' 공간을 스스로에게 부과한다. 「눈의 물」 안에서 그러한 시공간은 출구가 없는 폭설의 설경으로 등장한다. "고속도로는 아예 진입 금지. 예보도 없었는데 심지어 불가항력적으로 쏟아지는 눈 때문에 고속도로는 더는 고속도로일 수가 없었으니까. 그 봄날. 자기 자신으로 존재할 수 없었던 것들은 나 혼자만이 아니었어. 나뿐만

아니라 그날은 그러니까 모두가 '안, 나'였던 거야. 면죄부가 될
순 없겠지만 그래도 그게 내게는 유일한 위로."(「눈의 물」, 197~
198쪽) 실명해버릴 것만 같이 눈[目]이 부신 눈[雪] 속에서 다
시금 고속도로를 고속도로일 수 없게 하는, 나를 나일 수 없게
하는 저 '불가항력'의 꿈이 여기서도 반복되고 또 번복되고 있
다. 내가 나일 수 없는 유일한 존재가 내가 아니라는 이 '불가항
력적인 평등'만이 어떤 위로가 될 정도로, 이러한 불가항력이란
편재(偏在)하면서도 동시에 편재(遍在)하는 것, '여기'란 바로 지
금 오직 여기에만 존재하는 장소이면서도 동시에 그 어느 곳에
나 존재할 수 있는 평행적인 시공간을 가리킨다. 아마도 그 시
공간들은 서로 차원을 달리할 것이겠지만, 기이하게도 내가 존
재할 수 없는 그 시공간 속에서도 나는 마치 꿈처럼 내가 아닌
다른 형태의 나로서 여전히 계속해서 존재하고 있다. 그리고 이
존재의 산개가 또 하나의 악몽을 낳는다. "산도 나무도 이정표
도 도로도 자동차들도 온통 하얗기만 해서 뭐가 뭔지 구분이 되
지 않았어. 솔직히 무서웠어, 소실점이 사라져버린 차창 밖 세
계는 더 이상 내가 존재할 수 있는 삼차원의 공간이 아니었으니
까. 이차원의 평면이거나 혹은 사차원의 시공간이었지."(「눈의
물」, 197쪽) 그러므로 내가 아닌 내가 갈 수 있는 곳, 가야 할 곳
은 결국 아무 곳도 아닌 곳, 그 어디여도 상관없는 곳, 텅 비어

있는 곳, 그러므로 그 무엇이 되어도 이상할 것이 없는 그런 빈 틈인지도 모른다. 따라서 다음과 같은 진술이 가능해진다. "우리는 오로지 그곳에서만 만났어. 그곳은 어디에든 있었어. 어디에도 없는 특별한 장소에 우리가 가야 할 이유는 없었어."(「눈의 물」, 200쪽) 특별히 어디여야 할 필연성도 없지만 그 어느 곳이라도 상관없을 우연성 또한 허용되지 않는 불가능성 안에서 오히려 나의 삶이 지닌 가능성이 비로소 '가능'해진다는 역설. "가능성조차 가능하지 않은 순간이 곧 오고야 마는 거야. 그러니 가능성이 있을 때 결정해야 하는 거야. 내 삶을 내가 산다는 건 그런 거니까."(「눈의 물」, 203쪽) 그러나 이러한 결정은 그 자체로 가능한가, 그 자체로 '순수하게', 마치 비듬처럼 떨어지는 저 눈처럼, 그렇게 가능하기만 한 것인가. 오히려 그 선택 자체는 불가능성 위에 놓여 있는 것이 아닌가. 그래서 일견 가능한 선택지들 사이에서의 가능한 선택조차도, 사실은 저 고립무원 같은 설경의 불가능한 풍경 위에서 비로소 '가능한' 것으로 보이고 또 그렇게 작동하기 시작하는 무엇이 아닌가. 그리하여 사실은, '내가 사는 내 삶'이란 것은 하나의 환상, 그것도 가장 진실한 환상, 오로지 가능성조차 가능하지 않은 불가능의 토대 때문에 비로소 가능해지는 무엇이 아닌가. 그러므로 이러한 가능성과 불가능성의 역설 안에서만 오직 그 존재를, 그 존재에 대한 사랑을 확언할 수 있는 불확실한 확신의 또 다른 역설이 거꾸로 바로 그 존재와 사랑의 확실성과 진실성을 규정한다. "모든 확신은 불신이 되기 위해 존재할 뿐입니다. 그래서 나는 아무런 확신이 들지 않는다면 언제든 사랑한다고 말할 수도 있었던 것입니다. 사랑이 없어야만 사랑할 수 있었던 것입니다."(「눈의 물」, 210쪽) 소설의 세번째 화자는 이러한 사랑과 이별을 '습관'이라는 말로 부르고 있지만, 그것은 단지 당연하거나 자연스러운 습관이 아니라 바로 그렇게 습관이 되지 않고서는 지속될 수 없었던 삶의 어떤 꿈같은 환상의 성격을 드러낸다. 말하자면, 피의 피는 결국 피인 것, 옆방의 옆방은 어쨌든 옆방인 것, 눈의 물은 결국 눈물인 것, 이 모든 것은 하나의 언어적인 습관임과 동시에 삶의 동어반복인 것, 그러나 그 당연하게 보이는 반복과 재탄생은 잠과 꿈이라는 또 다른 죽음의 형식을 통해서만 가능했던 어떤 것. 그렇다면 이러한 삶의 역설적 형식을 역설 그 자체로서 받아들이는 가장 극단적인 방식이란 어떤 것인가. 일곱번째 이야기 「연인에게 필요한 것」은 바로 이러한 삶/죽음, 존재/사랑의 방식을 실천하는 극단적이면서도 유쾌한 사고 실험을 보여준다. "마음이란 건 눈에 보이지 않는 것이죠. 보이지 않으니까 어떻게 해서라도 보이게 해야 합니다. 가능하면 더 크고 더 반짝거리고 더 향기롭고 더 화려하게. 마음을 마음 그 자체로 봐달라는 건 나는 원래 이렇게 생겨먹은 놈인데 그래도 날 사랑할 테면 해봐라, 배 째라, 뭐 그런 종류의 똥배짱일 뿐이죠. 마음을 곧이곧대로 보여줄 수 있다는 믿음 자체가 허상입니다. 사랑에 빠졌다고 자부하는 철면피들의 자기 합리화에 불과합니다. 마음은 보이지 않습니다. 보이지 않는 건 존재하지 않는 것입니다. 나의 연인은 그러므로 정당합니다."(「연인에게 필요한 것」, 224쪽) 그러므로 일견 지극히 세속적으로만 여겨지는 이러한 극단적 물질주의 앞에서 사랑과 연애는 하나의 동일한 현상을 두고 그에 대한 태도를 선택할 수 있는 어떤 가능한 결정의 두 가지 형태로 제시된다. 불가항력을 통제하는 방법, 혹은 그럴 수 있다고 생각하는 방법을 시험하기. 그러므로 사랑과 연애라는 저 두 개의 '가능한' 선택지 중 어떤 것이 허상인가. 저 확언의 문법 속에서 느낄 수 있는 것, 혹은 오히려 저 확신에 찬 어조에서 스멀거리며 배어나오는 것은 오히려 불신과 불확정의 감각이 아닐까. 어떤 것이 환각인가, 그러나 더 적확하게는, 어떤 것이 환각이라면, 우리는 그것을 선택하거나 회피할 수 있는가. "그러나 사랑의 바늘귀엔 반드시 이해의 실이 걸려 있다는 생각은 그야말로 환상에 불과합니다. 사랑에 눈먼 자들의 환각일 뿐입니다. 우리들 사랑의 바늘귀에는 아무것도 걸려 있지 않습니다. 내가 열심히, 사랑의 이름으로, 그 여자의 심장을 꿰고 지나간 자리에 남은 것은 무수한 통증과 바늘 자국들, 그리고 뻥뻥 뚫린 그곳을 통과하는 바람 소리와 지독한 출혈······뿐이었습니다."(「연인에게 필요한 것」, 229쪽) 연애와 사랑을 분리하면서까지 사랑의 이유와 구실과 동기와 의무들을 찾아가는 역설적이고 극단적인 소설의 실천은 아마도 바로 저 찔름의 상처, 꿈이 드러내는 죽음의 상흔들을 다루는 삶의 방법론을 보여주는 것일지도 모른다. 이 우발적인 것들, 이 불가항력적인 것들은 어떻게 우리의 삶 속으로 들어오는가, 침입하는가. 여덟번째이자 마지막 이야기인 「하루의 인생」이 실로 가녀리고 아슬아슬할 정도로 아름다운 방식을 통해 보여주는 것이 바로 이러한 우발적 불가항력의 최종적 형태인 어떤 잔혹성이다. 유리 전등 갓이 바닥으로 떨어지며 산산조각이 나고, 그 아무것도 아닌 일이 아무럴 것도 없던 일상에 어떤 주름을 만들어낸다. 여기엔 어떤 세계관이 있다. 그리고 그 세계관은 고요한 문체 속에서 오히려 역설적으로 가장 격렬하게 요동치고 동요한다. "아직까지 한 번도 일어나지 않은 일이라고 해서 앞으로도 일어나지 말란 법은 없겠지요. 그렇지 않고서야 그날 아침 난데없이 전등갓이 떨어졌으려고요. 그러나, 그렇다고 해서 한 번 일어났던 그 일이 또다시 일어나리란 보장도 할 순 없어요. 한 번도 일어나지 않았던 일이기에 오직 단 한 번만 일어나고 마는 건지도 모르지요."(「하루의 인생」, 252~253쪽) 불가항력이 불가항력일 수 있는 이유는, 그것이 지닌 우발성이 그에 대한 준비나 대응 혹은 대항의 빌미를 전혀 주지 않기 때문이다. 그것은 그저 온다, 그리고 그렇게 갈 뿐이다. 그 우발적인 것이란 일회적인 것이면서 전무후무한 것이라는 성격을 띠지만, 그 일회성과 전무후무함이란 그 자체로 절대적 성격이 되지 못하는, 그 자체가 지극히 우발적일 수밖에 없는 것이기도 하다. 그러므로 여기서 저 불가항력의 우발성이란 이러한 이중적인 의미에서만 비로소 말 그대로 '불가항력'이 된다. "그이는 허리가 아픈 적 없었기에 언젠간 허리가 아플 수밖에 없었어요. 우리가 한 번도 침대에서 거꾸로 자보지 않았기에 어제만큼은 그럴 수 있었던 거예요. 전등갓 또한 어느 날 갑자기 추락하기 위해 그동안 추락하지 않았을 테고요. 그러니 누가 누구에게 미안하달 것도 없는 일이지요. 굳이 말하자면 인생이 우리에게 미안하다고 해야겠지만 어쩌겠어요, 인생이 본래 그렇게 생겨먹은 것을요. 인과관계 없음의 인과관계라고나 할까요."(「하루의 인생」, 255~256쪽) 그러므로 나는 여기서 비로소 삶과 꿈과 죽음 사이에 놓인 저 인과관계 없는 인과관계의 메커니즘에 어떤 소설적 정의를 내릴 수 있게 되었다. 그 인과관계란, 수학적 확률이나 과학적 분석으로 설명될 수 없는 어떤 것, 아니, 말을 바꾸자면, 오히려 그러한 수학적 확률이나 과학적 분석의 세계라는 익숙함 안에서 더욱더 생경한 모습을 띠게 되는 일상 안의 비일상적 틈, 그러나 동시에 바로 그러한 비일상적 불가능성 때문에 비로소 가능하게 되는 일상의 구성적 형태, 그 낯익고도 낯선 관계를 가리키는 다른 이름이다. "바로 그런 확률. 수학적으로야 어떤 확률이든 가능하겠지요. 하지만 추상의 확률을 구체적인 이야기로 풀어내면 도무지 인과관계라곤 찾을 수 없는 이야기가 되곤 하죠. 일어날 수 없는 일이 일어나게 되는 것이죠. 그이는 믿고 싶었을 거예요. 일어날 수 없는 일이 일어나는 일은 없다고. 전등갓이 추락하는 일은 다만 해프닝에 지나지 않았다고."(「하루의 인생」, 260쪽) 우리의 삶은 죽음이 당장 일어날 수 있는 일이 아니라고 꿈을 꾼다. 그리고 우리는 그 꿈속에서 현실의 삶이 감당해내야 할 죽음의 구체적 확률들을 대신 경험하고 그렇게 소거한다. 아마도 그 일은 (다시는) 일어나지 않을 것이다, 그렇게 꿈꾸면서. 그렇게 정상적 인과관계의 필연성은 애써 삶의 우발성과 우연성을 덮을 테지만, 정작 그 삶을 꿈꾸게 하고 지속하게 만드는 것은 그러한 우연만이 지닌 필연성, 우연적일 수밖에 없는 그러한 필연성으로 구성되는 꿈의 인과관계이다. 꿈이 삶의 이면으로서 최종적으로 죽음을 드러내게 될 때 그 꿈이 그토록 담담한 형태를 띠게 되는 이유이다. "현실에 개입하려는 꿈은 대부분 과장된 어법을 필요로 하지만 그 현실이 죽음일 경우엔 예외인 것 같아요. 죽음의 현실이란 건 꿈과 다르지 않기에 과장 따위가 필요 없는지도. 꿈에서 깨지 않은 채 꿈의 끝까지 가게 되면 그것이 곧 죽음인가 봐요. 꿈을 꾼다는 자체가 이미 죽음의 세계에 한 발을 들여놓았다는 뜻인가 봐요."(「하루의 인생」, 261쪽) 이렇게 하여 이 모든 이야기들은 '어느새', 마치 또 하나의 꿈처럼, 「하루의 인생」 안에서, 차분히 그러나 강렬하게, 우연적이지만 동시에 그 우연만이 지닌 필연적인 성격을 통해, 그렇게 한 점으로 수렴되듯, 되돌아오듯, 모든 곳으로 확산된다, 흩뿌려진다. "필연과 우연이 만났으니 그것은 필연인가요, 우연인가요." (「하루의 인생」, 266쪽) 아마도 그것은 단지 필연과 우연이라는 두 개의 선택지 사이에서 선택할 수 있는 가능성이 아닐 것, 아마도 그것은 우연 자체의 필연성이라고 하는 불가능성의 한 모습, 불확실한 삶의 한 장면일 것. 그래서 송영은은 다시 묻는다, 같은 물음을 다르게 발음하며, 동일한 질문을 다르게 반복하며. "정말로 우리가 불시착했을 뿐이라면 그건 필연의 결과인 우연일까요, 우연의 결과인 필연일까요."(「하루의 인생」, 266쪽) 그리하여 우리는 다시 꿈을 통해 이 삶인지 죽음인지 알 수 없는 도로를 관통하고 횡단한다. 그 끝에서, 그 끝까지 간 끝에서, 무엇을 보는가, 혹은, 무슨 소리를 듣는가. "이상한 꿈을 꿨어요. 처음 만난 당신이 나를 죽이는 꿈. 처음 만난 당신과 내가 동시에 같은 질문을 하는 꿈. 내 잘못이 아니잖아. 내 잘못도 아니에요. 다만 변명 같았지만 실은 질문이었지요. 그럼 누구의 잘못이란 말인가요? 우리는 정말 무고한가요?"(「하루의 인생」, 277쪽) 그 변명의 들리지 않는 소리들은, 그 질문에 대한 들리지 않는 답변의 소리들은, 그러므로 과연 그 자체로 '무고'한가. 그렇다면 나는 이 해몽의 이야기, 꿈의 해석에 대한 이야기를 어떻게 끝내야 할까. 다시 또 하나의 반복되는 질문으로, 그러나 동시에 조금은 다른 곳에 도달하여 조금은 다르게 변해 있을 또 다른 질문으로. 우리의 꿈속에서 거대한 나무 한 그루가 쓰러진다면, 그 소리는, 우리의 현실에서 들릴 것인가, 아니면 들리지 않을 것인가. 반대로, 우리의 현실에서 작은 나무 한 그루가 쓰러진다면, 그 소리는, 우리의 꿈 저편으로, 과연 들릴 것인가, 들린다면, 들리는 것이라고 말할 수 있다면, 그 소리는 어떤 소리일까. 자, 여기서 '나무'를 '나'와 '당신'으로 치환하자(그리고 동시에 '나, 無'로도 교환해보자), 그리고는 다시 '그' 혹은 '그녀'로 치환하자(또한 동시에 '안, 나'로도 뒤집어보자). 내가 혹은 당신이 현실 이편에서 내는 소리는, 어쩌면 그 혹은 그녀가 꿈 저편에서 듣는 소리가 아닐까, 반대로, 그와 그녀가 현실 저편에서 냈던 소리는, 그대로, 혹은 그와 다르게, 나와 당신이 꿈 이편에서 내는 소리들을, 아니, 그 자체로 나와 당신을, 그렇게 만들어주고 있는 것은 아닐까. 하여 나는 이 마지막에서 저 시작을 다시금 반복해야 하지 않나. "나의 오늘 하루는 여느 날과 다를 바 없는 하루였어요. 하지만 그런 하루는 존재하지 않아요. 하루는, 하루도 같은 날이 없어요. 그래서 하루인 거예요. 하루가 인생의 전부인 거예요."(「하루의 인생」, 279쪽) 마치 이 해몽의 끝이 또 다른 해몽의 처음인 것처럼, 그리고 마치 이 삶의 마지막 부분이 또 다른 하루의 시작인 것처럼, 그렇게 이 하나의 꿈이 끝나는 지점에서 또 다른 삶의 이면을, 이 영원히 반복되는 삶의 꿈속에서 또 다른 죽음의 순간을 꿈꿔야 하는 것은 아닌가. 마치 악몽의 끝이 태몽의 처음인 것처럼, 혹은 그 반대로, 그렇게.

제저벨 | 듀나 장편소설

기발한 상상력으로 무장한 SF소설의 대표, 듀나. 「브로콜리 평원의 혈투」에 이은 링커 우주의 또 다른 변주! 링커 우주의 구석에 박힌 크루소 행성에서 죽음과 멸망의 공포로 두려움에 떨던 종족들이 진화하고 살아남기 위해 벌이는 처절한 혈투.

콩고, 콩고 | 배상민 장편소설

제1회 자음과모음 신인문학상 수상작가, 배상민. 걸출한 입담, 무서운 이야기꾼의 탄생을 알리는 첫 장편소설. 종(種)은 사라졌지만 신화는 남았다. 세상과 맞짱 뜨는 불순한 진화 인류의 고군분투기! 인류의 진화론을 바탕으로 SF와 신화적 요소를 절묘하게 버무린 최고의 기대작.

반인간선언 | 주원규 장편소설

한겨레문학상 수상작가 주원규의 새 장편소설! 너희가 정말 인간인가. 한번이라도 인간인 적이 있었는가? 인간의 존엄성을 무시하고 이윤을 추구하려는 기업과 이를 비호하는 정치, 종교의 부조리를 보여준다.

오릭맨스티 | 최윤 장편소설

이상문학상 · 동인문학상 수상작가 최윤, 8년 만의 신작 장편. 작가 특유의 냉정하고 지적인 문장 속에 파국을 향해 치닫는 지리멸렬한 인간군상의 모습을 긴 호흡으로 느낄 수 있다. 더 나은 세속의 삶을 추구하려고 발버둥쳤던 남녀의 짧고 불우한 인생이 어떤 예기치 않은 방식으로 다음 세대로 이어지는지를 담았다.

서울의 낮은 언덕들 | 배수아 장편소설

낭송극 전문 무대 배우 '경희'가 고향을 떠나 먼 나라 낯선 도시와 낯선 사람들을 차례로 방문하는 혼란과 매혹의 여정. 소설과 에세이의 경계를 무너뜨리는 배수아 특유의 작품세계를 만날 수 있다.

당신의 몬스터 | 서유미 장편소설

"너의 소원을 말해봐" 모든 것이 절망으로 변하는 순간, 시작되는 달콤한 유혹! 걷잡을 수 없는 욕망의 늪에 빠져 추락하는 사람들의 이야기가 매력적으로 펼쳐진다.

프랑켄슈타인 가족 | 강지영 장편소설

오만과 편견으로 직조된 단단한 갑옷 같은 세상, 마음의 병을 치료해주던 정신과 전문의 김 박사가 사라졌다!
세균강박증, 다중인격장애, 섭식장애, 목욕탕 공포증, 홀수 트라우마, 과대망상증에 시달리는 '아주 특별한' 사람들의 '아주 특별한' 상처 극복법

동주 | 구효서 장편소설

"자신의 뜻과 상관없이 민족 저항 시인이 된 윤동주, 그것이 그를 죽게 한 이유다!" 모국어를 잃어버린 두 남녀를 통해 새롭게 밝혀지는 윤동주의 삶과 문학, 그리고 죽음.

하우스 메이트 | 표명희 소설집

우리 사회의 마이너리티에 대한 예민한 시선을 토대로 독특한 리얼리즘을 보여온 작가 표명희의 두번째 소설집. 일상 속의 숨겨진 환상성을 끄집어내는 작가 특유의 필치로 그려낸 성스럽고 비천한 나와 내 이웃들의 모습을 담은 8편의 이야기.

고의는 아니지만 | 구병모 소설집

데뷔작이 베스트셀러가 된, 소설가로서는 흔치 않은 이력을 가진 구병모의 첫 소설집. 『위저드 베이커리』, 『아가미』 등 전작에서도 확인한 바 있는 독특한 상상력과 매력적인 서사, 현실과 환상성을 절묘하게 배합해내는 구병모 특유의 화법을 맛볼 수 있다.

환영 | 김이설 장편소설

자의든 타의든 삶의 벼랑 끝에 내몰려 가족을 위해 자신을 희생하고 타락시켜야만 했던 여자, 윤영. 그녀의 모습을 통해 불공평한 현대사회의 이면을 탄탄하고도 긴장감 넘치는 문체로 재현함으로써 우리가 눈감고 싶은 불편한 현실을 강렬하게 그려냈다.

젊은 도시, 오래된 성(性)

| 이승우, 김연수, 정이현, 김애란 외

같은 시간, 다른 공간에서 탄생한 '도시'와 '성(性)'에 관한 이야기! 국내 최초로 시도되는 한중일 문학 교류 프로젝트의 첫번째 결실로, 3국의 작가들이 각각 다른 소재와 서사와 문체로 공통의 주제인 '도시'와 '성'을 말한다.

아가미 | 구병모 장편소설

죽음과 맞닥뜨린 순간, 생을 향한 몸부림으로 아가미를 갖게 된 남자와 그를 사랑한 이들의 가혹한 운명을 그린 소설. 작가 특유의 상상력과 개성 넘치는 서사로 절망적인 현실을 판타지적 요소로 반전시킨 참혹하면서도 아름답기 그지없는 작품이다.

일곱 개의 고양이 눈 | 최제훈 장편소설

무한대로 뻗어가지만 결코 반복되지 않는, 단 한 편의 완벽한 미스터리를 꿈꾸다! 하나의 코드 혹은 전체의 서사를 엮어 계속해서 생성되고 소멸되는 이야기의 향연. 출구를 찾을 수 없는 미로 같은 이번 작품은 작가의 무한한 상상력의 결정판이다.

라이팅 클럽 | 강영숙 장편소설

글쓰기를 빼놓고는 그 삶을 상상조차 할 수 없는 두 여자, 평생 '작가 지망생'으로 살아온 싱글맘 김 작가와 그녀의 딸 영인. 글쓰기란 삶 전체를 대가로 하는 모험일 수밖에 없다는 것을 온몸으로 증명하는 이 두 여자의 이야기다.

비즈니스 | 박범신 장편소설

국내 최초 한·중 동시 연재, 동시 출간! 천민자본주의의 비정한 생리에 일상과 내면이 파괴되어가는 사람들의 풍경을 서늘한 만큼 날카로우면서도 가슴 저리게 그려낸 박범신의 새 장편소설.

하루의 인생

ⓒ 김현영, 2012

초판 1쇄 인쇄 2012년 1월 30일
초판 1쇄 발행 2012년 2월 3일

지은이   김현영
펴낸이   강병철
주간   정은영
책임편집   임자영
편집   황여정
제작   고성은
영업   조광진 장성준 김상윤
마케팅   박제연 전소연
E-콘텐츠사업 정의범 조미숙 한설희 이혜미

펴낸곳   자음과모음
출판등록 2001년 5월 8일 제20-222호
주소   121-840 서울 마포구 서교동 396-33번지외 1필지 자음과모음 출판사
전화   편집부 02) 324-2347 경영지원부 02) 325-6047
팩스   편집부 02) 324-2348 경영지원부 02) 2648-1311
이메일   munhak@jamobook.com
홈페이지 www.jamo21.net

ISBN 978-89-5707-632-3 (03810)

이 책은 2008년 한국문화예술위원회 창작기금의 지원을 받아 출간되었습니다.